双葉社ジュニア文庫

カラダ探し②

ウェルザード

◆「赤い人」は放課後の校舎に現れる。
◆「赤い人」は1人になった生徒の前に現れる。
◆「赤い人」を見た者は、校門を出るまで決して振り返ってはならない。
◆振り返った者は、カラダを8つに分けられ、校舎に隠される。
◆「赤い人」に殺された生徒は、翌日みんなの前に現れて、「カラダを探して」と言う。
◆「カラダ探し」を拒否することはできない。
◆「カラダ探し」の最中にも、「赤い人」は現れる。
◆「カラダ探し」はカラダを見つけるまで行われる。
◆「カラダ探し」では死んでも死ねない。

県立逢魔高校校舎見取図《けんりつおうまこうこうこうしゃみとりず》

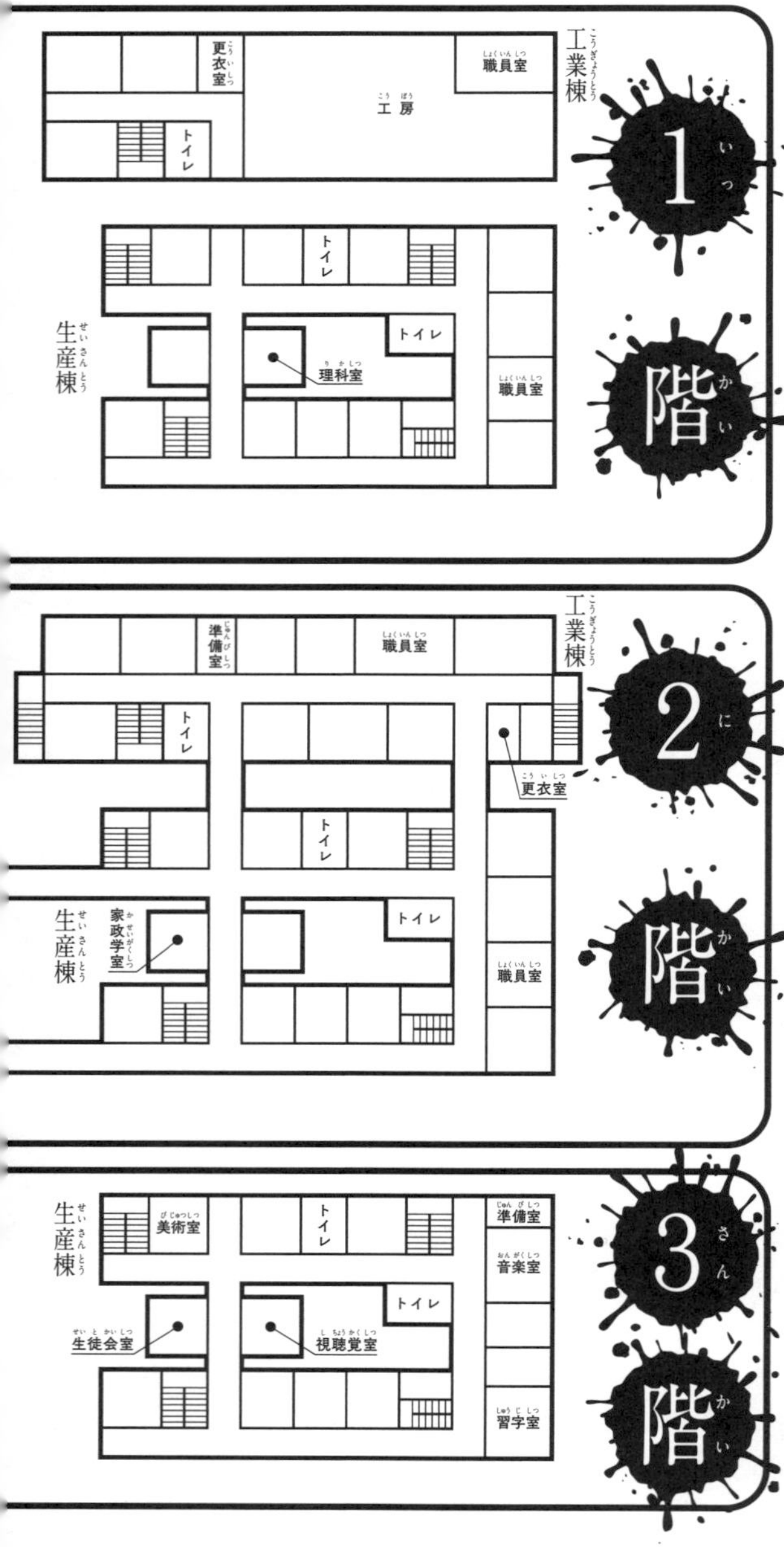

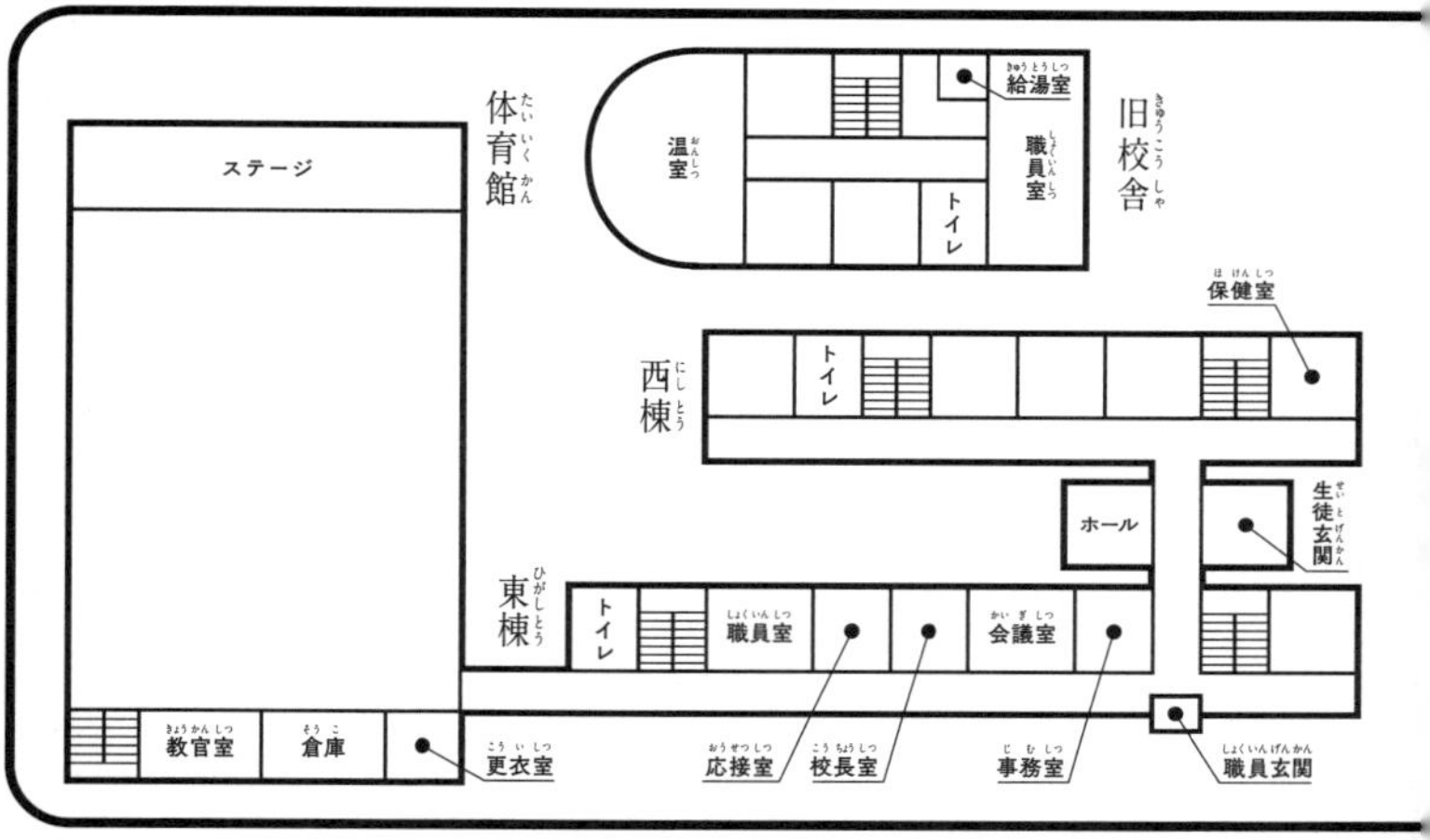
体育館《たいいくかん》
ステージ
温室《おんしつ》
給湯室《きゅうとうしつ》
職員室《しょくいんしつ》
トイレ
旧校舎《きゅうこうしゃ》
保健室《ほけんしつ》
西棟《にしとう》
トイレ
ホール
生徒玄関《せいとげんかん》
東棟《ひがしとう》
トイレ
職員室《しょくいんしつ》
会議室《かいぎしつ》
教官室《きょうかんしつ》
倉庫《そうこ》
更衣室《こういしつ》
応接室《おうせつしつ》
校長室《こうちょうしつ》
事務室《じむしつ》
職員玄関《しょくいんげんかん》

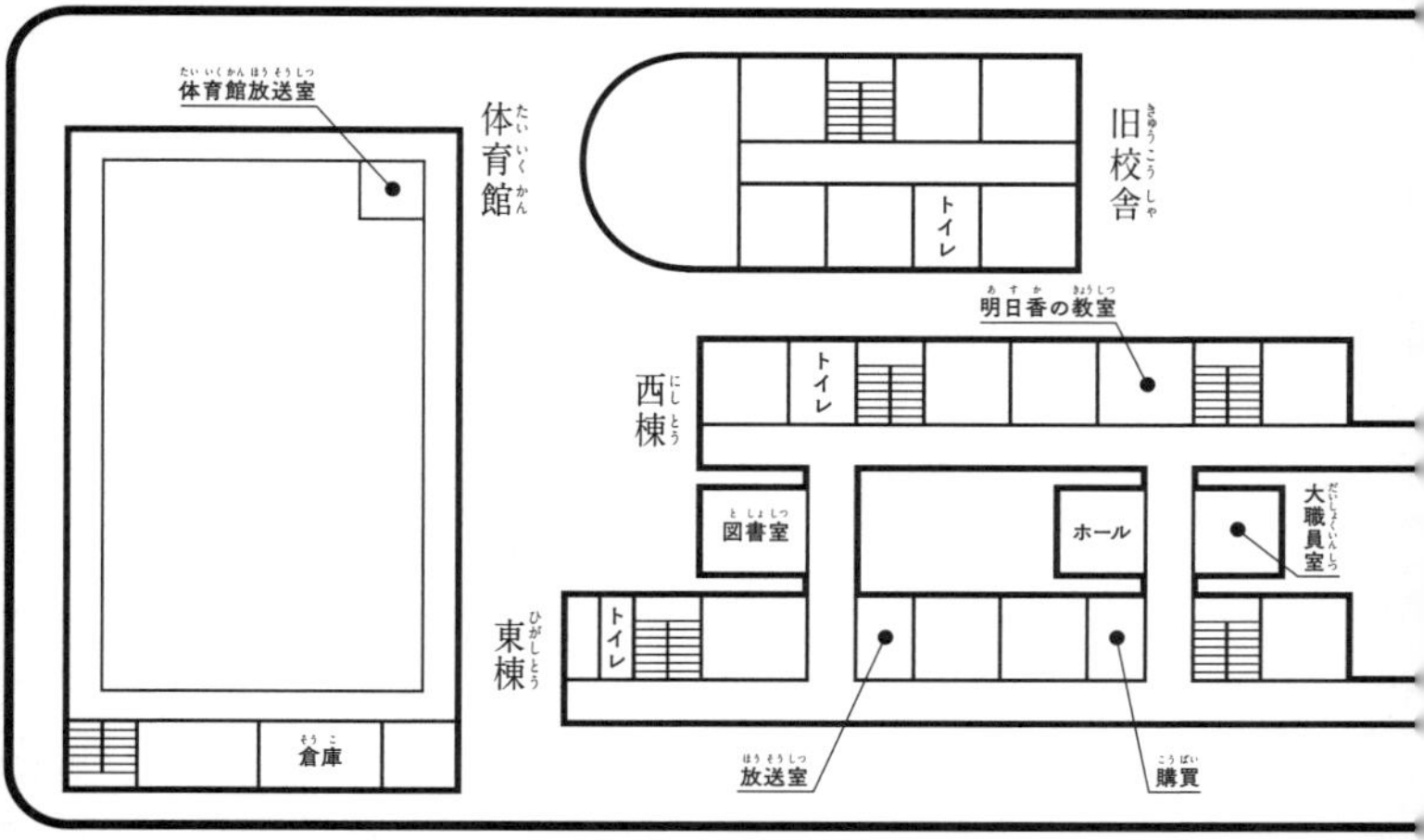
体育館放送室《たいいくかんほうそうしつ》
体育館《たいいくかん》
旧校舎《きゅうこうしゃ》
トイレ
明日香《あすか》の教室《きょうしつ》
西棟《にしとう》
トイレ
図書室《としょしつ》
ホール
大職員室《だいしょくいんしつ》
東棟《ひがしとう》
トイレ
倉庫《そうこ》
放送室《ほうそうしつ》
購買《こうばい》

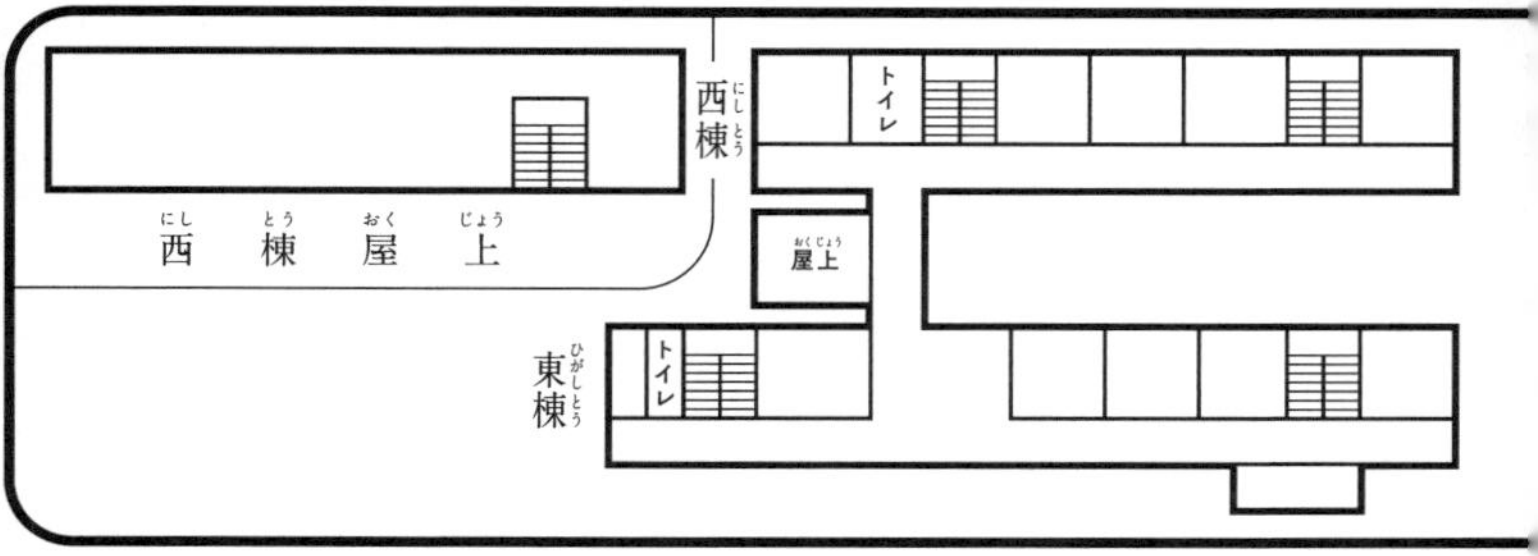
西棟《にしとう》
トイレ
西《にし》棟《とう》屋《おく》上《じょう》
屋上《おくじょう》
東棟《ひがしとう》
トイレ

contents

6日目《むいかめ》

また、「昨日《きのう》」の朝《あさ》が訪《おとず》れた。

理恵《りえ》は……どうなったのだろう？

なぜ、理恵《りえ》が振《ふ》り返《かえ》って「赤《あか》い人《ひと》」が来《き》たのだろう？

どこかで「赤《あか》い人《ひと》」を見《み》てしまったのかな？

そう言《い》えば、昨夜《さくや》の理恵《りえ》は、どこかおかしかった。

保健室《ほけんしつ》に行《い》く時《とき》に、わざわざ玄関《げんかん》のドアを確《たし》かめにいったり、音楽室《おんがくしつ》に着《つ》くまで、前《まえ》しか見《み》ていなかったり。

どうして玄関《げんかん》のドアを？　考《かんが》えれば不自然《ふしぜん》だ。

もしかして、「赤《あか》い人《ひと》」をこの時点《じてん》ですでに見《み》ていたんじゃないだろうか？

だから、振《ふ》り返《かえ》らずに玄関《げんかん》のドアを経由《けいゆ》して廊下《ろうか》に戻《もど》ったんだ。

そこまでで、「赤《あか》い人《ひと》」を見《み》た可能性《かのうせい》がある場所《ばしょ》はといえば……。

「……階段《かいだん》だ」

そう呟《つぶや》きながら、私《わたし》はベッドの上《うえ》で目《め》を開《あ》けた。

「旧校舎《きゅうこうしゃ》から戻《もど》る時《とき》かな？」とも思《おも》ったけど、階段《かいだん》で歌《うた》が聞《き》こえた時《とき》には振《ふ》り返《かえ》っていたから。

多分《たぶん》、その時《とき》に上《うえ》を見《み》て、「赤《あか》い人《ひと》」の一部分《いちぶぶん》でも目《め》にしてしまったんだと思《おも》う。

それにしても、健司《けんじ》の精神状態《せいしんじょうたい》があれほど酷《ひど》かったなんて、考《かんが》えもしなかった。

元々《もともと》無口《むくち》だから、なにを考《かんが》えているかわからないところはあったけど……。

だからと言《い》って、みんなは許《ゆる》さないだろう。

私《わたし》だって、さすがに許《ゆる》す気《き》にはなれなかった。


学校《がっこう》に行《い》く準備《じゅんび》をして家《いえ》を出《で》た私《わたし》は、「昨日《きのう》」と同《おな》じように玄関先《げんかんさき》で待《ま》つ高広《たかひろ》に気《き》づいた。

昨日《きのう》、高広《たかひろ》に健司《けんじ》の見張《みは》りを頼《たの》まなければ、高広《たかひろ》が死《し》ぬことはなかったかもしれない。

そう思《おも》うと、声《こえ》をかけるのも、なんだか気《き》が引《ひ》ける。

「あの……高広《たかひろ》、おはよ」

「お、おう……」

そんな短《みじか》い会話《かいわ》を交《か》わして、私達《わたしたち》は学校《がっこう》に向《む》かって歩《ある》き出《だ》した。

会話《かいわ》もないまま、ずっと歩《ある》き続《つづ》けるのは……正直気《しょうじきき》まずい。

かと言《い》って、挨拶《あいさつ》のあとからなにも話《はな》していないから、完全《かんぜん》に、話《はな》すタイミングを失《うしな》ってしまった。

昨夜《さくや》の健司《けんじ》のこと、八代先生《やしろせんせい》のこと、私《わたし》と留美子《るみこ》が殺《ころ》されたこと。

話《はな》すことはいっぱいあるのに、高広《たかひろ》が怒《おこ》るかもしれないと思《おも》うと、なかなか話《はなし》を切《き》り出《だ》せない。

そんなことを考《かんが》えているうちに、留美子《るみこ》が気《け》だるそうな表情《ひょうじょう》を浮《う》かべながら、私達《わたしたち》と合流《ごうりゅう》した。

「留美子《るみこ》……おはよ」

「あ、２人《ふたり》ともおはよー……ってか、高広《たかひろ》！　あんたなんで健司《けんじ》をしっかり見張《みは》ってなかったの⁉　おかげで私《わたし》、健司《けんじ》に殺《ころ》されたんだよ‼　もしかしたら、理恵《りえ》なんてまた襲《おそ》われたかもしれないのに‼」

顔《かお》を合《あ》わせると同時《どうじ》に高広《たかひろ》に突《つ》っかかる留美子《るみこ》。

「それは……大丈夫《だいじょうぶ》だよ。でも、私《わたし》も理恵《りえ》も、死《し》んじゃったけどね」

私《わたし》が言《い》ったその言葉《ことば》に、明《あき》らかに高広《たかひろ》の表情《ひょうじょう》が変《か》わった。

私《わたし》は昨夜《さくや》、留美子《るみこ》が殺《ころ》されてからのことを話《はな》していた。

留美子《るみこ》と私《わたし》が刺《さ》されたこと、そして理恵《りえ》が振《ふ》り返《かえ》ったら「赤《あか》い人《ひと》」が現《あらわ》れたこと。

なぜ、「赤《あか》い人《ひと》」が現《あらわ》れたのかは、私《わたし》の推測《すいそく》を混《ま》ぜて。

「はぁ……理恵《りえ》もやるねぇ。『赤《あか》い人《ひと》』を利用《りよう》するなんて」

留美子《るみこ》の言《い》うように、理恵《りえ》は「赤《あか》い人《ひと》」を利用《りよう》して、健司《けんじ》を拒絶《きょぜつ》してみせたのだ。

もしも「カラダ探《さが》し」をさせられる前《まえ》に、普通《ふつう》に告白《こくはく》していれば、理恵《りえ》だって断《ことわ》らなかったはず。

そうなっていれば、健司《けんじ》の精神状態《せいしんじょうたい》も悪《わる》くはならなかったかもしれない。

「健司《けんじ》は、俺《おれ》だけじゃなく、明日香《あすか》まで殺《ころ》したのか……そうか」

怒《いか》りに顔《かお》を歪《ゆが》ませ、プルプルと拳《こぶし》を震《ふる》わせる高広《たかひろ》。

やっぱり、高広《たかひろ》も健司《けんじ》に殺《ころ》されていたんだ……。

「ま、どうせ今日《きょう》も学校《がっこう》には来《こ》ないいんじゃないの？　だから高広《たかひろ》、あんた今夜《こんや》こそはしっかり見張《みは》っててよね！　仲間《なかま》に殺《ころ》されるかもしれないなんて、最悪《さいあく》だし！」

「ああ、健司《けんじ》は……ぜってぇ許《ゆる》さねぇ！」

留美子《るみこ》の言葉《ことば》で簡単《かんたん》に操《あやつ》られる高広《たかひろ》。

今《いま》まで文句《もんく》を言《い》っていたと思《おも》ったら、上手《うま》く他人《たにん》のことに置《お》き換《か》えて文句《もんく》を言《い》っている……。

高広《たかひろ》も単純《たんじゅん》だから、すっかりそれに騙《だま》されるのだ。

もうすぐ理恵《りえ》とも合流《ごうりゅう》する……。

昨夜《さくや》のことを気《き》にしていないか心配《しんぱい》だった。


「みんな、おはよぅ。あの……私《わたし》のせいで、ごめんね」

通学路《つうがくろ》のいつもの場所《ばしょ》で、理恵《りえ》が私達《わたしたち》を待《ま》っていて、やっぱり昨夜《さくや》のことを気《き》にしている様子《ようす》で謝《あやま》ってきた。

「おはよー。あれは理恵《りえ》のせいじゃないじゃん。理恵《りえ》が謝《あやま》ることないよ」

少《すこ》し俯《うつむ》いている理恵《りえ》に、笑顔《えがお》で答《こた》える留美子《るみこ》。

高広《たかひろ》に対《たい》する態度《たいど》とは、えらい違《ちが》いだ。

理恵《りえ》を責《せ》める理由《りゆう》はないけど、高広《たかひろ》を責《せ》める理由《りゆう》だってないはず。

「理恵《りえ》、俺《おれ》が健司《けんじ》に殺《ころ》されたのが原因《げんいん》だ……すまん」

「た、高広《たかひろ》は悪《わる》くないでしょ。私《わたし》がいたから、みんなに迷惑《めいわく》かかったわけだし」

頭《あたま》を下《さ》げる高広《たかひろ》に、驚《おどろ》いた様子《ようす》で答《こた》える理《り》恵《え》。

「まあ、誰《だれ》が悪《わる》いって、健司《けんじ》が悪《わる》いんだからさ。翔太《しょうた》にも教《おし》えてあげないとね」

健司《けんじ》があんなことになってしまったのだから、ずっと1人《ひとり》でいる翔太《しょうた》だって、いつ精《せい》神状態《しんじょうたい》が悪《わる》くなるかわからない。

1人《ひとり》でいるよりも、みんなといる方《ほう》が、安心《あんしん》できるのだから。

「んー……翔太《しょうた》のことはもう、明日香《あすか》に任《まか》せるよ。健司《けんじ》がしたことと比《くら》べたら、翔太《しょうた》がかわいく思《おも》えてきたし」

頭《あたま》を掻《か》きながら、溜《た》め息《いき》をつく留美子《るみこ》。

翔太《しょうた》が素直《すなお》に話《はなし》を聞《き》いてくれるとも思《おも》わないけど、これ以上敵《いじょうてき》を増《ふ》やしたくない。

私《わたし》はそう思《おも》っていた。


学校《がっこう》に着《つ》いてすぐに、私《わたし》は教室《きょうしつ》に走《はし》った。

そう言《い》えば「昨日《きのう》」、翔太《しょうた》にも八代先生《やしろせんせい》のことを話《はな》そうとして忘《わす》れていたから。

教室《きょうしつ》に入《はい》って、椅子《いす》に座《すわ》っている翔太《しょうた》に歩《あゆ》み寄《よ》り、私《わたし》は声《こえ》をかけた。

「翔太《しょうた》、おはよう。ちょっと話《はなし》があるんだけど、いい？」

「明日香《あすか》、おはよう。話《はなし》ってなんだ？」

よかった、まだ翔太《しょうた》は大丈夫《だいじょうぶ》みたいだ。

内心《ないしん》、どう思《おも》っているかはわからないけれど、少《すく》なくとも私《わたし》の目《め》には普通《ふつう》に見《み》える。

「ここじゃあ、翔太《しょうた》も話《はな》しにくいでしょ？　ちょっと場所《ばしょ》変《か》えようか」

廊下《ろうか》の方《ほう》を指差《ゆびさ》して言《い》った私《わたし》の言葉《ことば》に、怪訝《けげん》な表情《ひょうじょう》で首《くび》を傾《かし》げる翔太《しょうた》。

「なんだ？　もしかして、健司《けんじ》のことか？」

それでも、椅子《いす》から立《た》ち上《あ》がり、私《わたし》のあとについてくる。

「それもあるんだけどね。他《ほか》にも教《おし》えておきたいことがあるんだ」

健司《けんじ》が、カラダ探《さが》し中《ちゅう》とはいえ、私達《わたしたち》を殺《ころ》したと知《し》ったら、翔太《しょうた》はどう思《おも》うだろう？

私《わたし》ができることなんて、たかが知《し》れてる。

もしかすると、なにもできないかもしれない。

でも、翔太《しょうた》まで健司《けんじ》のようにはなってほしくないから。

なんとか協力《きょうりょく》して、「カラダ探《さが》し」を終《お》わらせたいと思《おも》っていた。


翔太《しょうた》を連《つ》れて、1階《かい》にある保健室《ほけんしつ》の北側《きたがわ》のドアから外《そと》に出《で》た私《わたし》。

こうして、翔太《しょうた》と誰《だれ》かが罵《ののし》り合《あ》うことなく話《はなし》ができるのは、ずいぶん久《ひさ》し振《ぶ》りに感《かん》じる。

それがなんだか嬉《うれ》しくて、私《わたし》は知《し》らずに笑顔《えがお》になっていた。

「どこまで行《い》くつもりなんだ？　そんなに人《ひと》に聞《き》かれたくない話《はなし》なのか？」

気《き》づけば、旧校舎《きゅうこうしゃ》に向《む》かう道《みち》にいる。

どこに行《い》くかなんて決《き》めていなかったから。

「あぁ……そうだね。どこかに座《すわ》ろうか」

辺《あた》りを見回《みまわ》して、私《わたし》が指差《ゆびさ》したのは、外《そと》から工業棟《こうぎょうとう》の2階《かい》に行《い》くことができる階段《かいだん》。

そこに2人《ふたり》で座《すわ》って、なにから話《はな》そうかと考《かんが》えていた。

「それで？　話《はなし》ってなんだ？　健司《けんじ》のことなんだろ？」

「あぁ……うん。理恵《りえ》が襲《おそ》われたって言《い》ったじゃない？『昨日《きのう》』のカラダ探《さが》しでも、健《けん》司《じ》が理恵《りえ》を襲《おそ》おうとしたの」

私《わたし》の言葉《ことば》に、眉《まゆ》をひそめた翔太《しょうた》は、少《すこ》し考《かんが》えたあと、口《くち》を開《ひら》いた。

「高広《たかひろ》が見《み》ていたんじゃないのか？　まさか、見失《みうしな》ったとか？」

「違《ちが》うの、高広《たかひろ》は健司《けんじ》に殺《ころ》されたんだよ。留美子《るみこ》も、私《わたし》もね」

冷静《れいせい》に話《はなし》をしていた翔太《しょうた》も、さすがにこれには驚《おどろ》いたようで、上《うえ》の段《だん》に座《すわ》っている私《わたし》の顔《かお》を、振《ふ》り返《かえ》って見《み》つめた。

「殺《ころ》された？　どうやって……」

「包丁《ほうちょう》を持《も》っていたから……生産棟《せいさんとう》の職員室《しょくいんしつ》でも入《はい》ったのかな？」

私《わたし》の推測《すいそく》だけど、それでも翔太《しょうた》は、衝撃《しょうげき》を受《う》けたようだった。

そして、そのあとなにがあったかを話《はな》すと、翔太《しょうた》は頭《あたま》を抱《かか》えて俯《うつむ》いた。

なにを考《かんが》えているのかはわからない。

もしかすると、自分《じぶん》が最初《さいしょ》に、輪《わ》を乱《みだ》す行動《こうどう》を取《と》らなければ……なんてことを考《かんが》えているのかもしれない。

「それで？　明日香《あすか》は、俺《おれ》も健司《けんじ》みたいになるんじゃないかって思《おも》ってるのか？」

「え!?　あ……うん。それもあるけど。翔太《しょうた》もみんなと協力《きょうりょく》してくれたらなって」

思《おも》っていたことを先《さき》に言《い》われると、なんだか不意打《ふいう》ちを食《く》らったみたいだ。

でも、そう思《おも》ってくれてるってことは、翔太《しょうた》も少《すく》なからず考《かんが》えているのだと思《おも》う。

「明日香《あすか》、疲《つか》れないか？　そうやって人《ひと》の間《あいだ》に入《はい》って、仲直《なかなお》りさせようとか考《かんが》えるのは」

それはどういう意味《いみ》なのだろう。

確《たし》かに、これ以上分裂《いじょうぶんれつ》しないように、みんなを繋《つな》ぎ止《と》めようとしてたけど……。

翔太《しょうた》の目《め》には、私《わたし》がお節介《せっかい》みたいに映《うつ》っていたのかな？

「悪《わる》い、こんな言《い》い方《かた》じゃあ、明日香《あすか》も誤解《ごかい》するよな？」

そう呟《つぶや》き、フウッと溜《た》め息《いき》をつく翔太《しょうた》。

誤解《ごかい》？

翔太《しょうた》の言葉《ことば》は、そのまま捉《とら》えてもいいくらい、的確《てきかく》に私《わたし》の行動《こうどう》を示《しめ》しているのに。

でも、このあとの言葉《ことば》で、誤解《ごかい》していたのは私達《わたしたち》の方《ほう》だったのかもしれないと考《かんが》えさせられることになった。

「誤解《ごかい》ってどういうこと？」

「そうだろ？　そのままの意味《いみ》で取《と》られるから、誤解《ごかい》されるんだよな」

回《まわ》りくどい……言葉《ことば》の本当《ほんとう》の意味《いみ》を理解《りかい》しろとか言《い》われても、そんなの無理《むり》だよ。

翔太《しょうた》は頭《あたま》が良《い》いのに、他《ほか》の人《ひと》の理解力《りかいりょく》も考《かんが》えずに、結論《けつろん》だけを言《い》う癖《くせ》がある。

過程《かてい》を話《はな》してくれないと、わかるはずないのに……。

「俺《おれ》さ、３日目《かめ》に、酷《ひど》いことをみんなに言《い》っただろ？　俺《おれ》の方《ほう》が頭《あたま》が良《い》いとかさ……」

そう言《い》えば……その会話《かいわ》が元《もと》で、翔太《しょうた》が「赤《あか》い人《ひと》」に追《お》いかけ回《まわ》されることになったんだった。

もう、何日目《なんにちめ》とか……正直《しょうじき》わからなくなってきた。

「それなのに俺《おれ》は、まだカラダを１つも見《み》つけていないんだ。棺桶《かんおけ》に納《おさ》めるどころか、触《さわ》りもしていない。なんか、合《あ》わせる顔《かお》がないじゃないか」

翔太《しょうた》は、そんなことを気《き》にしていたの？

誰《だれ》が見《み》つけたとか、関係《かんけい》ないし、どうでもいいことじゃない。

「だから、『カラダ探《さが》し』を終《お》わらせることが先決《せんけつ》なのに。

「だから、俺《おれ》はカラダを見《み》つけるまでは、1人《ひとり》で動《うご》く。おっと、みんなと一緒《いっしょ》にいるのが嫌《いや》なわけじゃないぜ？　そうだな……男《おとこ》の意地《いじ》ってやつだ」

……高広《たかひろ》が、3日目《かめ》の「カラダ探《さが》し」で、どうして危険《きけん》だとわかっていながら生産棟《せいさんとう》に向《む》かったのか。

私《わたし》はあの時《とき》、意地《いじ》を張《は》っていると思《おも》ったけど……。

あれも男《おとこ》の意地《いじ》ってやつなんだなと、今《いま》わかった。

単純《たんじゅん》な意地《いじ》っ張《ぱ》りと、複雑《ふくざつ》な意地《いじ》っ張《ぱ》り。

私《わたし》は思《おも》わず、フフッと笑《わら》った。

男《おとこ》の意地《いじ》というやつを、翔太《しょうた》に聞《き》かせてもらった私《わたし》は安心《あんしん》していた。

翔太《しょうた》も、喧嘩《けんか》をしたくて高広《たかひろ》と衝突《しょうとつ》していたわけじゃないとわかったから。

そのあとの話《はなし》は簡単《かんたん》に済《す》ませた。

八代先生《やしろせんせい》のことは、私《わたし》が言《い》うよりも、直接会《ちょくせつあ》った方《ほう》がいいと思《おも》う。

3限目《げんめ》の途中《とちゅう》、八代先生《やしろせんせい》は旧校舎《きゅうこうしゃ》の温室《おんしつ》に行《い》く。

その僅《わず》かな時間《じかん》だけ、話《はなし》ができるのだ。

そんなことを考《かんが》えながら、教室《きょうしつ》に戻《もど》った私《わたし》と翔太《しょうた》。

留美子《るみこ》と理恵《りえ》が、待《ま》ち構《かま》えていたかのように、私《わたし》に駆《か》け寄《よ》った。

「翔太《しょうた》はなんて言《い》ってた？　また喧嘩《けんか》にならなかった!?」

「留美子《るみこ》じゃないんだから……明日香《あすか》なら喧嘩《けんか》にはならないよね？」

留美子《るみこ》も理恵《りえ》も、翔太《しょうた》のことをやっぱり気《き》にしていたのだろう。

翔太《しょうた》の言《い》う通《とお》り……私《わたし》はみんなの繋《つな》ぎ役《やく》なんだなと思《おも》った。

「喧嘩《けんか》になるわけないじゃん。私達《わたしたち》と一緒《いっしょ》に八代先生《やしろせんせい》の所《ところ》に行《い》くって。まあ、『カラダ探《さが》し』は、やることがあるから、しばらく1人《ひとり》で動《うご》くらしいけど」

「ふーん。よくわかんないけど、話《はなし》がまとまったならいいか。でも、今度《こんど》は翔太《しょうた》がおかしくなるとかないよね!?」

そんなに気《き》になるなら、自分《じぶん》で訊《き》けばいいのに……。

なんて、私《わたし》は余計《よけい》なことは言《い》わなくてもよい。

今《いま》は八代先生《やしろせんせい》に会《あ》った時《とき》になにを訊《き》くべきなのか……それを考《かんが》えなければならないから。

あれから、八代先生《やしろせんせい》に会《あ》う時間《じかん》まで、質問《しつもん》をずっと考《かんが》えていた。

八代先生《やしろせんせい》は、どうしてカラダ探《さが》しを「呪《のろ》い」だと言《い》ったのですか？

八代先生《やしろせんせい》は、その「呪《のろ》い」を知《し》ってるのですか？

なぜ知《し》ってるのですか？

結局《けっきょく》、「呪《のろ》い」という言葉《ことば》から離《はな》れることができない。

一番《いちばん》に私達《わたしたち》が知《し》らなければならないことはなにか。

それは、なぜ八代先生《やしろせんせい》は、私達《わたしたち》が「昨日《きのう》」を繰《く》り返《かえ》していることを知《し》っているのか。

それが一番《いちばん》気《き》になることだ。

すでに旧校舎《きゅうこうしゃ》で待機《たいき》している私達《わたしたち》は、職員室《しょくいんしつ》から八代先生《やしろせんせい》が出《で》てくる時《とき》を待《ま》っていた。

「本当《ほんとう》にあの不気味《ぶきみ》な先生《せんせい》が、『カラダ探《さが》し』のことを知《し》ってんのかよ？」

待《ま》ちくたびれたといった様子《ようす》で、高広《たかひろ》が私《わたし》に訊《たず》ねる。

「うん、絶対《ぜったい》になにか知《し》ってるはずだよ。じゃないと、『昨日《きのう》』が繰《く》り返《かえ》されてるって知《し》ってるはずがないもん」

私《わたし》の言葉《ことば》に、賛同《さんどう》する留美子《るみこ》と理恵《りえ》。

でも、翔太《しょうた》が不安《ふあん》にさせることを口《くち》にしたのだ。

「明日香《あすか》は、その八代先生《やしろせんせい》を味方《みかた》だと思《おも》っているかもしれないが……もしも、『カラダ探《さが》し』をさせている側《がわ》だったらどうする？」

それはわからない。

だからこそ、訊《き》かなければならないのだ。

そして、職員室《しょくいんしつ》から八代先生《やしろせんせい》が出《で》てきた。

私《わたし》は悩《なや》んでいた。八代先生《やしろせんせい》に、どう声《こえ》をかけるべきなのかを。

一《いち》から説明《せつめい》しなくても、理解《りかい》してもらうためには、どう話《はなし》を切《き》り出《だ》せばいいか。

目《め》の前《まえ》に迫《せま》る先生《せんせい》を見《み》ながら、その言葉《ことば》を必死《ひっし》に探《さが》した。

「うん？　キミ達《たち》は……農業科《のうぎょうか》の生徒《せいと》じゃないね。もしかして、サボりかい？」

八代先生《やしろせんせい》が、その不気味《ぶきみ》な顔《かお》を私達《わたしたち》に向《む》ける。

必死《ひっし》に言葉《ことば》を探《さが》しても、私《わたし》なんかが思《おも》いつくはずもなく。「昨日《きのう》」という言葉《ことば》に賭《か》けてみるしかなかった。

「えっと、『昨日《きのう》』の先生《せんせい》に、同《おな》じ時間《じかん》にここに来《く》るように言《い》われました……意味《いみ》はわかりますよね？」

私《わたし》がそう訊《たず》ねると八代先生《やしろせんせい》は驚《おどろ》いた様子《ようす》で、ギョロっとした目《め》をさらに見開《みひら》いて私達《わたしたち》を見《み》た。

「キミ達《たち》は……あれに関《かか》わってしまったのか？　僕《ぼく》はどこまで話《はな》したのかな？」

よかった。やっぱり、「昨日《きのう》」という言葉《ことば》が重要《じゅうよう》だったんだ。

「いえ、まだなにも。『カラダ探《さが》し』のことを『呪《のろ》い』と言《い》っていました」

「そうか……じゃあ、僕《ぼく》に会《あ》うのは『昨日《きのう》』が初《はじ》めてだったわけだ」

私《わたし》の言葉《ことば》に、まったく考《かんが》える素振《そぶ》りも見《み》せずにそう答《こた》えた八代先生《やしろせんせい》。

まるで、すでに答《こた》えを用意《ようい》していたかのように……。

「八代先生《やしろせんせい》。あなたはなぜ、今日会《きょうあ》うのが２日目《かめ》だとわかったんですか？　まるで、俺達《おれたち》が現《あらわ》れることを知《し》っていたかのように……」

今《いま》まで黙《だま》っていた翔太《しょうた》が、八代先生《やしろせんせい》にそう訊《たず》ねた。

こういう話《はなし》なら、私《わたし》よりも翔太《しょうた》の方《ほう》が向《む》いているかもしれない。

「僕《ぼく》はね、決《き》めていたんだよ。興味本位《きょうみほんい》で、僕《ぼく》に『カラダ探《さが》し』のことを訊《き》いてくる生《せい》徒《と》がいるからね。だから、初日《しょにち》は必《かなら》ず知《し》らない振《ふ》りをしようってね」

「……そして、先生《せんせい》を訪《たず》ねてきた生徒《せいと》が本当《ほんとう》に『カラダ探《さが》し』をさせられているという判《はん》断《だん》をするために、『呪《のろ》い』なんて言葉《ことば》を使《つか》ったわけですね？」

「初日《しょにち》の生徒《せいと》には、その種明《たねあ》かしはしないはずだけどなあ……キミはなかなか鋭《するど》いね」

２人《ふたり》だけでわかる話《はなし》をされても……言《い》ってることはわかるけど、頭《あたま》の中《なか》でまとめることができない。

「高広《たかひろ》、話《はなし》わかる？　私《わたし》はさっぱりなんだけど……」

「俺《おれ》に訊《き》くな！」

留美子《るみこ》と高広《たかひろ》なんか、理解《りかい》しようとさえしていない。

まあ、あとで翔太《しょうた》に説明《せつめい》してもらえばいい。

私達《わたしたち》でもわかるように、簡単《かんたん》に。

「それで……先生《せんせい》はどうして『カラダ探《さが》し』のことを知《し》っているのですか？」

翔太《しょうた》が八代先生《やしろせんせい》に、そう訊《たず》ねたけれど……。

「そんなことよりも、『カラダ探《さが》し』のことを訊《き》くべきじゃないか？　僕《ぼく》のことを訊《き》いても仕方《しかた》ないだろう？」

と、まるで逃《に》げるかのように、翔太《しょうた》の質問《しつもん》に答《こた》えた。

「関係《かんけい》ないことはないでしょう？　先生《せんせい》がなぜ、このことを知《し》っているのか……俺達《おれたち》にどう関《かか》わっているのかを知《し》ることは、重要《じゅうよう》なことだと思《おも》いますが」

「どうもこうもない。僕《ぼく》はキミ達《たち》とはなにも関《かか》わっていないさ。それよりも、僕《ぼく》もこれからやることがある。ゆっくり話《はな》すことはできないみたいだから、『小野山美子《おのやまみこ》』を調《しら》べて、『今日《きょう》』のこの時間《じかん》に来《き》なさい」

そう言《い》い、八代先生《やしろせんせい》は職員室《しょくいんしつ》へと戻《もど》っていった。

結局《けっきょく》、温室《おんしつ》の中《なか》を、ドアのガラス越《ご》しに少《すこ》し覗《のぞ》いただけで。

私《わたし》にはなにがどういうことなのかわからない。

「翔太《しょうた》、どういうことなの？　説明《せつめい》してくれない？」

「そうだな……先生《せんせい》がなにか知《し》っているということはわかった。でも、なぜかという部分《ぶぶん》は、みんなも聞《き》いた通《とお》りわからない」

つまり、それはなにもわかってないってこと？

じゃあ、今《いま》の話《はなし》はいったいなんだったんだろう。

「でも……先生《せんせい》は、どうして俺達《おれたち》が『2日目《ふつかめ》』だとわかったかって謎《なぞ》は解《と》けたけどね」

それは、重要《じゅうよう》なことなのだろうか？

まあ、理由《りゆう》は知《し》りたいけれど……。

「謎《なぞ》ってなんだよ？　そんなのあんのか？」

高広《たかひろ》の質問《しつもん》に、翔太《しょうた》は目《め》を閉《と》じて、少《すこ》し考《かんが》えたあと、口《くち》を開《ひら》いた。

「わかりやすく言《い》えば……ＤＶＤ《ディーブイディー》だな」

翔太《しょうた》がまた、結論《けつろん》だけを言《い》った。

ＤＶＤ《ディーブイディー》だと言《い》った、翔太《しょうた》の説明《せつめい》はこうだった。

先生《せんせい》がどうして「カラダ探《さが》し」を知《し》っているかわからない。

でも、「カラダ探《さが》し」に関《かん》する情報《じょうほう》を持《も》っている。

だから、もしも「カラダ探《さが》し」をさせられている生徒《せいと》がいた時《とき》に、その情報《じょうほう》を教《おし》える
ため、特別《とくべつ》な言葉《ことば》を会話《かいわ》のなかに入《い》れているらしい。

初日《しょにち》は「呪《のろ》い」、２日目《かめ》は「小野山美子《おのやまみこ》」というように。

ＤＶＤ《ディーブイディー》と例《たと》えたのは、チャプターごとに区切《くぎ》られていると言《い》いたかったようだ。

八代先生《やしろせんせい》が、「この言葉《ことば》を言《い》った生徒《せいと》がいたら、ここまで話《はなし》をしよう」と決《き》めていれば、
先生《せんせい》にとって初対面《しょたいめん》の生徒《せいと》でも、次《つぎ》に話《はな》すことがわかるというのだ。

毎回全編再生《まいかいぜんぺんさいせい》ではなく、特別《とくべつ》な言葉《ことば》でチャプター再生《さいせい》になる。

情報《じょうほう》がＤＶＤ《ディーブイディー》－ＲＯＭ《ロム》で、先生《せんせい》はプレーヤーだと言《い》われて、やっと頭《あたま》の中《なか》で整理《せいり》する

ことができた。

「で？　それはわかったけど、『小野山美子《おのやまみこ》』って誰《だれ》よ？」

先生《せんせい》と話《はなし》をしたあと、屋上《おくじょう》に移動《いどう》した私達《わたしたち》。

翔太《しょうた》の話《はなし》は疲《つか》れる……と言《い》わんばかりの表情《ひょうじょう》を浮《う》かべながらも、留美子《るみこ》が訊《たず》ねた。

「八代先生《やしろせんせい》が味方《みかた》なら、きっと『カラダ探《さが》し』に関係《かんけい》してる人《ひと》だろうな。でも、『させている側《がわ》』だった場合《ばあい》……意味《いみ》なんてない、ただ適当《てきとう》な言葉《ことば》を言《い》ってるだけかもしれない」

結局《けっきょく》、どちらにしても「小野山美子《おのやまみこ》」のことは調《しら》べなければならない。

もしもその人物《じんぶつ》を見《み》つけることができれば、八代先生《やしろせんせい》が敵《てき》か味方《みかた》かわかる気《き》がしたから。


4限目《げんめ》、私達《わたしたち》は図書室《としょしつ》にいた。

東棟《ひがしとう》と西棟《にしとう》を繋《つな》ぐ、南側《みなみがわ》の2階《かい》の渡《わた》り廊下《ろうか》。

その中間《ちゅうかん》にある図書室《としょしつ》には、卒業《そつぎょう》アルバムがある。

私達《わたしたち》は、手分《てわ》けして「小野山美子《おのやまみこ》」という名前《なまえ》を調《しら》べてみたけど、卒業生《そつぎょうせい》のなかにその名前《なまえ》はなかった。

「ないな……調《しら》べろって、いったいどう調《しら》べればいいんだ？　俺達《おれたち》は『小野山美子《おのやまみこ》』の顔《かお》も知《し》らないのに」

頭《あたま》を抱《かか》えて、テーブルに伏《ふ》せる翔太《しょうた》。

髪《かみ》をグシャグシャに掻《か》き乱《みだ》して。

「あんたがさっき言《い》ってたみたいに、適当《てきとう》な言葉《ことば》を言《い》われただけなんじゃない？　やっぱり……」

調《しら》べることに飽《あ》きたのか、漫画《まんが》を読《よ》み始《はじ》めた留美子《るみこ》。

高広《たかひろ》はと言《い》うと……陽当《ひあ》たりのいい席《せき》で、眠《ねむ》りについている。

「理恵《りえ》、なにかあった？」

「んー、これと言《い》ってないかな？」

私達《わたしたち》もこんな感《かん》じで、人探《ひとさが》しも暗礁《あんしょう》に乗《の》り上《あ》げている……そんな雰囲気《ふんいき》が漂《ただよ》っていた。

「もしかしたら、この学校《がっこう》とは関係《かんけい》のない人《ひと》じゃないのか？　だとしたら、図書室《としょしつ》なんかじゃダメだ……」

「『カラダ探《さが》し』に関係《かんけい》してるなら学校《がっこう》の関係者《かんけいしゃ》じゃないの？　そうだと思《おも》ったんだけど」

そう訊《たず》ねた私《わたし》を見《み》もせずに、変《か》わらず机《つくえ》に伏《ふ》せたままの翔太《しょうた》。

そして、突然立《とつぜんた》ち上《あ》がると私《わたし》と理恵《りえ》を見《み》て、

「俺《おれ》、図書館《としょかん》行《い》ってくるわ……」

そう呟《つぶや》いて、図書室《としょしつ》を出《で》ていった。

私達《わたしたち》は、あまりに突然《とつぜん》の翔太《しょうた》の発言《はつげん》に、なにも言《い》えないまま……その背中《せなか》を見送《みおく》るしかなかった。


翔太《しょうた》は図書室《としょしつ》を出《で》ていって、それから学校《がっこう》に戻《もど》ることはなかった。

放課後《ほうかご》になり、「昨日《きのう》」と同《おな》じように理恵《りえ》と留美子《るみこ》が私《わたし》の家《いえ》に来《き》ていた。

みんな、平静《へいせい》を装《よそお》ってはいるけど……精神的《せいしんてき》にかなり疲《つか》れていることが、留美子《るみこ》を見《み》ているとわかる。

私《わたし》の部屋《へや》に入《はい》るなり、ベッドに横《よこ》になる留美子《るみこ》。

そして、私《わたし》と理恵《りえ》を無視《むし》して、スースーと寝息《ねいき》を立《た》て始《はじ》めた。

「疲《つか》れてるね……やっぱり」

理恵《りえ》が溜《た》め息《いき》をついて、床《ゆか》に腰《こし》を下《お》ろした。

「そりゃあね。何回同《なんかいおな》じ日《ひ》を繰《く》り返《かえ》してるか……私《わたし》だって疲《つか》れるよ」

私《わたし》も椅子《いす》に腰《こし》かけて、フウッと溜《た》め息《いき》をつく。

頭《あたま》が痛《いた》い。

「カラダ探《さが》し」のことに健司《けんじ》のこと、八代先生《やしろせんせい》のこと、そして「小野山美子《おのやまみこ》」のこと。

色《いろ》んなことがありすぎて、なにから考《かんが》えるべきなのかわからない。

同《おな》じ日《ひ》を繰《く》り返《かえ》しているのに、問題《もんだい》は増《ふ》えていくだけ。

「なにも考《かんが》えずに、私《わたし》も眠《ねむ》りたいよ……留美子《るみこ》みたいに」

そう呟《つぶや》きながら、ベッドの上《うえ》で気持《きも》ちよさそうに眠《ねむ》る留美子《るみこ》に目《め》をやる。

「翔太《しょうた》から連絡《れんらく》ないね。やっぱり、わからないのかな？『小野山美子《おのやまみこ》』のこと」

理恵《りえ》が言《い》うように、図書館《としょかん》に行《い》った翔太《しょうた》が気《き》になる。

考《かんが》えることなら、私《わたし》よりも翔太《しょうた》の方《ほう》がいいから。

私達《わたしたち》は、翔太《しょうた》からの連絡《れんらく》を待《ま》つしかなかった。


その後《ご》、夕食《ゆうしょく》までの間《あいだ》眠《ねむ》り、食事《しょくじ》をとった私達《わたしたち》は部屋《へや》に戻《もど》った。

遥《はるか》が来《く》るまでは、まだ1時間《じかん》ほどある。

時計《とけい》を見《み》たあとに、机《つくえ》の上《うえ》に放置《ほうち》してあった携帯電話《けいたいでんわ》に視線《しせん》を移《うつ》すと……。

誰《だれ》からか着信《ちゃくしん》があったのか、ピカピカと光《ひか》っている。

「昨日《きのう》」のこの時間《じかん》には、誰《だれ》からも着信《ちゃくしん》はなかった。

そう思《おも》い、携帯電話《けいたいでんわ》を開《ひら》いてみると、そこには「翔太《しょうた》」の文字《もじ》。

図書館《としょかん》で調《しら》べて、なにかわかったのか、それともわからなかったのか。

「翔太《しょうた》から着信《ちゃくしん》があったみたい、ちょっとかけてみるね」

理恵《りえ》と留美子《るみこ》にそう呟《つぶや》き、翔太《しょうた》に電話《でんわ》をかける。

コール音《おん》が２回《かい》……そして、すぐに翔太《しょうた》が出《で》た。

「翔太《しょうた》？　なにかわかったの？」

『明日香《あすか》、わかったぞ！　「小野山美子《おのやまみこ》」のことが！　結構時間《けっこうじかん》がかかったけどな』

「ホントに!?　それで……『小野山美子《おのやまみこ》』ってどんな人《ひと》なの？」

理恵《りえ》と留美子《るみこ》に指《ゆび》で丸《まる》を作《つく》り、私《わたし》は椅子《いす》に腰《こし》かけた。

八代先生《やしろせんせい》の言《い》った「小野山美子《おのやまみこ》」という人物《じんぶつ》が、「カラダ探《さが》し」にどう関《かか》わっているのか、それがわかるかもしれない。

『「小野山美子《おのやまみこ》」は50年以上前《ねんいじょうまえ》に、当時《とうじ》11歳《さい》で……死《し》んでいた』

翔太《しょうた》が言《い》ったその言葉《ことば》に、私《わたし》は息《いき》を飲《の》んだ。

そして、脳裏《のうり》にあるビジョンが浮《う》かんだのだ。

「小野山美子《おのやまみこ》」が11歳《さい》の少女《しょうじょ》。小学生《しょうがくせい》で、しかも50年以上前《ねんいじょうまえ》に死《し》んでいるのなら、図書《としょ》室《しつ》の卒業《そつぎょう》アルバムを調《しら》べても載《の》っているはずがない。

そして、小学生《しょうがくせい》くらいの少女《しょうじょ》と言《い》えば……。

「赤《あか》い人《ひと》」と、「小野山美子《おのやまみこ》」がどうしても結《むす》びついてしまう。

「ねえ、翔太《しょうた》……もしかして『小野山美子《おのやまみこ》』が、『赤《あか》い人《ひと》』なんじゃない？」

顔《かお》がわからないから、はっきりとしたことは言《い》えないけど。

「カラダ探《さが》し」に関係《かんけい》する少女《しょうじょ》なんて、「赤《あか》い人《ひと》」しか思《おも》い浮《う》かばないから。

『いや、わからないな……「赤《あか》い人《ひと》」の顔《かお》を、はっきりと見《み》たことがないから。メールで送《おく》るから確認《かくにん》してくれないか？』

「うん、わかった……じゃあ、1回切《かいき》るね」

そう言《い》い、通話《つうわ》を終了《しゅうりょう》させた。

「明日香《あすか》、翔太《しょうた》はなんだって？」

私《わたし》が訊《たず》ねた「赤《あか》い人《ひと》」という言葉《ことば》が気《き》になるのだろう。

留美子《るみこ》が、心配《しんぱい》そうな表情《ひょうじょう》で私《わたし》を見《み》つめている。

「『赤《あか》い人《ひと》』かどうかわからないから、メールを送《おく》るって」

そう話《はな》していると……メールの着信音《ちゃくしんおん》が鳴《な》った。

そして、画像《がぞう》が添付《てんぷ》された、そのメールを開《ひら》いた私達《わたしたち》が目《め》にしたのは……。

当時《とうじ》の新聞《しんぶん》を写《うつ》したものだった。

その写真《しゃしん》は、当時《とうじ》起《お》こったバラバラ殺人事件《さつじんじけん》の新聞記事《しんぶんきじ》を写《うつ》したものだった。

被害者《ひがいしゃ》は「小野山美子《おのやまみこ》」11歳《さい》。

遺体《いたい》は当時建設中《とうじけんせつちゅう》だった高等学校《こうとうがっこう》の校舎《こうしゃ》に隠《かく》されるようにして散《ち》らばっていて……。

犯人《はんにん》と思《おも》われる人物《じんぶつ》は、近《ちか》くの雑木林《ぞうきばやし》で首《くび》を吊《つ》って死亡《しぼう》していたと、翔太《しょうた》のメールに追記《ついき》されていた。

殺人《さつじん》の動機《どうき》も、なぜバラバラにしたのかも不明《ふめい》。

そして、その少女《しょうじょ》の写真《しゃしん》は……粗《あら》かったけど、どことなく「赤《あか》い人《ひと》」に似《に》ているという印象《いんしょう》を受《う》けた。

「留美子《るみこ》、この子《こ》なんだけど……どう思《おも》う？」

翔太《しょうた》から送《おく》られてきたメールの画像《がぞう》を、留美子《るみこ》と理恵《りえ》に見《み》せる。

すると、2人《ふたり》とも目《め》を細《ほそ》めたり、画面《がめん》から離《はな》れて見《み》たりして、出《で》た答《こた》えは……。

「……これ、『赤《あか》い人《ひと》』だよね？」

「うん、私《わたし》もそう思《おも》う……」

私達全員《わたしたちぜんいん》が、「赤《あか》い人《ひと》」だと判断《はんだん》したその時《とき》だった。

「えっ!?」

その画面《がめん》を見《み》ていた理恵《りえ》が、驚《おどろ》きの表情《ひょうじょう》を浮《う》かべる。

理恵《りえ》に続《つづ》き、留美子《るみこ》も短《みじか》い悲鳴《ひめい》を上《あ》げた。

「ちょっと、明日香《あすか》……あんた、なにもしてないよね!?」

「な、なにが？　私《わたし》がなにを……」

そう言《い》いながら携帯電話《けいたいでんわ》の画像《がぞう》を見《み》て、私《わたし》は恐怖《きょうふ》した。

無表情《むひょうじょう》だった少女《しょうじょ》の写真《しゃしん》が赤《あか》く染《そ》まり……こちらを見《み》て笑《わら》っていたから。

その少女《しょうじょ》のあまりの変貌《へんぼう》ぶりに思《おも》わず手《て》を離《はな》してしまい、携帯電話《けいたいでんわ》が床《ゆか》に落《お》ちる。

「なんなの？　今《いま》の……」

そう呟《つぶや》いたあと、ゴクリと唾《つば》を飲《の》む。

私自身《わたしじしん》で言《い》ったことだけど、ここまで来《き》たら、みんなわかってると思《おも》う。

「小野山美子《おのやまみこ》」が「赤《あか》い人《ひと》」なのだということを。

「なにって、どう見《み》ても『赤《あか》い人《ひと》』だよね？　それ以外《いがい》に考《かんが》えられないって……」

床《ゆか》に落《お》ちた携帯電話《けいたいでんわ》を閉《と》じようと、留美子《るみこ》が手《て》を伸《の》ばして答《こた》える。

「そうだよね。『小野山美子《おのやまみこ》』が、『赤《あか》い人《ひと》』なら……八代先生《やしろせんせい》は、これを知《し》ってて私達《わたしたち》に教《おし》えたんだよね？」

どうしてそれを知《し》っていて、私達《わたしたち》に調《しら》べさせたんだろう……。

なにか釈然《しゃくぜん》としないものを感《かん》じるけど、1つの謎《なぞ》が解《と》けた。

「回《まわ》りくどいっての！　わかってるなら、ストレートに言《い》ってくればいいじゃん」

携帯電話《けいたいでんわ》を拾《ひろ》い上《あ》げ、私《わたし》に手渡《てわた》す留美子《るみこ》。

「そうだけど。でもさ、翔太《しょうた》とまともに話《はな》したの……久《ひさ》し振《ぶ》りだよね？」

理恵《りえ》が言《い》った言葉《ことば》に、唸《うな》りながら考《かんが》える留美子《るみこ》。

そう言《い》えば……朝《あさ》に、みんなに合《あ》わす顔《かお》がないって言《い》っていた翔太《しょうた》が、いつの間《ま》にか輪《わ》の中《なか》にいた。

「カラダ探《さが》し」では1人《ひとり》で動《うご》くのだろうけれど……。

1度《ど》はバラバラになったみんなが、元《もと》に戻《もど》りつつあるなかで……健司《けんじ》のことだけが気《き》がかりだ。

そしてもう1つ《ひと》……。

遥《はるか》が来《く》る時間《じかん》が、迫《せま》っていたのだ。

時計《とけい》は間《ま》もなく、遥《はるか》が来《く》る時間《じかん》……21時《じ》。

高広《たかひろ》が寝《ね》ていて気《き》づかなかったと言《い》うなら、目《め》を閉《と》じて、耳《みみ》を塞《ふさ》いでいれば大丈夫《だいじょうぶ》かもしれない。

どうせ、「カラダ探《さが》し」をさせられるのだから、遥《はるか》を見《み》て精神状態《せいしんじょうたい》が悪《わる》くなることだけは避《さ》けたい。

私達《わたしたち》は3人《にん》で布団《ふとん》に潜《もぐ》って、その時《とき》が経過《けいか》するのを待《ま》っていた。

目《め》を閉《と》じていればなにも見《み》えない。

耳《みみ》を塞《ふさ》いでいればなにも聞《き》こえない。

胸《むね》がドキドキする。こうしてから、何分経過《なんぷんけいか》しただろう。

目《め》を閉《と》じているから、時計《とけい》も見《み》ることができない。

遥《はるか》が怖《こわ》い……来《き》てほしくない。

「カラダ探《さが》し」をするんだから、もう頼《たの》みに来《こ》なくていいじゃない。

どうしていつも来《く》るの？

これも八代先生《やしろせんせい》が言《い》っていた「呪《のろ》い」なの？

こうしているだけでも、精神状態《せいしんじょうたい》が悪化《あっか》しそうだ。

そんなことを考《かんが》えていた時《とき》だった。

「明日香《あすか》、もう大丈夫《だいじょうぶ》みたいだよ」

理恵《りえ》のその言葉《ことば》に、私《わたし》はフウッと溜《た》め息《いき》をついて、布団《ふとん》を捲《まく》り上《あ》げる。

2人《ふたり》とも、同《おな》じように起《お》き上《あ》がって、私《わたし》は理恵《りえ》の肩《かた》を叩《たた》いた。

「もう……どうして大丈夫《だいじょうぶ》だってわかったの？　もしかして時計《とけい》を見《み》た？」

フフッと笑《わら》う私《わたし》を見《み》つめて、理恵《りえ》が青《あお》ざめた表情《ひょうじょう》で首《くび》を横《よこ》に振《ふ》った。

「それ、私《わたし》じゃない！　私《わたし》は留美子《るみこ》に言《い》われたから……」

その言葉《ことば》の意味《いみ》に気《き》づいた時《とき》には……もう遅《おそ》かった。

耳《みみ》を塞《ふさ》いでいたのに……理恵《りえ》の声《こえ》が、あんなにはっきりと聞《き》こえるわけがない。

「ねえ、みんな……私《わたし》のカラダを探《さが》して」

ベッドの枕付近《まくらふきん》に座《すわ》ってこちらを見《み》ている遥《はるか》が……私達《わたしたち》にそう言《い》ったのだ。

遥《はるか》が現《あらわ》れて、しばらく放心状態《ほうしんじょうたい》だった私達《わたしたち》。

まさか、騙《だま》すなんてことをしてくるとは思《おも》わなかった。

高広《たかひろ》は、こんな状況《じょうきょう》でも眠《ねむ》っていたのだろうか……。

だとしたら、鈍感《どんかん》にもほどがある。

「はぁ、いつまでこんなことが続《つづ》くんだろ……」

ガックリとうな垂《だ》れて、留美子《るみこ》が愚痴《ぐち》をこぼす。

そんなの、「カラダ探《さが》し」が終《お》わるまで続《つづ》くとしか言《い》えない。

「今日《きょう》は……どこに行《い》くの？　また音楽室《おんがくしつ》に行《い》く？　『昨日《きのう》』は全然調《ぜんぜんしら》べられなかったし」

遥《はるか》に驚《おどろ》かされても、すぐに考《かんが》えなければならない。

こんな状態《じょうたい》で、考《かんが》えることなんてできるはずがないのに。

「じゃ、玄関《げんかん》が開《あ》いたら音楽室《おんがくしつ》にダッシュね。私《わたし》、それまで寝《ね》る。もう疲《つか》れた……」

そう言《い》い、留美子《るみこ》が倒《たお》れるように横《よこ》になった。

私《わたし》も眠《ねむ》りたい……眠《ねむ》ることで、少《すこ》しでも精神《せいしん》を落《お》ち着《つ》けたい。

「じゃあ、私《わたし》も寝《ね》る……理恵《りえ》も寝《ね》ようよ。嫌《いや》なことは忘《わす》れてさ」

「そうしようかな？　ちょっと狭《せま》いけど」

いくらみんなが細身《ほそみ》とはいえ、シングルベッドに3人《にん》はきついかもしれない。

それでも、朝《あさ》まで寝《ね》る必要《ひつよう》はないのだ。

目《め》を開《あ》けたら、「カラダ探《さが》し」が始《はじ》まる。

それまで……少《すこ》し身体《からだ》を休《やす》めるだけだから。


「おい、みんな起《お》きろ！　始《はじ》まるぞ！」

その声《こえ》と、身体《からだ》を揺《ゆ》すられて、私《わたし》はゆっくりと目《め》を開《あ》けた。

目《め》の前《まえ》には翔太《しょうた》の姿《すがた》。

そして地面《じめん》に座《すわ》り込《こ》む健司《けんじ》と、その後《うし》ろ襟《えり》を掴《つか》んで立《た》つ高広《たかひろ》という、今《いま》までにない光景《こうけい》。

「あ！　翔太《しょうた》に返信《へんしん》するの……忘《わす》れてた」

あの恐怖画像《きょうふがぞう》を見《み》て、すっかり報告《ほうこく》を忘《わす》れていた。

「ん？　ああ、どうせ『カラダ探《さが》し』の時《とき》に聞《き》けると思《おも》ったから、気《き》にしてなかったけどな。で？　どうだった？」

理恵《りえ》と留美子《るみこ》の身体《からだ》も揺《ゆ》すりながら、私《わたし》に訊《たず》ねる翔太《しょうた》。

「やっぱり、『小野山美子《おのやまみこ》』が『赤い人《あかいひと》』だった。間違《まちが》いないよ！」

理恵《りえ》と留美子《るみこ》が、周囲《しゅうい》を見回《みまわ》しながら、起《お》き上《あ》がる。

翔太《しょうた》にメールが来《き》てからの画像《がぞう》の変化《へんか》を話《はな》しながら玄関《げんかん》のドアが開《あ》く時《とき》を待《ま》っていた。

「あの画像《がぞう》が真《ま》っ赤《か》に……か。少女《しょうじょ》がバラバラにされて隠《かく》されたのは、建設中《けんせつちゅう》だったこの学校《がっこう》に間違《まちが》いないな。今《いま》でも『小野山美子《おのやまみこ》』の怨念《おんねん》が生《い》きているんだろう」

正直《しょうじき》、そんな話《はなし》は聞《き》きたくなかった。

「カラダ探《さが》し」を終《お》わらせたあとも、学校生活《がっこうせいかつ》を送《おく》らなければならない私達《わたしたち》は、知《し》らない方《ほう》が幸《しあわ》せだったかもしれない。

「高広《たかひろ》！　今日《きょう》はしっかりそいつを抑《おさ》えててよ！　もう殺《ころ》されるのは嫌《いや》だからね！」

留美子《るみこ》の言葉《ことば》に、「おう」と高広《たかひろ》が返事《へんじ》をしたそのあとに……玄関《げんかん》のドアが、ゆっくりと開《あ》いた。

高広《たかひろ》に健司《けんじ》のことを任《まか》せて、私達《わたしたち》は「昨日《きのう》」と同《おな》じ音楽室《おんがくしつ》へと走《はし》った。

西棟《にしとう》の２階《かい》で翔太《しょうた》と別《わか》れ、生産棟《せいさんとう》に向《む》かう渡《わた》り廊下《ろうか》に出《で》る。

「校内放送《こうないほうそう》が流《なが》れる前《まえ》に、音楽室《おんがくしつ》に行《い》こうと思《おも》ったけどさ……校内放送《こうないほうそう》を聞《き》いてから移動《いどう》した方《ほう》がよかったかな？」
留美子《るみこ》がそう言《い》う間《あいだ》にも、生産棟《せいさんとう》に入《はい》って、すぐそこにある階段《かいだん》に差《さ》しかかった。
「わかんない。最初《さいしょ》の校内放送《こうないほうそう》が、生産棟《せいさんとう》の３階《かい》だったら嫌《いや》だよね……」
理恵《りえ》、そういう死亡《しぼう》フラグ立《た》てるのやめてくれないかな……。
大体《だいたい》、そんなことを口《くち》に出《だ》してしまうと、本当《ほんとう》に現《あらわ》れちゃうんだから。
そんなことを思《おも》いながら到着《とうちゃく》した生産棟《せいさんとう》の３階《かい》。
あとは突《つ》き当《あ》たりまで一直線《いっちょくせん》に走《はし》ればいいだけだ。
「もう、それは運《うん》だよね……放送室《ほうそうしつ》の中《なか》の人《ひと》が、『赤《あか》い人《ひと》』をどこに移動《いどう》させるか」
なるべくなら、ここから遠《とお》い場所《ばしょ》に現《あらわ》れてほしい。
でも、翔太《しょうた》のことを考《かんが》えると、早《はや》くカラダを見《み》つけてもらいたい。
体育館《たいいくかん》に現《あらわ》れてくれるとありがたい……なんて。
走《はし》り続《つづ》けて数分《すうふん》。
私達《わたしたち》は音楽室《おんがくしつ》に辿《たど》り着《つ》くことができた。
やっと、「昨日《きのう》」調《しら》べられなかった音楽室《おんがくしつ》を調《しら》べられる。
私達《わたしたち》が音楽室《おんがくしつ》に入《はい》ってドアを閉《し》めた時《とき》。

『「赤《あか》い人《ひと》」が、生産棟《せいさんとう》3階《かい》に現《あらわ》れました。皆《みな》さん気《き》をつけてください』

理恵《りえ》が言《い》った通《とお》り……このフロアに「赤《あか》い人《ひと》」が出現《しゅつげん》してしまった。

「いきなりここ!? もう！ 理恵《りえ》が余計《よけい》なことを言《い》うから！」

「え!? あ……ご、ごめん」

室内《しつない》を見回《みまわ》しながら、留美子《るみこ》が理恵《りえ》に当《あ》たる。

まあ、私《わたし》も思《おも》ってはいたけれど、こればかりは運《うん》の要素《ようそ》が強《つよ》いから、理恵《りえ》を責《せ》めても仕《し》方《かた》がない。

「2人《ふたり》とも、探《さが》しててよ。私《わたし》が廊下《ろうか》の音《おと》を聞《き》いておくからさ。歌《うた》が聞《き》こえたら教《おし》える、それでいい？」

「あー……そうだね。その方《ほう》がいいね。じゃあ明日香《あすか》、お願《ねが》い」

留美子《るみこ》はそう言《い》うと携帯電話《けいたいでんわ》を取《と》り出《だ》し、その画面《がめん》の明《あ》かりを頼《たよ》りに部屋《へや》を調《しら》べ始《はじ》めた。

私《わたし》はドアの横《よこ》にある照明《しょうめい》のスイッチを押《お》してみるけど、やっぱり部屋《へや》は暗《くら》いまま。

毎日《まいにち》、月明《つきあ》かりが校舎《こうしゃ》の西側《にしがわ》から射《さ》しているから、校舎《こうしゃ》の北側《きたがわ》にある音楽室《おんがくしつ》は暗《くら》いのだ。

それを確認《かくにん》して、ドアに耳《みみ》を当《あ》ててみる。

ゴウゴウという、なにかわからないような音《おと》が聞《き》こえるけれど、歌《うた》は聞《き》こえない。

「赤《あか》い人《ひと》」は、近《ちか》くにはいないみたいだ。

「ここにはないね……次《つぎ》は準備室探《じゅんびしつさが》すから、理恵《りえ》はそのロッカー調《しら》べたら手伝《てつだ》ってよ」

グランドピアノから離《はな》れて、音楽室《おんがくしつ》の中《なか》にある準備室《じゅんびしつ》へと歩《ある》く留美子《るみこ》。

歌《うた》はまだ聞《き》こえない……。

この調子《ちょうし》なら、音楽室《おんがくしつ》を調《しら》べ終《お》わるまでは大丈夫《だいじょうぶ》かもしれない。

理恵《りえ》が掃除用具《そうじようぐ》の入《はい》ったロッカーを確認《かくにん》して、留美子《るみこ》を手伝《てつだ》うために準備室《じゅんびしつ》へと向《む》かった。

準備室《じゅんびしつ》は、黒板《こくばん》の横《よこ》。音楽室《おんがくしつ》に入《はい》って、すぐ左《ひだり》のドアを開《あ》けた部屋《へや》。

中《なか》にはギターとオルガンくらいしか、目《め》を引《ひ》く物《もの》がないらしい。

そんな話《はなし》を、誰《だれ》かから聞《き》いたような気《き》がする。

「あ、理恵《りえ》……準備室《じゅんびしつ》のドアは開《あ》けておいてね。閉《し》めちゃうと、私《わたし》の声《こえ》が聞《き》こえないかもしれないから」

「うん、わかったよ」

私《わたし》の前《まえ》を通《とお》り過《す》ぎる理恵《りえ》が、指《ゆび》で丸《まる》を作《つく》って見《み》せる。
私《わたし》が、翔太《しょうた》と電話《でんわ》していた時《とき》に見《み》せたやつだ。
準備室《じゅんびしつ》の中《なか》に入《はい》っていく理恵《りえ》の背中《せなか》を見送《みおく》りながら、廊下《ろうか》の音《おと》に集中《しゅうちゅう》した。
誰《だれ》かが来《く》れば、すぐにわかるほど廊下《ろうか》は静《しず》まり返《かえ》っている。
聞《き》こえるのは、ゴウゴウという音《おと》と、準備室《じゅんびしつ》から聞《き》こえる留美子《るみこ》と理恵《りえ》の声《こえ》だけ。
このまま準備室《じゅんびしつ》も調《しら》べ終《お》わってくれれば……音楽室《おんがくしつ》の前《まえ》にも、下《した》へと続《つづ》く階段《かいだん》がある。
すぐそこに逃《に》げればいい。
「ダメだよ明日香《あすか》……ここにはなかった」
しばらくして、ガッカリした様子《ようす》で留美子《るみこ》が準備室《じゅんびしつ》から出《で》てきた。
「そう……じゃあ、今《いま》ならまだ声《こえ》も聞《き》こえていないから、すぐに2階《かい》に下《お》りよう」
そう返事《へんじ》をして、立《た》ち上《あ》がろうとした時《とき》だった。

「……つかんであかをだす～」

あの歌《うた》を……微《かす》かではあるが、聞《き》き取《と》ることができたのだ。

廊下《ろうか》から聞《き》こえたその声《こえ》に、慌《あわ》ててドアに耳《みみ》を当《あ》て直《なお》す私《わたし》。

「明日香《あすか》？　なにしてるの？　早《はや》く行《い》こうよ」

留美子《るみこ》の言葉《ことば》に、「シッ！」と、人差《ひとさ》し指《ゆび》を立《た》てて口《くち》の前《まえ》に持《も》っていく。


「まっかなふくになりたいな～」


徐々《じょじょ》に、こちらに向《む》かって歩《ある》いてきている……。

しかも、南側《みなみがわ》の廊下《ろうか》か、東側《ひがしがわ》の廊下《ろうか》か、２つが交差《こうさ》しているこの場所《ばしょ》では、どちらから来《き》ているのかがわからない。

一《いち》か八《ばち》かもない、音楽室《おんがくしつ》を出《で》た時点《じてん》で見《み》つかってしまうのだ。

他《ほか》の、習字室《しゅうじしつ》とか美術室《びじゅつしつ》に入《はい》ってくれればいいのに。

どうして私《わたし》は、いつも部屋《へや》の中《なか》にいる時《とき》に限《かぎ》って「赤《あか》い人《ひと》」に怯《おび》えなきゃならないのだろう……。

「ダメ……こっちに来《く》る。２人《ふたり》とも、準備室《じゅんびしつ》に隠《かく》れて」

そのまま南側《みなみがわ》の廊下《ろうか》に抜《ぬ》けてくれれば……そう祈《いの》りながら3人《にん》で準備室《じゅんびしつ》の中《なか》に隠《かく》れた。

ドアの前《まえ》で息《いき》を潜《ひそ》めて……通《とお》り過《す》ぎてくれることを祈《いの》るしかなかったのだ。

「どうか……来《き》ませんように……」

囁《ささや》くように祈《いの》る理恵《りえ》。

心臓《しんぞう》の鼓動《こどう》が、壁《かべ》を伝《つた》って聞《き》こえてしまうんじゃないかというくらい……激《はげ》しくなっている。

そして……。

カチャカチャ……。

キィイイイ……。

音楽室《おんがくしつ》のドアが、ゆっくりと開《あ》いて……「赤《あか》い人《ひと》」が入《はい》ってきたのだ。

「あ〜かい　ふ〜くをくださいな〜」

どうしよう……入《はい》ってきちゃった。

私《わたし》が、こんな状況《じょうきょう》で見《み》つからなかったのは、西棟《にしとう》の3階《かい》にいた時《とき》だけ。

東棟《ひがしとう》の2階《かい》の教室《きょうしつ》でも、会議室《かいぎしつ》でも見《み》つかっている。

もう、2人《ふたり》と会話《かいわ》することもできない。

この準備室《じゅんびしつ》のドアが開《あ》けられたら、目《め》を閉《と》じて「赤《あか》い人《ひと》」を見《み》ないように逃《に》げるしかない。

そんなことができるかどうかはわからないけど、そうなったら、やるしかないのだ。


「し〜ろい……」


「赤《あか》い人《ひと》」が、唄《うた》うのをやめた？

もしかして……私達《わたしたち》に気《き》づいたの？

息《いき》を飲《の》み、いつでも動《うご》き出《だ》せるように私《わたし》は身構《みがま》えた。

しかし……。

ポロン……。

ポロン……。


この音《おと》は……ピアノの音《おと》？

私達《わたしたち》が準備室《じゅんびしつ》にいることに……「赤《あか》い人《ひと》」は気《き》づいていない様子《ようす》で、ピアノの鍵盤《けんばん》を弾《ひ》く音《おと》だけが聞《き》こえる。

ホッと、胸《むね》を撫《な》で下《お》ろしたけど……次《つぎ》の瞬間《しゅんかん》。


「キャハハハハハハハハッ!!」


そう笑《わら》いながら、激《はげ》しくピアノを弾《ひ》き始《はじ》めたのだ。

こんな状況《じょうきょう》で、曲《きょく》にもなっていない騒音《そうおん》を聴《き》かされるのは気持《きも》ち悪《わる》い。

ジャンジャカジャンジャンジャカという、ただの騒音《そうおん》と共《とも》に聞《き》こえる不気味《ぶきみ》な笑《わら》い声《ごえ》。

私達《わたしたち》は……恐怖《きょうふ》に震《ふる》えて耳《みみ》を塞《ふさ》いだ。

このドアを1枚隔《まいへだ》てた向《む》こうに、「赤《あか》い人《ひと》」がいる。

ピアノをメチャクチャに弾《ひ》き、大笑《おおわら》いしているのだ。
耳《みみ》を塞《ふさ》いでいても、その音《おと》が聞《き》こえてくる。
こんな所《ところ》で遊《あそ》んでないで、早《はや》く出《で》て行《い》って!!
私《わたし》がそう思《おも》っていると……。
ピアノを弾《ひ》く音《おと》と、笑《わら》い声《ごえ》がピタリと止《と》まったのだ。
そしてまた聞《き》こえるあの歌声《うたごえ》。
その声《こえ》は、準備室《じゅんびしつ》の前《まえ》を通《とお》り、ドアが開《あ》く音《おと》がして、すぐに聞《き》こえなくなった。
でも……まだ油断《ゆだん》はできない。
会議室《かいぎしつ》でのこともあるから、「赤《あか》い人《ひと》」がいなくなったと考《かんが》えるのはまだ早《はや》い。
私《わたし》はもう1度《ど》、立《た》てた人差《ひとさ》し指《ゆび》を口《くち》の前《まえ》に置《お》いて、2人《ふたり》の顔《かお》を見《み》る。
理恵《りえ》と留美子《るみこ》も、その意味《いみ》がわかったのか、私《わたし》に小《ちい》さく頷《うなず》いた。
それから5分《ふん》は経《た》っただろうか……。
ドアの向《む》こうに「赤《あか》い人《ひと》」がいる気配《けはい》はないし、歌《うた》も聞《き》こえてこない。
「もう、大丈夫《だいじょうぶ》みたいだね」
最初《さいしょ》に口《くち》を開《ひら》いたのは私《わたし》。

そう呟《つぶや》いても、ドアが開《あ》けられる様子《ようす》はない。

「はぁ……心臓《しんぞう》に悪《わる》いよ……まったく」

崩《くず》れ落《お》ちるように、床《ゆか》に腰《こし》を下《お》ろす留美子《るみこ》。

「これからどうするの？　移動《いどう》する？　それとも、校内放送《こうないほうそう》を待《ま》つ？」

理恵《りえ》の言葉《ことば》に、私《わたし》は悩《なや》んだ。

「確実《かくじつ》なのは、校内放送《こうないほうそう》を待《ま》つ方《ほう》だよね。音楽室《おんがくしつ》から出《で》て、すぐに『赤《あか》い人《ひと》』に見《み》つかるかもしれないし」

見《み》つかってしまえば追《お》いかけられる。見《み》てしまえば振《ふ》り返《かえ》ることができなくなる。

特《とく》に、見《み》てしまったら、半分《はんぶん》死《し》んだも同然《どうぜん》。

後《うし》ろを見《み》ることができなくなるのだ。

「って、言《い》っても……もう、この部屋《へや》に用《よう》はないんだけどね。校内放送《こうないほうそう》まで、椅子《いす》にでも座《すわ》ってようか」

そう言《い》い、準備室《じゅんびしつ》のドアを開《あ》ける留美子《るみこ》。

私《わたし》もそれに続《つづ》いて音楽室《おんがくしつ》に入《はい》り、「赤《あか》い人《ひと》」が弾《ひ》いていたグランドピアノに目《め》をやった。

白《しろ》い鍵盤《けんばん》に、無数《むすう》につけられた赤《あか》い斑点《はんてん》。

激《はげ》しく弾《ひ》いていた、「赤《あか》い人《ひと》」の指《ゆび》の血《ち》が付《つ》いたのだろう。

それでも、あれだけ真《ま》っ赤《か》に染《そ》まっているのに、床《ゆか》に足跡《あしあと》が残《のこ》っていないのが不思議《ふしぎ》だ。

「結局《けっきょく》さ……『赤《あか》い人《ひと》』が『小野山美子《おのやまみこ》』だってわかっても、なにも変《か》わらないね。『赤《あか》い人《ひと》』は襲《おそ》ってくるわけだからさ」

椅子《いす》に腰《こし》かけて、机《つくえ》に頬杖《ほおづえ》をつきながら、理恵《りえ》が溜《た》め息《いき》をつく。

確《たし》かに「赤《あか》い人《ひと》」の正体《しょうたい》がわかったところで、私達《わたしたち》がやることは同《おな》じ。

殺《ころ》される時《とき》は、変《か》わらず殺《ころ》されるのだから。

「そう言《い》えばさ、高広《たかひろ》と翔太《しょうた》はどこにいるんだろ？　最初《さいしょ》に別《わか》れてから会《あ》ってないけど」

校内放送《こうないほうそう》が流《なが》れずに、いまだに音楽室《おんがくしつ》にいる私達《わたしたち》。

まだ生産棟《せいさんとう》の３階《かい》に「赤《あか》い人《ひと》」がいるかと思《おも》うと、迂闊《うかつ》に身動《みうご》きがとれないのだ。

「高広《たかひろ》はまあ、あの様子《ようす》だったら、健司《けんじ》をしっかり見《み》ててくれるんじゃないかな？　翔《しょう》太《た》はどうだろ？　やることがあるみたいだけど……」

留美子《るみこ》の問《と》いに、私《わたし》は少《すこ》し考《かんが》えながら答《こた》えた。

私《わたし》が起《お》きた時《とき》にはすでに健司《けんじ》はグッタリしていて、高広《たかひろ》がなにかしたのか、元《もと》からそうだったのかはわからない。

でも、あの状態《じょうたい》ならなにもできないだろう。

「翔太《しょうた》のやることってなんだろ？　明日香《あすか》は知《し》ってるの？」

「え？　あ……うん。一応《いちおう》はね」

理恵《りえ》の言葉《ことば》に、思《おも》わず反応《はんのう》してしまった……。

でも、よく考《かんが》えてみれば、翔太《しょうた》は私《わたし》にそのことを口止《くちど》めしなかった。

だったら……別《べつ》に言《い》ってもいいよね？

「男《おとこ》の意地《いじ》らしいよ？　酷《ひど》いことを言《い》ったのに、自分《じぶん》だけカラダを見《み》つけてないから……せめて1つでも見《み》つけないと、みんなと合《あ》わせる顔《かお》がないって」

「はあ？　なんなのそれ……翔太《しょうた》は頭悪《あたまわる》いの？　意地《いじ》を張《は》る意味《いみ》がわかんないし」

留美子《るみこ》がそう言《い》った時《とき》……。


『「赤《あか》い人《ひと》」が、東棟《ひがしとう》2階《かい》に現《あらわ》れました。皆《みな》さん気《き》をつけてください』

校内放送《こうないほうそう》が流《なが》れた。翔太《しょうた》がいるのは西棟《にしとう》だから大丈夫《だいじょうぶ》だとは思《おも》うけど……少《すこ》し心配《しんぱい》だな。

「じゃあ、『昨日《きのう》』理恵《りえ》も言《い》ってたし、図書室《としょしつ》に行《い》こうか。元々《もともと》行《い》く予定《よてい》だったわけだし」

留美子《るみこ》が、溜《た》め息《いき》をつきながら椅子《いす》から立《た》ち上《あ》がった。

図書室《としょしつ》はここからだと、西棟《にしとう》の2階《かい》から行《い》くのが一番早《いちばんはや》い。

留美子自身《るみこじしん》、酷《ひど》いことを言《い》っていながらも、翔太《しょうた》がいなければ、八代先生《やしろせんせい》との会話《かいわ》がわからなかったということに気《き》づいてはいるのだろう。

それに、「小野山美子《おのやまみこ》」のことを調《しら》べたのも翔太《しょうた》なのだから。

「留美子《るみこ》って素直《すなお》じゃないよね。心配《しんぱい》なら心配《しんぱい》って言《い》えばいいのにね」

クスッと笑《わら》いながら、私《わたし》にそう呟《つぶや》く理恵《りえ》。

まあ、他人《たにん》の喧嘩《けんか》を留美子《るみこ》が煽《あお》っていたわけだから、今更引《いまさらひ》っ込《こ》みがつかなかったのだろう。

留美子《るみこ》も意地《いじ》を張《は》っていたのだ。

「理恵《りえ》！　バカなこと言《い》ってないで早《はや》く行《い》くよ！　心配《しんぱい》なんかしてないし」

そう言《い》って、ドアに向《む》かって歩《ある》き出《だ》す留美子《るみこ》。

私達《わたしたち》も、クスクスと笑《わら》いながら、そのあとをついていく。

やっと、留美子《るみこ》が翔太《しょうた》のことを許《ゆる》したようで安心《あんしん》した。

問題《もんだい》なのは、翔太《しょうた》よりも健司《けんじ》の方《ほう》だ。

理恵《りえ》も当然許《とうぜんゆる》している様子《ようす》はないし、私《わたし》だって許《ゆる》せない。

そのことは……考《かんが》えたくはなかった。


図書室《としょしつ》に向《む》かうために音楽室《おんがくしつ》を出《で》て、廊下《ろうか》をまっすぐ南側《みなみがわ》に向《む》かった。

音楽室《おんがくしつ》を出《で》て、すぐの階段《かいだん》を下《お》りてもよかったけれど、そこからだと西棟《にしとう》の奥《おく》まで見通《みとお》せてしまう。

万《まん》が一《いち》、「赤《あか》い人《ひと》」が西棟《にしとう》に移動《いどう》していたら……私達《わたしたち》は確実《かくじつ》にその姿《すがた》を見《み》てしまうから。

少《すこ》しでも、図書室《としょしつ》に近《ちか》い階段《かいだん》を下《お》りる必要《ひつよう》があった。

「でもさ、翔太《しょうた》がどの教室《きょうしつ》にいるかわからないよね？　どうやって探《さが》すの？」

階段《かいだん》を下《お》りながら、理恵《りえ》が訊《たず》ねる。

「だからさ、私達《わたしたち》が行《い》くのは図書室《としょしつ》なの！　翔太《しょうた》がどこにいても関係《かんけい》ないでしょ！」

少《すこ》し強《つよ》めの口調《くちょう》で、あくまで図書室《としょしつ》に行《い》くためと言《い》い張《は》る留美子《るみこ》。

自分自身《じぶんじしん》、翔太《しょうた》に酷《ひど》いことを言《い》ったということはわかっているのだろう。

発端《ほったん》が翔太《しょうた》だったとはいえ、みんなに悪《わる》いと思《おも》って自分《じぶん》1人《ひとり》の力《ちから》で頑張《がんば》っているのだ。

留美子《るみこ》も、それくらいはわかっているはず。

だからこそ、音楽室《おんがくしつ》から離《はな》れて図書室《としょしつ》に行《い》こうと言《い》ったのだ。

生産棟《せいさんとう》の2階《かい》まで下《お》り、壁《かべ》に背中《せなか》をつけて、私《わたし》が廊下《ろうか》の音《おと》を聞《き》く。

シーンと静《しず》まり返《かえ》った廊下《ろうか》は、そこに「赤《あか》い人《ひと》」がいないということを教《おし》えてくれている。

「大丈夫《だいじょうぶ》……かな？　次《つぎ》の階段《かいだん》まで走《はし》ろうか」

と、私《わたし》が2人《ふたり》に言《い》ったその時《とき》だった。


「うわあああっ‼　離《はな》れろ！　離《はな》れろよ‼」


廊下《ろうか》の奥《おく》の方《ほう》で……叫《さけ》び声《ごえ》が聞《き》こえた。

あの声《こえ》は……翔太《しょうた》？

私《わたし》がそう思《おも》ったと同時《どうじ》に、廊下《ろうか》に飛《と》び出《だ》した留美子《るみこ》が、その声《こえ》の聞《き》こえた方《ほう》に走《はし》り出《だ》したのだ。

「ちょっと！　留美子《るみこ》！」

突然《とつぜん》駆《か》け出《だ》した留美子《るみこ》のあとを、私《わたし》と理恵《りえ》が追《お》いかけた。
今《いま》の翔太《しょうた》の声《こえ》は、近《ちか》くじゃない。廊下《ろうか》の奥《おく》の方《ほう》。
そこに近《ちか》づくにつれ、私《わたし》の耳《みみ》に聞《き》こえてくるあの歌《うた》……。

「……をちぎってあかくなる～
あしをちぎってもあかくなる～」

もう、歌《うた》もかなり終《お》わりに近《ちか》づいている。
このままじゃあ、間違《まちが》いなく翔太《しょうた》は死《し》ぬ。
でも、翔太《しょうた》なら振《ふ》りほどけるはずなのに……なにか、あったのだろうか。
その歌《うた》は廊下《ろうか》の奥《おく》、奇《く》しくも、私達《わたしたち》が向《む》かっていた図書室《としょしつ》の方《ほう》から聞《き》こえていたのだ。
東棟《ひがしとう》へと続《つづ》く、西棟《にしとう》の南側《みなみがわ》の廊下《ろうか》に足《あし》を踏《ふ》み入《い》れた私達《わたしたち》は……その光景《こうけい》に震《ふる》えた。
床《ゆか》に倒《たお》れる翔太《しょうた》の背中《せなか》にしがみついて、不気味《ぶきみ》に微笑《ほほえ》む「赤《あか》い人《ひと》」。
その翔太《しょうた》の前《まえ》には……人《ひと》の脚《あし》が置《お》かれていたのだ。
「留美子《るみこ》!?　これを持《も》って行《い》け！　図書室《としょしつ》で見《み》つけた！」

そう叫《さけ》び、必死《ひっし》の形相《ぎょうそう》で脚《あし》を指差《ゆびさ》す翔太《しょうた》。

「**あかがつまったそのせなか〜**
わたしはつかんであかをだす〜」

そう言《い》っている間《あいだ》にも、歌《うた》は進《すす》む。
その翔太《しょうた》を見下《みお》ろして、留美子《るみこ》はフンッと鼻《はな》で笑《わら》った。
「あんたが持《も》って行《い》けば？　男《おとこ》の意地《いじ》があるんでしょ？」
そう言《い》い、西棟《にしとう》の廊下《ろうか》まで後退《こうたい》する留美子《るみこ》。
そして、西棟《にしとう》の一番奥《いちばんおく》の教室《きょうしつ》に入《はい》ったのだ。
こんな時《とき》にまで、留美子《るみこ》はいったいなにを考《かんが》えているのだろう。
留美子《るみこ》の代《か》わりに、脚《あし》に駆《か》け寄《よ》る私《わたし》。
遥《はるか》の……左脚《ひだりあし》。

「**まっかなふくになりた……**」

そこまで「赤《あか》い人《ひと》」が唄《うた》い、もうダメだと目《め》を閉《と》じた翔《しょう》太《た》だけど……。

突然《とつぜん》その背中《せなか》から、「赤《あか》い人《ひと》」が消《き》えたのだ。

そして……。

『「赤《あか》い人《ひと》」が、西棟《にしとう》2階《かい》に現《あらわ》れました。皆《みな》さん気《き》をつけてください』

校内放送《こうないほうそう》が流《なが》れた。

「な……にが……起《お》こったの？」

状況《じょうきょう》が飲《の》み込《こ》めていない様子《ようす》の理恵《りえ》。

「理恵《りえ》！　振《ふ》り返《かえ》っちゃダメだよ！」

そう叫《さけ》んだあと、まだ倒《たお》れたままの翔《しょう》太《た》に、私《わたし》は遥《はるか》の左脚《ひだりあし》を差《さ》し出《だ》した。

きっと……留美子《るみこ》は奥《おく》の教室《きょうしつ》で振《ふ》り返《かえ》って、「赤《あか》い人《ひと》」を翔《しょう》太《た》から引《ひ》き剥《は》がしたのだ。

翔《しょう》太《た》が叫《さけ》んだように、私達《わたしたち》の誰《だれ》かが左脚《ひだりあし》を運《はこ》べばよかったのかもしれない。

けれど、留美子《るみこ》は翔《しょう》太《た》に運《はこ》べと言《い》って、自分《じぶん》が犠牲《ぎせい》になった。

なぜそんなことをしたのかはわからない。

それは「昨日《きのう》」に戻《もど》ってから聞《き》くとして、今《いま》はこの左脚《ひだりあし》を運《はこ》ぶことが先決《せんけつ》だ。

「ほら、翔太《しょうた》！　ここまでやったんだから、最後《さいご》まで意地《いじ》を通《とお》して！　留美子《るみこ》が助《たす》けてくれたんだから！」

起《お》き上《あ》がる翔太《しょうた》に左脚《ひだりあし》を手渡《てわた》す。

それを受《う》け取《と》ると、翔太《しょうた》は小《ちい》さく頷《うなず》いて、西棟《にしとう》の階段《かいだん》へ向《む》かって走《はし》り出《だ》した。

「理恵《りえ》、私達《わたしたち》は東棟《ひがしとう》から玄関前《げんかんまえ》のホールに向《む》かうよ！」

「わ、わかった……」

理恵《りえ》の返事《へんじ》を確認《かくにん》して、渡《わた》り廊下《ろうか》を西棟《にしとう》に向《む》かって走《はし》り出《だ》す。

これで、「赤《あか》い人《ひと》」を見《み》たのは3人《にん》。

でも、音楽室《おんがくしつ》で感《かん》じた恐怖《きょうふ》はあまり感《かん》じなかった。

翔太《しょうた》がカラダを見《み》つけたことが嬉《うれ》しくて……。

翔太《しょうた》が棺桶《かんおけ》にそれを納《おさ》めることができるなら、次《つぎ》に犠牲《ぎせい》になるのは私《わたし》でもいいとさえ思《おも》っていた。

東棟《ひがしとう》に入《はい》り、右《みぎ》に曲《ま》がるとすぐにある階段《かいだん》を下《お》りる私達《わたしたち》。

階段《かいだん》を下《お》りて、左《ひだり》に曲《ま》がって玄関前《げんかんまえ》のホールへと走《はし》った。

「明日香《あすか》、なんか嬉《うれ》しそうだね」

走《はし》りながら、私《わたし》に話《はな》しかける理恵《りえ》。

確《たし》かに、翔太《しょうた》がカラダを見《み》つけて嬉《うれ》しいけど……そんなに嬉《うれ》しそうに見《み》えるのかな？

「理恵《りえ》は？　カラダが４つ。やっと半分見《はんぶんみ》つかったんだよ」

「うん……そうだね。あと半分《はんぶん》で、『カラダ探《さが》し』が終《お》わるんだね」

フフッと笑《わら》いながら、隣《となり》を走《はし》る私《わたし》の顔《かお》を見《み》る理恵《りえ》。

「カラダ探《さが》し」の最中《さいちゅう》に、笑《わら》うことなんてほとんどないから、その笑顔《えがお》になんだか安心《あんしん》する。

そして、事務室《じむしつ》の前《まえ》を曲《ま》がり、玄関《げんかん》へと辿《たど》り着《つ》いた私達《わたしたち》。

すでにホールでは、翔太《しょうた》が棺桶《かんおけ》に左脚《ひだりあし》を納《おさ》めたみたいで、満足《まんぞく》そうな表情《ひょうじょう》で天井《てんじょう》を見《み》上《あ》げていた。

でも、その背中《せなか》には「赤《あか》い人《ひと》」がしがみついていて……。

私達《わたしたち》は、そのホールに入《はい》ることはできなかった。

「あ、明日香《あすか》……『赤《あか》い人《ひと》』が」

さっきまで笑《わら》っていた私達《わたしたち》だったけれど、その光景《こうけい》を見《み》て……その場《ば》から逃《に》げ出《だ》した。

理恵《りえ》の手《て》を引《ひ》き、ホールには入《はい》らずに西棟《にしとう》へと向《む》かう。

そして、西棟《にしとう》の階段《かいだん》に差《さ》しかかった時《とき》……。


「まっかなふくになりたいな～」


「赤《あか》い人《ひと》」の歌《うた》が……唄《うた》い終《お》わったのだ。

留美子《るみこ》が死《し》んだ。そして、翔太《しょうた》も死《し》んだ。

翔太《しょうた》がカラダを見《み》つけて嬉《うれ》しいと思《おも》ったけど、それは、留美子《るみこ》の犠牲《ぎせい》があったから。

私自身《わたしじしん》に「赤《あか》い人《ひと》」が襲《おそ》いかかってこなかったから、余裕《よゆう》が生《う》まれていただけ。

私達《わたしたち》はどこに行《い》くという目標《もくひょう》もなく、ただ階段《かいだん》をのぼり続《つづ》けて……屋上《おくじょう》に出《で》る、ドアの前《まえ》で立《た》ち止《ど》まった。

「ハア……ハア……明日香《あすか》、やっぱり……怖《こわ》い」

息《いき》を整《ととの》えながら、床《ゆか》に腰《こし》を下《お》ろして呟《つぶや》く理恵《りえ》。

私《わたし》だって怖《こわ》い。軽々《かるがる》しく「犠牲《ぎせい》になる」なんて考《かんが》えてたものの、死《し》を目《ま》の当《あ》たりにすると、それは綺麗事《きれいごと》だったのだと思《おも》い知《し》らされた。

そして……この場所《ばしょ》にも恐怖《きょうふ》を感《かん》じる。

目《め》の前《まえ》には、屋上《おくじょう》に出《で》るドア。

大丈夫《だいじょうぶ》だとは思《おも》うけど、もしもこのドアが開《あ》かなかったら……。

私達《わたしたち》は、振《ふ》り返《かえ》らないと階段《かいだん》を下《お》りられないのだ。

そのドアを見《み》つめたまま、呼吸《こきゅう》が落《お》ち着《つ》くのを私達《わたしたち》は待《ま》っていた。

「私《わたし》も怖《こわ》いよ。それに、このドア……開《あ》くのかな？」

理恵《りえ》に訊《き》いても、その答《こた》えが出《で》るはずがない。

私《わたし》は……そのドアに手《て》を伸《の》ばした。

ドアノブを握《にぎ》り、ゆっくりと回《まわ》すと……そのドアは、音《おと》もなく開《あ》いた。

死《し》ぬかもしれない……なんて考《かんが》えたのが、バカみたいに。

屋上《おくじょう》に出《で》た私《わたし》と理恵《りえ》は、探《さが》すような所《ところ》のないこの場所《ばしょ》を見回《みまわ》して溜《た》め息《いき》をついた。

なにもないじゃない……。

まあ、こんな所《ところ》にカラダがあるなんて思《おも》ってもいなかったけど。

柵《さく》の内側《うちがわ》を回《まわ》るようにして、振《ふ》り返《かえ》らないように……私達《わたしたち》は移動《いどう》した。

「探《さが》すなら、向《む》こう側《がわ》も探《さが》さないとね……でも、なんだかここは気味《きみ》が悪《わる》いね」

屋内《おくない》とは違《ちが》い、月明《つきあ》かりに照《て》らされている屋上《おくじょう》は明《あか》るい。

けれど、ここから見《み》える照明《しょうめい》の消《き》えた校舎《こうしゃ》は不気味《ぶきみ》で……私達《わたしたち》の死《し》を、嘲笑《あざわら》っているかのようにも見《み》える。

これが、「小野山美子《おのやまみこ》」の「呪《のろ》い」なのだろうか。

「みんな……夜《よる》になったら、私達《わたしたち》がここで死《し》んでいるってことを知《し》らないんだよね」

屋上《おくじょう》の北側《きたがわ》の端《はし》まで歩《ある》き、弧《こ》を描《えが》くようにして、来《き》た道《みち》を戻《もど》る私達《わたしたち》。

避雷針《ひらいしん》に頭《あたま》が刺《さ》さってたら……なんて冗談《じょうだん》を、いつか言《い》っていたけれど。

少《すく》なくとも、今《いま》それを見《み》ている私《わたし》の目《め》には、頭《あたま》なんてものは映《うつ》っていない。

屋上《おくじょう》の入《い》り口《ぐち》の横《よこ》を通《とお》り、反対側《はんたいがわ》に行《い》こうとした時《とき》だった。

屋上《おくじょう》へと上《あ》がる階段《かいだん》……そこに、黒《くろ》い人影《ひとかげ》が見《み》えたのだ。

今《いま》の人影《ひとかげ》……誰《だれ》だろう。

反対側《はんたいがわ》の屋上《おくじょう》に行《い》くために、私達《わたしたち》は入《い》り口《ぐち》の横《よこ》にある、幅《はば》の狭《せま》い通路《つうろ》に入《はい》ってしまった。

隣《となり》には理恵《りえ》。今《いま》の人影《ひとかげ》が誰《だれ》かを確認《かくにん》しようと思《おも》うと、振《ふ》り返《かえ》るか、バックしないといけない。

「理恵《りえ》、誰《だれ》かが屋上《おくじょう》に来《く》る……」

もしも、それが「赤《あか》い人《ひと》」だった場合《ばあい》を考《かんが》えて、気《き》づかれないように囁《ささや》いた。

「え……まさか『赤《あか》い人《ひと》』？」

私《わたし》と同《おな》じように囁《ささや》く理恵《りえ》。

でも、私《わたし》にもそれはわからない。

「そうじゃないって思《おも》いたいけどね。とにかく来《き》て」

考《かんが》えがあるわけじゃない。どうすればいいかわからないから、私《わたし》は理恵《りえ》の手《て》を取《と》って歩《ある》いた。

そして、屋上《おくじょう》の入《い》り口《ぐち》の、反対側《はんたいがわ》に位置《いち》する壁《かべ》に背中《せなか》をつけて……息《いき》を潜《ひそ》め、そこに屈《かが》んだ。

そして……。


「あ〜かい　ふ〜くをくださいな〜」

あの歌《うた》が聞《き》こえた……。

どうしよう……私達《わたしたち》は、完全《かんぜん》に追《お》い詰《つ》められた。

屋上《おくじょう》は広《ひろ》いけど入《い》り口《ぐち》が1つしかないから私達《わたしたち》がこの状況《じょうきょう》を脱出《だっしゅつ》する方法《ほうほう》は限《かぎ》られる。

どちらかが、「赤《あか》い人《ひと》」に狙《ねら》われるしかないのだ。

私《わたし》か理恵《りえ》……次《つぎ》は、どちらかが死《し》ぬ。

「理恵《りえ》……とりあえず、向《む》きを変《か》えよう。このままじゃ、逃《に》げられないよ」

壁《かべ》に背中《せなか》をつけた状態《じょうたい》で見《み》つかってしまえば、その分《ぶん》だけ逃《に》げるのにも時間《じかん》がかかる。

少《すこ》しでも早《はや》く逃《に》げるには、通路《つうろ》の方《ほう》を向《む》いておく必要《ひつよう》があるのだ。

「振《ふ》り返《かえ》らなきゃいいんだよね？　じゃあ……右《みぎ》に90度《ど》、向《む》けばいいんだよね……」

ブツブツと、なにか妙《みょう》なことを呟《つぶや》いている理恵《りえ》。

理屈《りくつ》で考《かんが》えれば、そうなんだけど……。

なんて、考《かんが》えてる場合《ばあい》じゃない。

失敗《しっぱい》してもしなくても、死《し》ぬかもしれないのなら、「ここまではセーフ」という指標《しひょう》になればいい。

「じゃあ……それ、やってみようか。せーので、通路《つうろ》の方《ほう》を向《む》くよ」

私《わたし》の言葉《ことば》に、小《ちい》さく頷《うなず》く理恵《りえ》。

「行《い》くよ……せーのっ」

その合図《あいず》と共《とも》に、左《ひだり》を向《む》いた私《わたし》。

理恵《りえ》が後《うし》ろにいるから、本当《ほんとう》に通路《つうろ》の方《ほう》を向《む》いているかはわからない。

でも、これで90度《ど》なら平気《へいき》だということがわかった。

あとは、「赤《あか》い人《ひと》」から逃《に》げればいいだけ。でも、この状況《じょうきょう》じゃあ、それが一番難《いちばんむずか》しく思《おも》えた。

私《わたし》はその場《ば》で立《た》ち上《あ》がり、通路《つうろ》に近《ちか》づいた。

「赤《あか》い人《ひと》」が、こちらに来《く》るような気配《けはい》はない。

それに、あの歌《うた》が、さっきから聞《き》こえないのだ。

「いなくなったのかな……」

誰《だれ》に言《い》ったわけでもない。自分《じぶん》に言《い》い聞《き》かせるように呟《つぶや》き、そっと通路《つうろ》の方《ほう》を覗《のぞ》いた。

「えっ!?」

私《わたし》の目《め》に飛《と》び込《こ》んで来《き》た光景《こうけい》は……あまりにも衝撃的《しょうげきてき》なものだった。

「け……健司《けんじ》？」

今日《きょう》こそ、高広《たかひろ》がしっかりと見《み》ているはずなのに、どうしてここに健司《けんじ》が？


「まっかなふくになりたいな〜」


あの歌《うた》の最後《さいご》の１小節《しょうせつ》……。

それを唄《うた》っていたのは……目《め》の前《まえ》に立《た》っている健司《けんじ》だった。

そして、健司《けんじ》は柵《さく》を乗《の》り越《こ》えて、屋上《おくじょう》の縁《ふち》に立《た》つと……そこから飛《と》び降《お》りたのだ。

「嘘《うそ》でしょ!?　健司《けんじ》！」

どうして健司《けんじ》が飛《と》び降《お》りなければならないのか。

なんだかガタガタと震《ふる》えていたけど、まったく意味《いみ》がわからない。

私《わたし》は慌《あわ》てて、健司《けんじ》がいた場所《ばしょ》に駆《か》け寄《よ》り、柵《さく》から身《み》を乗《の》り出《だ》して下《した》を確認《かくにん》しようとした時《とき》だった。


ピシッ！

パキン！

という金属音《きんぞくおん》が私《わたし》の耳《みみ》に入《はい》った。

そして……ゆっくりと外側《そとがわ》に向《む》かって倒《たお》れる柵《さく》。

私《わたし》はこの時気《ときき》づいた。

ここは、遥《はるか》が転落《てんらく》した時《とき》に柵《さく》が切断《せつだん》された場所《ばしょ》。

あれは……このことを予知《よち》していたのかもしれない。

柵《さく》が倒《たお》れ、屋上《おくじょう》から放《ほう》り出《だ》された私《わたし》は、アスファルトの上《うえ》で、不気味《ぶきみ》な笑《え》みを浮《う》かべたまま息絶《いきた》えた健司《けんじ》を見《み》ながら……。

頭《あたま》から地面《じめん》に落下《らっか》した。

7日目《なのかめ》

……健司《けんじ》はどうして、自分《じぶん》から飛《と》び降《お》りたのだろう。
それも、「赤《あか》い人《ひと》」の歌《うた》を最初《さいしょ》と最後《さいご》の1小節《しょうせつ》ずつ唄《うた》って。
もしかすると、階段《かいだん》を上《あ》がっている時《とき》に唄《うた》っていたのかもしれないけど。
それがなにか関係《かんけい》してるのか、あの健司《けんじ》は、やっぱりおかしいと思《おも》う。
まるで、誰《だれ》かに操《あやつ》られているかのような、そんな印象《いんしょう》を受《う》けた。
ベッドの上《うえ》で天井《てんじょう》を見《み》つめたまま、私《わたし》はそれを考《かんが》えていた。
バラバラ殺人《さつじん》の被害者《ひがいしゃ》だった「小野山美子《おのやまみこ》」。
犯人《はんにん》が自殺《じさつ》して、終《お》わった事件《じけん》。
バラバラにされた怨念《おんねん》が、美子《みこ》を「赤《あか》い人《ひと》」にして……。
それで、どうなったんだろう。
寝起《ねお》きのせいか、頭《あたま》がボーッとして、考《かんが》えが上手《うま》くまとまらない。
でも、わかっていることは、翔太《しょうた》がカラダを見《み》つけて、棺桶《かんおけ》の中《なか》に納《おさ》めたということ。
これで、みんなと協力《きょうりょく》してくれるはずだから。
私《わたし》は、身体《からだ》を起《お》こして、ベッドの端《はし》に座《すわ》った。
学校《がっこう》に行《い》く準備《じゅんび》をしなきゃ。

ゆっくりと立《た》ち上《あ》がり、机《つくえ》の上《うえ》にある携帯電話《けいたいでんわ》を確認《かくにん》した。

今日《きょう》も変《か》わらず11月9日《がっここのか》……。

でも、カラダは残《のこ》り4つ。あと半分《はんぶん》で、この繰《く》り返《かえ》す「昨日《きのう》」が終《お》わると、そう信《しん》じるしかなかった。


「行《い》ってきまーす」

玄関《げんかん》を出《で》た私《わたし》は、最近《さいきん》はいつもそこにいる高広《たかひろ》が目《め》に入《はい》った。

昨夜《さくや》、私《わたし》は健司《けんじ》になにかをされたわけじゃないけど、玄関《げんかん》で会《あ》ったきり、その後《あと》は一度《いちど》も会《あ》っていないことが疑問《ぎもん》だったのだ。

いったい、どこでなにをしていたのか。

そして、なぜ健司《けんじ》が自《みずか》ら屋上《おくじょう》から飛《と》び降《お》りたのか。

「高広《たかひろ》、おはよ。昨日《きのう》はどこにいたの？」

私《わたし》の挨拶《あいさつ》に、背《せ》を向《む》けて立《た》っていた高広《たかひろ》が、ビクッと反応《はんのう》する。

「お、おう。昨日《きのう》はだなぁ……わかんねぇんだ」

その答《こた》えの方《ほう》がわからない。

あんなにぐったりとした健司《けんじ》と一緒《いっしょ》にいて、わからないはずがないのに。

「なにそれ。高広《たかひろ》の言《い》ってることの方《ほう》がわからないよ」

私《わたし》の言葉《ことば》に、ばつが悪《わる》そうに唸《うな》る高広《たかひろ》。

「それがよぉ、お前《まえ》らが校舎《こうしゃ》の中《なか》に入《はい》ったのを見届《みとど》けてから、健司《けんじ》を連《つ》れて中《なか》に入《はい》ったんだよ」

昨夜《さくや》、私達《わたしたち》は4人《にん》で、急《いそ》いで西棟《にしとう》に向《む》かった。

そして、2階《かい》で二手《ふたて》に分《わ》かれたわけだけど、高広《たかひろ》と健司《けんじ》の行動《こうどう》は知《し》らない。

「……唄《うた》い出《だ》したんだよ、あの歌《うた》を。そのあと、俺《おれ》は急《きゅう》に目《め》の前《まえ》が真《ま》っ暗《くら》になって、それで気《き》づいたら朝《あさ》になってた」

それはつまり、高広《たかひろ》は死《し》んだということ？

よくわからないけど、健司《けんじ》が屋上《おくじょう》から飛《と》び降《お》りたこととなにか関係《かんけい》があるのだろうか？

「じゃあなに？　健司《けんじ》は最初《さいしょ》から最後《さいご》まで、ずっと唄《うた》ってたってこと？」

「明日香《あすか》が見《み》た時《とき》に唄《うた》っていたのなら、そうなるよな。なんなんだよ、あいつは」

通学路《つうがくろ》を歩《ある》きながら、昨夜《さくや》の健司《けんじ》のことを話《はな》していた。

「ふーん、私《わたし》が知《し》らないところで、2人《ふたり》とも大変《たいへん》だったんだね」

途中《とちゅう》で合流《ごうりゅう》した留美子《るみこ》が、他人事《たにんごと》のように答《こた》える。

そりゃあ留美子《るみこ》は翔太《しょうた》を助《たす》けるために犠牲《ぎせい》になって、すっきりしたかもしれないけど……。

健司《けんじ》の異変《いへん》を目《ま》の当《あ》たりにした私達《わたしたち》にとっては、翔太《しょうた》のことはもうすでに消化《しょうか》された出来事《できごと》。

健司《けんじ》がなぜ「赤《あか》い人《ひと》」の歌《うた》を唄《うた》っていたのかが、今一番《いまいちばん》気《き》になっていることだ。

「もしかしてさ、健司《けんじ》がおかしくなった理由《りゆう》となにか関係《かんけい》があるんじゃないかな？　ほら、健司《けんじ》は理恵《りえ》のことが好《す》きだったけど、口《くち》や態度《たいど》に出《だ》さずに、秘《ひ》めてるって感《かん》じだったじゃない？」

「んー……そうだけどさ。それを言《い》っちゃうと、なんでも全部《ぜんぶ》呪《のろ》いのせいになっちゃうんじゃないの？　私《わたし》にはわかんないけどさ」

確《たし》かに、そう言《い》われれば、すべてが疑《うたが》わしく思《おも》えてしまう。

私達《わたしたち》は、なにもわからないまま、学校《がっこう》に行《い》くしかなかった。

八代先生《やしろせんせい》に訊《き》くしか、今《いま》のところ他《ほか》に方法《ほうほう》がないと思《おも》っていたから。

その後《ご》、理恵《りえ》と合流《ごうりゅう》して学校《がっこう》へと向《む》かった。

その途中《とちゅう》にいる猫《ねこ》も、いつものように留美子《るみこ》に頬擦《ほおず》りをして、特《とく》に「昨日《きのう》」が変《か》わっている様子《ようす》は見《み》られない。

学校《がっこう》に到着《とうちゃく》しても、教室《きょうしつ》に入《はい》っても、変化《へんか》はなくて……。

いつもと違《ちが》うのは、翔太《しょうた》が明《あか》るい表情《ひょうじょう》でいるということだけ。

「翔太《しょうた》、おはよう」

「ああ、おはよう」

挨拶《あいさつ》を交《か》わしただけでも、その変化《へんか》がわかる。

喧嘩《けんか》をする前《まえ》のような、自信《じしん》に満《み》ちた声《こえ》だ。

「留美子《るみこ》、昨日《きのう》は言《い》えなかったけど……ありがとうな」

「別《べつ》にいいって。どうせ毎晩《まいばん》死《し》ぬんだしさ。それに、まだ半分残《はんぶんのこ》ってるんだよ？　やっと折《お》り返《かえ》しじゃん」

少《すこ》し照《て》れた様子《ようす》で頭《あたま》を掻《か》く留美子《るみこ》。

なんだかいい雰囲気《ふんいき》に見《み》えるけど、2人《ふたり》にそのつもりはないことはわかってる。

いい喧嘩友達《けんかともだち》。そんな関係《かんけい》なのだ。

「それより、高広《たかひろ》はどうしたんだ？　ムスッとして……」

教室《きょうしつ》に入《はい》って早々《そうそう》に、自分《じぶん》の席《せき》に座《すわ》る高広《たかひろ》。

翔太《しょうた》も、昨夜《さくや》は玄関前《げんかんまえ》のホールで力尽《ちからつ》きたから知《し》らないんだ……。

「あのね翔太《しょうた》、実《じつ》は健司《けんじ》が……」

八代先生《やしろせんせい》に直接訊《ちょくせつき》くべきか悩《なや》んだけれど、翔太《しょうた》に話《はな》して上手《うま》くまとめてもらった方《ほう》がよさそうだと私《わたし》はそう思《おも》った。

昨夜起《さくやお》こった出来事《できごと》……健司《けんじ》の異変《いへん》の最初《さいしょ》と最後《さいご》。

高広《たかひろ》を殺《ころ》してから、そのあとのことはわからない。

私《わたし》が見《み》た、健司《けんじ》の最後《さいご》の姿《すがた》は明《あき》らかに異常《いじょう》。

それを伝《つた》えると、翔太《しょうた》は目《め》を閉《と》じて考《かんが》え始《はじ》めた。

「わからないな。健司《けんじ》がなぜ『赤《あか》い人《ひと》』の歌《うた》を唄《うた》っていたのか。『呪《のろ》い』となにか関係《かんけい》してるのか？」

私《わたし》はその問《と》いに対《たい》する答《こた》えを持《も》っていない。

そもそも、それがわからないから、翔太《しょうた》に話《はなし》をまとめてもらおうと思《おも》っているのに。

「翔太《しょうた》がわからないのに、私《わたし》がわかるわけないでしょ？　でも、八代先生《やしろせんせい》ならわかるかもしれないから」

「俺《おれ》に訊《き》けっていうことか。こういうことを言《い》うのもなんだけど……あの先生《せんせい》だって、相《そう》当怪《とうあや》しいぜ?」

翔太《しょうた》が言《い》いたいことはわかってる。

少《すく》なくとも、「小野山美子《おのやまみこ》」の情報《じょうほう》は嘘《うそ》ではなかったのだから、味方《みかた》かもしれないとは思《おも》った。

でも、だったらどうしてその情報《じょうほう》を知《し》っているのか……。

八代先生《やしろせんせい》の言《い》ってることが正《ただ》しければ正《ただ》しいほど、怪《あや》しさが増《ま》すのだ。

「まあ、3限目《げんめ》までに考《かんが》えればいいだろ? まだ時間《じかん》はあるしな」

私《わたし》は翔太《しょうた》に頷《うなず》いて、自分《じぶん》の席《せき》に座《すわ》った。

また、八代先生《やしろせんせい》に調《しら》べ物《もの》をさせられたらどうしよう……などと思《おも》いながら。

授業《じゅぎょう》が始《はじ》まり、私《わたし》はノートに「カラダ探《さが》し」でわかったことを書《か》き綴《つづ》っていた。

あくまでも、私《わたし》がわかる範囲《はんい》のことだけれど……。

まとめると、思《おも》ったより単純《たんじゅん》なんだなということがわかる。

・まず校舎《こうしゃ》に入《はい》らなければならない。入《はい》らずに、他《ほか》の建物《たてもの》に行《い》っても意味《いみ》がない。

・校舎《こうしゃ》に入《はい》ってしばらくすると、校内放送《こうないほうそう》が流《なが》れて「赤《あか》い人《ひと》」が現《あらわ》れる（これより前《まえ》に「赤《あか》い人《ひと》」がいるかどうかは不明《ふめい》）。

・「赤《あか》い人《ひと》」が移動《いどう》するパターンは３つ。歩《ある》くこと、校内放送《こうないほうそう》で場所《ばしょ》を指定《してい》されること、「赤《あか》い人《ひと》」を見《み》た誰《だれ》かが振《ふ》り返《かえ》ること。

このなかで一番優先順位《いちばんゆうせんじゅんい》が高《たか》いのは、最後《さいご》の「振《ふ》り返《かえ》る」こと。基本的《きほんてき》には校内放送《こうないほうそう》が移動先《いどうさき》を指定《してい》するけど、振《ふ》り返《かえ》った人《ひと》がいた場合《ばあい》、「赤《あか》い人《ひと》」の方《ほう》が先《さき》に移動《いどう》して、現《あらわ》れた場所《ばしょ》を校内放送《こうないほうそう》で言《い》う。

・放送室《ほうそうしつ》のドアを開《あ》けようとすると、「赤《あか》い人《ひと》」を背後《はいご》に呼《よ》ばれる。

みんなが知《し》っている情報《じょうほう》をまとめると、たったこの程度《ていど》。
基本情報《きほんじょうほう》は書《か》かなくてもいいとして、これだけ気《き》をつければいいのだ。

他《ほか》にも細《こま》かい情報《じょうほう》はあるだろうけど……。

これを八代先生《やしろせんせい》に見《み》せれば、無駄《むだ》な会話《かいわ》をせずに本題《ほんだい》に入《はい》れるかもしれないから。

2限目《げんめ》の休《やす》み時間《じかん》、私達《わたしたち》は屋上《おくじょう》で話《はなし》をしていた。

ここには先生《せんせい》が来《こ》ないことがわかっているから、ここにいるのが一番安全《いちばんあんぜん》だと言《い》える。

「このノートはいいな。ここまで書《か》いてあれば、八代先生《やしろせんせい》への説明《せつめい》も楽《らく》になる」

私《わたし》が授業中《じゅぎょうちゅう》にまとめていた例《れい》のノートを手《て》に取《と》り、パラパラと眺《なが》める翔太《しょうた》。

「へへ……そうかな？」

翔太《しょうた》に褒《ほ》められると、なんだか嬉《うれ》しい。

これが高広《たかひろ》なんかだと、あんたに褒《ほ》められても……とか思《おも》ってしまうところだ。

「俺《おれ》も、今日八代先生《きょうやしろせんせい》にする質問《しつもん》を考《かんが》えた。大《おお》きく2つ《ふた》だ。『小野山美子《おのやまみこ》』のことと、健司《けんじ》の異変《いへん》について。他《ほか》にも訊《き》きたいことはあるけど、いいよな？」

「あー、私《わたし》はなんでもいいよ。あとで解説《かいせつ》してくれれば……翔太《しょうた》と八代先生《やしろせんせい》の話《はなし》は難《むずか》し過《す》ぎるもん」

半分諦《はんぶんあきら》めているような様子《ようす》で、柵《さく》にもたれかかる留美子《るみこ》。

ここにいるみんなが思《おも》っていることだろう。

「俺《おれ》はあの歌《うた》の意味《いみ》を知《し》りてぇ。なにを思《おも》って、あんな歌《うた》を唄《うた》ってるんだ……」

確《たし》かに、歌自体《うたじたい》が恐怖《きょうふ》で、その意味《いみ》なんて考《かんが》えたこともなかった。

もしかすると意味《いみ》なんてないのかもしれない。

赤《あか》い服《ふく》が欲《ほ》しいから、血《ち》で赤《あか》くしている……。

単純《たんじゅん》にそんな意味《いみ》だと理解《りかい》していたから。


3限目《げんめ》の途中《とちゅう》。旧校舎《きゅうこうしゃ》の玄関《げんかん》で、私達《わたしたち》5人《にん》は八代先生《やしろせんせい》が職員室《しょくいんしつ》から出《で》てくるのを待《ま》っていた。

先生《せんせい》と話《はなし》ができる時間《じかん》は短《みじか》い。どこまで訊《き》けるかわからないけど、屋上《おくじょう》で話《はな》した、「小《お》野山美子《のやまみこ》」と「呪《のろ》い」のことについては知《し》りたい。

「そろそろ時間《じかん》だね……」

携帯電話《けいたいでんわ》を開《ひら》き、八代先生《やしろせんせい》が出《で》てくる時間《じかん》になったのを確認《かくにん》して、理恵《りえ》が口《くち》を開《ひら》いた。

廊下《ろうか》の北側《きたがわ》で、カチャッというドアの開《あ》く音《おと》が聞《き》こえ、いつもの不気味《ぶきみ》な表情《ひょうじょう》で八代《やしろ》先生《せんせい》が姿《すがた》を現《あらわ》す。

「八代先生《やしろせんせい》、『小野山美子《おのやまみこ》』のことを調《しら》べました。『赤い人《あかいひと》』の正体《しょうたい》は、彼女《かのじょ》ですね？」

有無《うむ》を言《い》わさず、八代先生《やしろせんせい》に私《わたし》が書《か》いたノートを見《み》せる翔太《しょうた》。

「……なるほどね。ここまでわかってるのか。この時間《じかん》に僕《ぼく》が出《で》てくることも知《し》っているようだったし」

別段驚《べつだんおどろ》いた様子《ようす》もなく、私達《わたしたち》を見回《みまわ》す八代先生《やしろせんせい》。

「先生《せんせい》、教《おし》えてくれませんか？『小野山美子《おのやまみこ》』の『呪《のろ》い』とはなんですか？　俺達《おれたち》の仲《なか》間《ま》が、おかしくなってしまったんです」

そう言《い》うと、八代先生《やしろせんせい》はなにかを考《かんが》えるように上《うえ》を見《み》て、ポカンと口《くち》を開《あ》けた。

「『カラダ探《さが》し』が続《つづ》けば、精神的《せいしんてき》にまいってしまう人《ひと》も出《で》てくる。当《あ》たり前《まえ》のことさ」

少《すこ》し考《かんが》えたあと、そう言《い》った八代先生《やしろせんせい》だったが、翔太《しょうた》はさらに続《つづ》ける。

「『赤い人《あかいひと》』が唄《うた》っている歌《うた》はどういう意味《いみ》があるんですか？　おかしくなった仲間《なかま》まで、その歌《うた》を唄《うた》うようになったんです。誰《だれ》かに操《あやつ》られているようだと、俺《おれ》は聞《き》きました」

「ど、どういうことだ？　僕《ぼく》は……そんなこと、知《し》らないぞ」

なにかを隠《かく》しているわけではない。純粋《じゅんすい》に驚《おどろ》いた様子《ようす》で、八代先生《やしろせんせい》は私達《わたしたち》にそのギョロッとした目《め》を向《む》けたのだ。

「知《し》らない？　そんなことはないでしょう。八《や》代《しろ》先《せん》生《せい》が裏《うら》で糸《いと》を引《ひ》いてるんじゃないんですか？」

怪《あや》しげな八《や》代《しろ》先《せん》生《せい》に、翔《しょう》太《た》が核《かく》心《しん》を突《つ》く言《こと》葉《ば》を言《い》い放《はな》った。

しかし、焦《あせ》った様《よう》子《す》で首《くび》を横《よこ》に振《ふ》る。

「じょ、冗《じょう》談《だん》じゃない！　本《ほん》当《とう》に知《し》らないんだ！　それに、僕《ぼく》になにができるって言《い》うんだ！　僕《ぼく》はね、親《しん》切《せつ》で教《おし》えてあげてるんだよ」

さすがに、その言《こと》葉《ば》にはカチンときたのか、眉《み》間《けん》にしわを寄《よ》せ、翔《しょう》太《た》に反《はん》論《ろん》する八《や》代《しろ》先《せん》生《せい》。

「じゃあ、教《おし》えてください。『小《お》野《の》山《やま》美《み》子《こ》』の『呪《のろ》い』とはなんなのか。『カラダ探《さが》し』について、先《せん》生《せい》が知《し》っていることを全《ぜん》部《ぶ》！」

そう問《と》い詰《つ》めた翔《しょう》太《た》に、八《や》代《しろ》先《せん》生《せい》は困《こま》ったような表《ひょう》情《じょう》でノートを突《つ》き返《かえ》した。

その行《こう》動《どう》には、どういう意《い》味《み》があるのだろう。

まだなにかを隠《かく》そうとしているのか……。

「仕《し》方《かた》ないな。今《きょ》日《う》は田《た》村《むら》先《せん》生《せい》と約《やく》束《そく》があったんだけど。キミ達《たち》が、僕《ぼく》の知《し》らないことに巻《ま》き込《こ》まれていると言《い》うなら、17時《じ》で仕《し》事《ごと》が終《お》わるからその時《とき》に来《く》るといい。僕《ぼく》が知《し》っていることを教《おし》えよう」

八代先生《やしろせんせい》に訊《き》けば、健司《けんじ》がどうしてあんな風《ふう》になってしまったのか……わかると思《おも》ったのに。

先生《せんせい》でさえも知《し》らないことがあるなんて、予想《よそう》もしていなかった。

それが、先生《せんせい》も想定《そうてい》していなかったことなのか、本当《ほんとう》に知《し》らないのかはわからない。

とにかく、17時《じ》になればわかる……。

私達《わたしたち》は、それを待《ま》つしかないのだ。


結局《けっきょく》、今日《きょう》の八代先生《やしろせんせい》からはなにも聞《き》き出《だ》すことができなかった。

それでも、放課後《ほうかご》に会《あ》うことを約束《やくそく》してくれたのは今《いま》まで以上《いじょう》の進歩《しんぽ》だ。

でも本当《ほんとう》に八代先生《やしろせんせい》は、健司《けんじ》の異変《いへん》についてなにも知《し》らないのだろうか?

温室《おんしつ》を覗《のぞ》いて職員室《しょくいんしつ》に戻《もど》った八代先生《やしろせんせい》の表情《ひょうじょう》は、決《けっ》してよいものではなかったから。

それが気《き》になっていた。

「ふぅ……これでやっと、『呪《のろ》い』のことがわかりそうだな」

私達《わたしたち》は、「昨日《きのう》」と同《おな》じように屋上《おくじょう》に戻《もど》り、話《はなし》をしていた。

『呪《のろ》い』か。そのせいで、健司《けんじ》が変《か》わったってのか？　遥《はるか》があんな風《ふう》になったのは『呪《のろ》い』のせいなのか？」

高広《たかひろ》の言葉《ことば》に、私《わたし》は漠然《ばくぜん》とした不安《ふあん》を覚《おぼ》えた。

確《たし》かに、健司《けんじ》よりも遥《はるか》の方《ほう》が「呪《のろ》い」らしく思《おも》える。

首《くび》が回《まわ》ったり、殺《ころ》しても死《し》ななかったり……。

「翔太《しょうた》はどう考《かんが》えてるわけ？　私達《わたしたち》は『呪《のろ》い』を解《と》けばいいの？　それとも、『カラダ探《さが》し』を終《お》わらせればいいの？」

そう留美子《るみこ》が訊《たず》ねるが、翔太《しょうた》も顔《かお》をしかめて首《くび》を傾《かし》げる。

「カラダ探《さが》し」はカラダを棺桶《かんおけ》に納《おさ》めればいい。けれど「呪《のろ》い」を解《と》くとなると……それは、私達《わたしたち》ができることではないように思《おも》えるから。

私《わたし》も首《くび》を傾《かし》げた。


今《いま》、私達《わたしたち》は遥《はるか》のカラダを半分見《はんぶんみ》つけている。

そして、「呪《のろ》い」の真相《しんそう》にも近《ちか》づいている。

でも、それがわかったところで、遥《はるか》のカラダを探《さが》さなければならないことには変《か》わりない。

と、そこまで考《かんが》えて、私《わたし》の脳裏《のうり》に1つ《ひと》の疑問《ぎもん》がよぎった。

遥《はるか》は、カラダを全部見《ぜんぶみ》つけたらどうなるの？

有無《うむ》を言《い》わさず「カラダ探《さが》し」なんてさせられているけど……。

そうなった時《とき》、遥《はるか》が生《い》き返《かえ》って今《いま》までと同《おな》じように生活《せいかつ》をするのだろうか？

そして私達《わたしたち》はどうなるのだろう。

考《かんが》えれば考《かんが》えるほど、終《お》わりに近《ちか》づけば近《ちか》づくほど「カラダ探《さが》し」のことがわからなくなる。

それでも、私達《わたしたち》は「カラダ探《さが》し」をさせられるのだ。

「ところで、みんなはどの部屋《へや》を探《さが》したんだ？　探《さが》す部屋《へや》がダブったら時間《じかん》の無駄《むだ》だろ？」

そう言《い》い、ポケットから取《と》り出《だ》したメモ帳《ちょう》にボールペンを走《はし》らせる翔太《しょうた》。

そして、みんなが各々《おのおの》探《さが》した部屋《へや》を言《い》っていく。

誰《だれ》かが話《はな》す度《たび》、徐々《じょじょ》に探《さが》していない部屋《へや》が浮《う》かび上《あ》がってくる。

結果《けっか》……残《のこ》っている部分《ぶぶん》は、東棟《ひがしとう》1階《かい》の会議室《かいぎしつ》と、2階《かい》の南側《みなみがわ》2部屋《へや》と、3階《かい》は不明《ふめい》、西棟《にしとう》の保健室《ほけんしつ》を除《のぞ》く1階《かい》。

生徒玄関《せいとげんかん》の2階《かい》にある大職員室《だいしょくいんしつ》。

あとは工業棟《こうぎょうとう》の1階《かい》と、生産棟《せいさんとう》の理科室《りかしつ》と音楽室《おんがくしつ》以外《いがい》のすべての部屋《へや》。

思《おも》ったよりも、探《さが》していない部屋《へや》は多《おお》かった。

今夜《こんや》の「カラダ探《さが》し」で各々《おのおの》探《さが》す場所《ばしょ》を決《き》めたあと、私達《わたしたち》は放課後《ほうかご》になるのを待《ま》っていた。

高広《たかひろ》と私《わたし》は工業棟《こうぎょうとう》の1階《かい》を、留美子《るみこ》と理恵《りえ》、翔太《しょうた》は生産棟《せいさんとう》の3階《かい》を。

健司《けんじ》のことは、詳《くわ》しくわかるまで放置《ほうち》するしかない。

高広《たかひろ》が殺《ころ》されたくらいだ、放置《ほうち》してよいのかどうかはわからないけど、なにが起《お》こってるかわからなければ手《て》の打《う》ちようがないのだ。

結局《けっきょく》、私達《わたしたち》だけでは答《こた》えなど出《だ》せず……。八代先生《やしろせんせい》が知《し》っていることを話《はな》してくれれば、その答《こた》えを導《みちび》き出《だ》せるかもしれない。

そう信《しん》じて、17時《じ》になるまで玄関前《げんかんまえ》のホールで話《はなし》をしていた。

自動販売機《じどうはんばいき》でパックのオレンジジュースを買《か》い、それにストローを差《さ》して口《くち》につける。

「理恵《りえ》はあれからどうしたの？　私《わたし》が屋上《おくじょう》から落《お》ちたあと」

毎回気《まいかいき》になる自分《じぶん》が死《し》んだあとの、残《のこ》された人《ひと》の行動《こうどう》。

そのあとにカラダを見《み》つけたという話《はなし》が、4つのうち2つもあるから少《すこ》し期待《きたい》をしていた。

「あは、それがね……私《わたし》もすぐに死《し》んじゃったんだ。明日香《あすか》が落《お》ちて、そこから下《した》を覗《のぞ》き込《こ》んだまではよかったんだけど、戻《もど》る時《とき》に倒《たお》れた柵《さく》が足《あし》に引《ひ》っかかってさ。振《ふ》り返《かえ》りながら倒《たお》れちゃった」

少《すこ》し舌《した》を出《だ》して、恥《は》ずかしそうに頭《あたま》を掻《か》く理恵《りえ》。

「カラダ探《さが》し」に巻《ま》き込《こ》まれる前《まえ》は、理恵《りえ》がよくやっていた癖《くせ》だ。

なんだか、ずいぶん久《ひさ》し振《ぶ》りに見《み》たような気《き》がする。

「もうすぐ17時《じ》だ。旧校舎《きゅうこうしゃ》に行《い》こうか」

ホールの時計《とけい》を見《み》ながら、翔太《しょうた》が立《た》ち上《あ》がった。

八代先生《やしろせんせい》が、なにをどこまで知《し》っているのか……。

期待《きたい》と不安《ふあん》で、胸《むね》が高鳴《たかな》っていた。

八代先生《やしろせんせい》から話《はなし》を訊《き》くために、旧校舎《きゅうこうしゃ》にやってきた私達《わたしたち》。

玄関《げんかん》では、八代先生《やしろせんせい》が田村先生《たむらせんせい》に何度《なんど》も頭《あたま》を下《さ》げているところだった。

「八代先生《やしろせんせい》、約束《やくそく》してたじゃないですか。次《つぎ》は、約束《やくそく》を守《まも》ってくださいよ！」

「は、はいぃぃ、申《もう》しわけありません」

怒《おこ》った様子《ようす》で玄関《げんかん》から出《で》てくる田村先生《たむらせんせい》を見送《みおく》り、私達《わたしたち》は八代先生《やしろせんせい》に歩《あゆ》み寄《よ》った。

「先生《せんせい》も、大変《たいへん》なんだね」

理恵《りえ》がボソッと呟《つぶや》いたその言葉《ことば》に苦笑《にがわら》いを浮《う》かべながら、人差《ひとさ》し指《ゆび》で頬《ほお》を掻《か》く八代先生《やしろせんせい》。

「は、恥《は》ずかしいところを見《み》られちゃったな。まあ、それじゃあ僕《ぼく》の家《いえ》に行《い》こうか？」

旧校舎《きゅうこうしゃ》の横《よこ》にある駐車場《ちゅうしゃじょう》の方《ほう》を指差《ゆびさ》して、玄関《げんかん》から出《で》てくる。

話《はなし》を訊《き》くだけかと思《おも》ったら、家《いえ》に招待《しょうたい》されるなんて思《おも》ってもみなかった。

みんなそう思《おも》っているのだろう。

あからさまに怪訝《けげん》な表情《ひょうじょう》で八代先生《やしろせんせい》を見《み》ている。

「うん？　どうしたんだい？　早《はや》く行《い》こう」

しかし、そんなことなど意《い》にも介《かい》さないといった様子《ようす》で、八代先生《やしろせんせい》は駐車《ちゅうしゃ》してあるワンボックスカーへと向《む》かった。

そのあとに続《つづ》く私達《わたしたち》。

でも、なんだか不安《ふあん》は増《ま》すばかり。

先生《せんせい》がなにを知《し》っているのか……このあと、その理由《りゆう》を知《し》ることになる。


八代先生《やしろせんせい》の車《くるま》に乗《の》り込《こ》んだ私達《わたしたち》が、校門《こうもん》から出《で》て5分《ふん》。

歩《ある》いてでも行《い》けるような距離《きょり》に、八代先生《やしろせんせい》の家《いえ》はあった。

思《おも》った以上《いじょう》に近《ちか》くにある、近代和風建築《きんだいわふうけんちく》の大《おお》きな家《いえ》。

そして、先生《せんせい》に案内《あんない》されるままに、私達《わたしたち》は2階《かい》の先生《せんせい》の部屋《へや》へと向《む》かっていた。

「なんか……意外《いがい》だよね。イメージだと、ボロアパートの部屋《へや》の中《なか》に、洗濯物《せんたくもの》が吊《つ》るしてあるって感《かん》じだったけど」

階段《かいだん》を上《あ》がりながら、広《ひろ》い玄関《げんかん》を振《ふ》り返《かえ》って呟《つぶや》く留美子《るみこ》。

「ちょっと、先生《せんせい》に聞《き》こえちゃうよ？」

理恵《りえ》が慌《あわ》てて止《と》めようとするが、先生《せんせい》には聞《き》こえていたみたいで、ハハッと苦笑《くしょう》して階段《かいだん》を上《あ》がっていた。

2階《かい》に上《あ》がり、一番奥《いちばんおく》の部屋《へや》。

そこが八代先生《やしろせんせい》の部屋《へや》のようで、引《ひ》き戸《ど》を開《あ》けるとさらに意外《いがい》なことに、綺麗《きれい》に整理整《せいりせい》頓《とん》された室内《しつない》が私《わたし》の目《め》に飛《と》び込《こ》んできた。

「うわ、なんか綺麗過《きれいす》ぎて、逆《ぎゃく》にムカつく！」

「悪《わる》かったね。この部屋《へや》だけは綺麗《きれい》にしてるんだよ」

先生相手《せんせいあいて》にも遠慮《えんりょ》がない留美子《るみこ》に、苦笑《くしょう》が止《と》まらない八代先生《やしろせんせい》。

部屋《へや》の中《なか》を見回《みまわ》す私達《わたしたち》だったが、高広《たかひろ》は早々《そうそう》にソファに寝転《ねころ》んでしまった。

ここでも寝《ね》るつもりだろうか？

「あ、この部屋《へや》だけってことは、この襖《ふすま》の向《む》こうは汚《きたな》いんでしょ？」

まるで粗探《あらさが》しをするかのように、隣《となり》の部屋《へや》に続《つづ》く襖《ふすま》を開《あ》けた留美子《るみこ》。

しかし、その好奇《こうき》に満《み》ちた表情《ひょうじょう》は一瞬《いっしゅん》にして固《かた》まったのだ。

部屋中《へやじゅう》に、まるでお札《ふだ》のように貼《は》ってあるなにかが書《か》かれた紙《かみ》。

壁《かべ》が見《み》えないほどビッシリと貼《は》られたそれに、私達《わたしたち》は息《いき》を飲《の》んだ。

その中《なか》の所々《ところどころ》にある、「赤《あか》い人《ひと》」という文字《もじ》が、私《わたし》の目《め》に入《はい》った。

「な、なに？　この部屋《へや》……」

その薄暗《うすぐら》さゆえか、壁《かべ》に貼《は》られた紙《かみ》がより一層不気味《いっそうぶきみ》に見《み》える。

まるで、いつの時代《じだい》からか時《とき》が止《と》まっているかのようなその部屋《へや》は、妙《みょう》な威圧感《いあつかん》があった。

「この部屋《へや》は、僕《ぼく》がキミ達《たち》と同《おな》じ高校生《こうこうせい》の時《とき》に使《つか》っていたんだよ。まさか、誰《だれ》かを入《い》れることになるとは思《おも》わなかったけどね」

そう言《い》いながら、部屋《へや》の電灯《でんとう》を点《つ》ける八代先生《やしろせんせい》。

ノートや紙《かみ》が散乱《さんらん》する部屋《へや》の学習机《がくしゅうづくえ》の前《まえ》に立《た》ち、一番上《いちばんうえ》に置《お》かれていたノートを1冊《さつ》手《て》に取《と》って私達《わたしたち》の方《ほう》を見《み》た。

「実《じつ》を言《い》うと、僕《ぼく》だって『カラダ探《さが》し』のすべてを知《し》っているわけじゃない。高校生《こうこうせい》の時《とき》に調《しら》べ始《はじ》めて、やっと集《あつ》めた情報《じょうほう》は……それほど多《おお》くないんだ」

そのノートを翔太《しょうた》に渡《わた》して、椅子《いす》に腰《こし》かける八代先生《やしろせんせい》。

パラパラとノートを見《み》た翔太《しょうた》は、あるページでその手《て》を止《と》めて目《め》を細《ほそ》めた。

「小野山《おのやま》……美紀《みき》?」

ボソッと呟《つぶや》いた翔太《しょうた》の顔《かお》を、私《わたし》と理恵《りえ》が見《み》つめる。

小野山美紀《おのやまみき》?「小野山美子《おのやまみこ》」じゃないの?

理恵《りえ》もそう思《おも》ったはずだ。

留美子《るみこ》は部屋《へや》に貼《は》られた不気味《ぶきみ》な紙《かみ》を訝《いぶか》しげに見《み》つめていて、今《いま》の言葉《ことば》には気《き》づいていない様子《ようす》。

「そう、そこに書《か》いてある通《とお》り、小野山美紀《おのやまみき》は……美子《みこ》の双子《ふたご》の姉《あね》だ」


八代先生《やしろせんせい》の言葉《ことば》に、私《わたし》も翔太《しょうた》が持《も》つノートを覗《のぞ》き込《こ》んだ。

小野山美紀《おのやまみき》は「小野山美子《おのやまみこ》」の双子《ふたご》の姉《あね》だった。

家族構成《かぞくこうせい》は、祖父母《そふぼ》と両親《りょうしん》を含《ふく》む6人家族《にんかぞく》。

しかし、美子《みこ》が殺《ころ》された数日後《すうじつご》、美紀《みき》も原因不明《げんいんふめい》の病《やまい》に倒《たお》れ、この世《よ》を去《さ》る。

また、美子《みこ》を殺害《さつがい》したあと自殺《じさつ》したとされる「山岡泰蔵《やまおかたいぞう》」という人物《じんぶつ》は知的障害者《ちてきしょうがいしゃ》であったが、美子《みこ》と美紀《みき》とは仲《なか》がよく、いつも一緒《いっしょ》に遊《あそ》んでいた。

本当《ほんとう》にこの山岡泰蔵《やまおかたいぞう》なる人物《じんぶつ》が、美子《みこ》を殺害《さつがい》したかは不明《ふめい》。

余談《よだん》ではあるが、建設中《けんせつちゅう》の校舎《こうしゃ》が完成《かんせい》した年《とし》に、山岡泰蔵《やまおかたいぞう》の弟《おとうと》である山岡雄蔵《やまおかゆうぞう》が死亡《しぼう》。

当時《とうじ》は、美子《みこ》の呪《のろ》いで弟《おとうと》まで犠牲《ぎせい》になったと騒《さわ》がれたようだが、真相《しんそう》は定《さだ》かではない。

「これは、俺《おれ》が調《しら》べた新聞記事《しんぶんきじ》だな。でも、美紀《みき》のことは知《し》らなかったよ」

確《たし》かにそこには、「昨日《きのう》」の夜《よる》に翔太《しょうた》がメールで送《おく》った物《もの》と同《おな》じ記事《きじ》のコピーが貼《は》りつ

けてあった。

「小野山美子《おのやまみこ》」の写真《しゃしん》が、また真《ま》っ赤《か》に変《か》わらないか心配《しんぱい》ではあったけれど。

どうやら、そんな変化《へんか》はしないようで安心《あんしん》した。

「そう、キミ達《たち》が調《しら》べた情報《じょうほう》と大差《たいさ》はないんだ。でも、そこに書《か》いてあるだろう？　美《み》子《こ》と美紀《みき》は、事件当日《じけんとうじつ》に喧嘩《けんか》をしていたらしいんだ」

その隣《となり》のページに矢印《やじるし》が引《ひ》かれて、「赤《あか》い服《ふく》と白《しろ》い服《ふく》で喧嘩《けんか》。使用人《しようにん》が目撃《もくげき》」と書《か》かれていたのだ。

そのノートを見《み》ながら、口《くち》を押《お》さえて考《かんが》え込《こ》む翔太《しょうた》。

赤《あか》い服《ふく》と白《しろ》い服《ふく》で喧嘩《けんか》……。

女《おんな》の子《こ》なのだから、もしかすると赤《あか》い服《ふく》がいいということで喧嘩《けんか》になったのかな？

私《わたし》では、その程度《ていど》のことしか考《かんが》えられない。

「うわっ！　明日香《あすか》、これ見《み》てよ。気持《きも》ち悪《わる》いよねぇ」

壁《かべ》に貼《は》られた紙《かみ》を指差《ゆびさ》して、私《わたし》を見《み》る留美子《るみこ》。

その紙《かみ》には「赤《あか》い人《ひと》」と思《おも》われる絵《え》が描《か》いてあって、言《い》いようのない不気味《ぶきみ》さを醸《かも》し出《だ》していた。

「それは僕《ぼく》が描《か》いた『赤《あか》い人《ひと》』だよ。どうだい？　そっくりだろう？」

自慢気《じまんげ》に八代先生《やしろせんせい》がそう言《い》うが、そっくりなんてレベルじゃない。

写真《しゃしん》のような精密画《せいみつが》。

手《て》に持《も》っているぬいぐるみまでしっかりと描《か》かれている。

こんな絵《え》を描《か》ける八代先生《やしろせんせい》は、いったい何者《なにもの》なんだろう。

「八代先生《やしろせんせい》。『赤《あか》い人《ひと》』の歌《うた》が、このノートには書《か》かれていないようですが？」

パラパラとページをめくりながら、それらしい書《か》き込《こ》みがないことに気《き》づいた翔太《しょうた》が訊《たず》ねる。

「歌《うた》か。それならキミ達《たち》の方《ほう》が詳《くわ》しいんじゃないのか？　まさに今《いま》、『カラダ探《さが》し』に巻《ま》き込《こ》まれているキミ達《たち》の方《ほう》が」

「誰《だれ》か、わからないか？」

翔太《しょうた》と八代先生《やしろせんせい》が私達《わたしたち》を見《み》る。

期待《きたい》されているような視線《しせん》を向《む》けられると、逆《ぎゃく》にわかると言《い》いにくい。

でも、なにかがわかるなら……。

「わ、私《わたし》……わかるけど」

「じゃあ、書《か》き留《と》めるから唄《うた》ってくれないか？　歌詞《かし》を言《い》うだけでもいいから」

そう言《い》い、翔太《しょうた》はボールペンを取《と》り出《だ》した。

「えー、本当《ほんとう》に言《い》うの？　あんまりいい気分《きぶん》しないんだけど」

なんて言《い》いながらも、私《わたし》は思《おも》い出《だ》しながら「赤《あか》い人《ひと》」の歌《うた》を唄《うた》ってみた。


「あ～かい　ふ～くをくださいな～

し～ろい　ふ～くもあかくする～

まっかにまっかにそめあげて～

お顔《かお》もお手《て》てもまっかっか～

髪《かみ》の毛《け》も足《あし》もまっかっか～

どうしてどうしてあかくする～

どうしてどうしてあかくなる～

お手《て》てをちぎってあかくする～

からだをちぎってあかくなる～

あしをちぎってもあかくなる～

あかがつまったそのせなか〜

わたしはつかんであかをだす〜

まっかなふくになりたいな〜……だと思《おも》うけど」


私《わたし》の歌《うた》を追《お》うように、ノートに書《か》き綴《つづ》っていく翔太《しょうた》。

「す、凄《すご》いなキミは。どうして覚《おぼ》えているんだ？」

驚《おどろ》いたように、そのギョロッとした目《め》を私《わたし》に向《む》ける八代先生《やしろせんせい》。

不気味《ぶきみ》だけど、褒《ほ》められると嬉《うれ》しい。

そんな私《わたし》の隣《となり》で、壁《かべ》を見《み》ていた留美子《るみこ》がゆっくりと振《ふ》り返《かえ》って、青《あお》ざめた顔《かお》を私《わたし》に向《む》けたのだ。

「あ、明日香《あすか》……こ、これ!!」

そう言《い》って留美子《るみこ》が指差《ゆびさ》したのは「赤《あか》い人《ひと》」の絵《え》。

私《わたし》は、その絵《え》に違和感《いわかん》を覚《おぼ》えた。

八代先生《やしろせんせい》が描《えが》いたという「赤《あか》い人《ひと》」の絵《え》は俯《うつむ》いていたのに……。

今《いま》は、顔《かお》を上《あ》げてニヤリと笑《わら》っていたのだ。

その絵《え》を見《み》て、慌《あわ》てて留美子《るみこ》に駆《か》け寄《よ》る八代先生《やしろせんせい》。

そして、「赤《あか》い人《ひと》」の絵《え》をマジマジと見《み》つめて、額《ひたい》にかいた脂汗《あぶらあせ》を袖《そで》で拭《ぬぐ》っていた。

「本当《ほんとう》だ……僕《ぼく》はこんな絵《え》を描《か》いてはいない。まさか『呪《のろ》い』はこんな形《かたち》でも現《あらわ》れるのか」

「昨日《きのう》、私《わたし》の携帯《けいたい》に送《おく》られた『小野山美子《おのやまみこ》』の記事《きじ》の写真《しゃしん》も、真《ま》っ赤《か》になって笑《わら》ってました……」

そう言《い》った私《わたし》を、驚《おどろ》いたように見《み》つめる八代先生《やしろせんせい》。

「もう、なんなのよ！　こんな所《ところ》に来《き》てまで、怖《こわ》い思《おも》いをしたくないっての！　八代先生《やしろせんせい》は、私達《わたしたち》を怖《こわ》がらせたいの⁉」

泣《な》きそうな表情《ひょうじょう》を浮《う》かべながら怒鳴《どな》り散《ち》らす留美子《るみこ》。

ノートに書《か》き留《と》めた歌詞《かし》を見《み》ていた理恵《りえ》と翔太《しょうた》も、その叫《さけ》びに留美子《るみこ》を見《み》る。

「怖《こわ》がらせるなんてとんでもない！　僕《ぼく》はキミ達《たち》に協力《きょうりょく》しているだけじゃないか！」

「信用《しんよう》できないっての！　じゃあなんで、先生《せんせい》は『カラダ探《さが》し』のことを知《し》ってるのよ！　その説明《せつめい》もまだだよね⁉」

こうなってしまったら先生《せんせい》は留美子《るみこ》を納得《なっとく》させるような答《こた》えを用意《ようい》しなければならない。

じゃなければ、留美子《るみこ》は八代先生《やしろせんせい》にさらに暴言《ぼうげん》を吐《は》きかねない。

「僕自身《ぼくじしん》、あまり言《い》いたくはないことなんだけどね」

そう言《い》いながら、八代先生《やしろせんせい》は机《つくえ》に戻《もど》った。

そして、机《つくえ》の引《ひ》き出《だ》しの中《なか》に入《い》れてあった1冊《さつ》の卒業《そつぎょう》アルバムを取《と》り出《だ》したのだ。

「これを見《み》てくれないか？」

八代先生《やしろせんせい》が、そう言《い》って私達《わたしたち》に見《み》せたのは高校《こうこう》の卒業《そつぎょう》アルバム。

図書室《としょしつ》で見《み》た物《もの》と同《おな》じ、うちの学校《がっこう》の物《もの》だ。

「まず、これが僕《ぼく》だね？」

八代先生《やしろせんせい》が指差《ゆびさ》した人物《じんぶつ》の名前《なまえ》は、「八代友和《やしろともかず》」と書《か》かれていて、ギョロッとした目《め》と痩《や》せこけた顔《かお》は見間違《みまちが》えようがない。

「うん、先生《せんせい》ですね。でも、これがどうかしたんですか？」

今《いま》とさほど変《か》わらないその顔《かお》に、私《わたし》は納得《なっとく》して頷《うなず》いた。

留美子《るみこ》も、ムスッとした表情《ひょうじょう》を浮《う》かべながらも頷《うなず》く。

「じゃあ、次《つぎ》はこれだ」

そう言《い》いながら、後《うし》ろの方《ほう》のページを開《ひら》く。

そして、1人《ひとり》のラグビー部員《ぶいん》を指差《ゆびさ》したのだ。

「あ、結構《けっこう》イケメン！　ガタイもいいし、モロ私《わたし》の好《この》み！」

膨《ふく》れていた留美子《るみこ》が、急《きゅう》にニコニコしてアルバムを食《く》い入《い》るように見《み》つめた。

こういった変《か》わり身《み》の早《はや》さは流石《さすが》と言《い》うか……。

「先生《せんせい》と同級生《どうきゅうせい》だったら、25歳《さい》だよね？『カラダ探《さが》し』が終《お》わったら、紹介《しょうかい》してくれない？」

キャーキャーとうるさい留美子《るみこ》を、ジッと見《み》る八代先生《やしろせんせい》。

そして……。

「その必要《ひつよう》はないよ。だって、こいつはキミの目《め》の前《まえ》にいるんだからね」

その言葉《ことば》に「は？」と呟《つぶや》き、首《くび》を傾《かし》げる留美子《るみこ》。

「こいつは僕《ぼく》だ。高校時代《こうこうじだい》にさせられた、『カラダ探《さが》し』のひと月前《つきまえ》のね」

八代先生《やしろせんせい》の発言《はつげん》に、そこにいた誰《だれ》もが驚《おどろ》きの色《いろ》を隠《かく》せずに、目《め》を見開《みひら》いて先生《せんせい》を見《み》つめた。

「ちょっと！　嘘《うそ》でしょ!?　え？　これがどうやったらこんなになるわけ!?　たった1ケ月《かげつ》で！」

先生《せんせい》を前《まえ》に、ずいぶん酷《ひど》いことを言《い》っていると思《おも》いながら、私《わたし》も同意見《どういけん》だった。

痩《や》せたというよりも、衰弱《すいじゃく》したと言《い》った方《ほう》がいい。

「キミ達《たち》は、『カラダ探《さが》し』を始《はじ》めてどれくらいになる?」

アルバムをパタンと閉《と》じて、元《もと》の引《ひ》き出《だ》しの中《なか》に戻《もど》す八代先生《やしろせんせい》。

今日《きょう》は、いったい何日目《なんにちめ》の「昨日《きのう》」なんだろう?

指《ゆび》を折《お》りながら数《かぞ》えてみるけれど、途中《とちゅう》でどうしても指《ゆび》が止《と》まってしまう。

「えっと、確《たし》か7日目《なのかめ》だと思《おも》います。見《み》つけたカラダは4つ。あと半分《はんぶん》です」

誰《だれ》よりも早《はや》く答《こた》えたのは理恵《りえ》。

まあ、理恵《りえ》は毎晩色《まいばんいろ》んなことに巻《ま》き込《こ》まれていたから、それを覚《おぼ》えているのだろう。

「7日《なのか》で……半分《はんぶん》か。いいペースだね。それなら僕《ぼく》の時《とき》みたいに、終《お》わらせるのに5年《ねん》もかからないで済《す》むかもしれないね」

「5年《ねん》!?『昨日《きのう》』を5年《ねん》も繰《く》り返《かえ》したんですか!?」

八代先生《やしろせんせい》の言葉《ことば》に、思《おも》わず声《こえ》を上《あ》げた私《わたし》。

私達《わたしたち》は、まだ1週間《しゅうかん》しか「カラダ探《さが》し」を行《おこな》っていない。

何回《なんかい》「昨日《きのう》」を繰《く》り返《かえ》したら……なんて、八代先生《やしろせんせい》が繰《く》り返《かえ》した年月《ねんげつ》に比《くら》べたら、全然《ぜんぜん》マシだということを思《おも》い知《し》らされた。

先生《せんせい》の話《はなし》のあと、私達《わたしたち》は宅配《たくはい》ピザを食《た》べて、空腹《くうふく》を満《み》たした。

「とりあえず、0時《じ》になるまでここにいるといい。どうせキミ達《たち》は、『カラダ探《さが》し』が終《お》われば、今日《きょう》の朝《あさ》に戻《もど》るんだからね」

先生《せんせい》はそう言《い》うけど……私達《わたしたち》は確《たし》かに今日《きょう》を繰《く》り返《かえ》す。

でも、先生《せんせい》の「明日《あした》」はどうなるんだろう？

先生《せんせい》の明日《あした》には私達《わたしたち》が変《か》わらずにいて、何事《なにごと》もなかったように過《す》ぎていくのだろうか？

それとも、先生《せんせい》の明日《あした》には私達《わたしたち》はいなくて、記憶《きおく》が欠落《けつらく》したように時《とき》が過《す》ぎていくのか。

それは、訊《たず》ねてもわからないだろう。

先生《せんせい》は今日《きょう》までのことを知《し》っていても、明日《あした》のことなんてわからないのだから。

「しっかし……翔太《しょうた》はまだ考《かんが》えてんのか？　なにを考《かんが》えることがあるんだよ」

食事《しょくじ》まで寝《ね》ていた高広《たかひろ》が、目《め》の前《まえ》のテーブルに置《お》かれたピザを口《くち》に運《はこ》びながら、ノートとにらめっこをしている翔太《しょうた》に訊《たず》ねた。

「歌《うた》と服《ふく》の繋《つな》がりはわかった。でも、なぜ姉妹《しまい》が喧嘩《けんか》をしたあと、妹《いもうと》の美子《みこ》が殺《ころ》されたのか……それがわからない」

「んなもん、わかるわけねぇじゃねぇか。それがわかっても、『カラダ探《さが》し』が終《お》わるわけじゃねぇんだろ？」

高広《たかひろ》の言《い》う通《とお》りかもしれない。

いくら美子《みこ》と美紀《みき》のことがわかっても、「カラダ探《さが》し」が終《お》わるわけではないのだから。

それに……遥《はるか》が来《く》る時間《じかん》も、刻一刻《こくいっこく》と迫《せま》っていた。

「美子《みこ》が白《しろ》い服《ふく》、美紀《みき》が赤《あか》い服《ふく》を着《き》ていたけど、２人《ふたり》とも赤《あか》い服《ふく》が欲《ほ》しくて喧嘩《けんか》をしたんだ。だから美子《みこ》は赤《あか》い服《ふく》にしたくて血《ち》で染《そ》めている。歌《うた》と、このノートからわかるのはそれくらいか」

ソファに腰《こし》かけて、ノートを眺《なが》める翔太《しょうた》。

いくら頭《あたま》を悩《なや》ませても、美子《みこ》の「呪《のろ》い」が解《と》けるわけじゃない。

「そろそろ21時《じ》か……夜《よる》のために、もう寝《ね》ておいた方《ほう》がいいね。女《おんな》の子《こ》３人《にん》は僕《ぼく》のあとについてきて。布団《ふとん》を用意《ようい》するよ」

と、時計《とけい》を眺《なが》めた八代先生《やしろせんせい》が立《た》ち上《あ》がり、私達《わたしたち》に手招《てまね》きをする。

そして、2つ隣《ふたとなり》の部屋《へや》に移動《いどう》して、押《お》し入《い》れから布団《ふとん》を3組出《くみだ》してくれた。

「少《すこ》し埃《ほこり》っぽいかもしれないけど、許《ゆる》しておくれ」

テレビもなにもない、殺風景《さっぷうけい》な和室《わしつ》。

私達《わたしたち》はその部屋《へや》に布団《ふとん》を敷《し》き、お言葉《ことば》に甘《あま》えて寝《ね》ることにした。

「じゃあ、キミ達《たち》とはこれでお別《わか》れかな？　また、今日《きょう》の僕《ぼく》を訪《たず》ねるといい。友達《ともだち》の異変《いへん》については、あの眼鏡《めがね》の生徒《せいと》と考《かんが》えてみるから、安心《あんしん》して眠《ねむ》っておくれ」

そう言《い》って、部屋《へや》を出《で》ていく八代先生《やしろせんせい》。

私《わたし》は布団《ふとん》の上《うえ》に座《すわ》り、遥《はるか》のことを考《かんが》えていた。

「昨日《きのう》」みたいに騙《だま》されて恐怖《きょうふ》を味《あじ》わうくらいなら、普通《ふつう》に頼《たの》まれた方《ほう》がマシな気《き》がして、
私達《わたしたち》は雑談《ざつだん》をしながらその時《とき》を待《ま》っていた。

「あーあ、もったいないよねぇ。八代先生《やしろせんせい》、イケメンだったのに……」

卒業《そつぎょう》アルバムの写真《しゃしん》のことを言《い》っているのだろう。

ガッカリした様子《ようす》で溜《た》め息《いき》をつく留美子《るみこ》。

八代先生《やしろせんせい》が「カラダ探《さが》し」を終《お》わらせるのにかかった歳月《さいげつ》は5年《ねん》。

周《まわ》りの人《ひと》にしてみればたった1日《にち》で、八代先生《やしろせんせい》と一緒《いっしょ》に「カラダ探《さが》し」を行《おこな》った人達《ひとたち》は

5年分《ねんぶん》の年《とし》を取《と》ったことになる。

もしかすると、私達《わたしたち》が知《し》らないだけで、まだ何十年《なんじゅうねん》も「カラダ探《さが》し」を行《おこな》っている人《ひと》達《たち》だっているかもしれない。

そう考《かんが》えると、まだ7日目《なのかめ》の私達《わたしたち》は幸《しあわ》せな方《ほう》なのだ。

「確《たし》かに、ちょっと不気味《ぶきみ》になっちゃったね」

「ちょっとどころじゃないじゃん！　もうホラーだよ、あの顔《かお》は！」

賛同《さんどう》した理恵《りえ》に、さらに被《かぶ》せるように文句《もんく》を言《い》う留美子《るみこ》。

元《もと》が元《もと》だけに、あの変貌《へんぼう》ぶりにはショックを受《う》けたのだろう。

なんだか、八代先生《やしろせんせい》が可哀想《かわいそう》に思《おも》えた。

「それより2人《ふたり》とも、もう遥《はるか》が来《く》る時間《じかん》だよ」

携帯電話《けいたいでんわ》の時計《とけい》を確認《かくにん》して、２人《ふたり》の顔《かお》を見《み》る私《わたし》。

「もう、どうでもいいよ。どうせ来《く》るのがわかってるんだからさ、普通《ふつう》に来《こ》いっての！」

そう、留美子《るみこ》が怒《おこ》ったように言《い》った時《とき》だった。

突然《とつぜん》、フッと視界《しかい》を奪《うば》うように、私《わたし》の周《まわ》りから明《あ》かりが消《き》えたのだ。

「え!?　真《ま》っ暗《くら》になっちゃったよ！　理恵《りえ》も留美子《るみこ》も、大丈夫《だいじょうぶ》!?」

なにが起《お》こったかわからずに、慌《あわ》てふためきながら私《わたし》は辺《あた》りを見回《みまわ》した。

なにも見《み》えず、2人《ふたり》の声《こえ》も聞《き》こえない。

今《いま》までとはどこか違《ちが》う。

まるで、私《わたし》だけ隔離《かくり》された空間《くうかん》にいるような感覚《かんかく》。

布団《ふとん》の上《うえ》にいることはわかるけど、どうしてなにも見《み》えないの？

停電《ていでん》だとすると、2人《ふたり》の声《こえ》が聞《き》こえない理由《りゆう》がわからない。

それに……背中《せなか》に感《かん》じる気味《きみ》の悪《わる》い視線《しせん》。

これは、きっと遥《はるか》が来《き》たんだ……。

どうせ「カラダ探《さが》し」を頼《たの》まれるなら、早《はや》く頼《たの》まれた方《ほう》がいい。

この身体《からだ》を突《つ》き刺《さ》すような、痛《いた》くて冷《つめ》たい不気味《ぶきみ》な視線《しせん》を向《む》けているのは間違《まちが》いなく遥《はるか》だ。

額《ひたい》に噴《ふ》き出《だ》す汗《あせ》もそのままに、私《わたし》はゆっくりと振《ふ》り返《かえ》った。

でも、そこに遥《はるか》はいなくて。

ホッと安心《あんしん》したその時《とき》。

目《め》の前《まえ》の真《ま》っ暗《くら》な空間《くうかん》に、振《ふ》り返《かえ》るようにして現《あらわ》れた遥《はるか》の白《しろ》い顔《かお》。

そして……。

「ねえ、明日香《あすか》……私《わたし》のカラダを探《さが》して」

無表情《むひょうじょう》のまま、私《わたし》にそう言《い》ったのだ。

遥《はるか》が、いつものように「カラダ探《さが》し」を頼《たの》むと、私《わたし》を包《つつ》んでいた空間《くうかん》がハラリと撫《な》でるように崩《くず》れ落《お》ちた。

それが、異常《いじょう》に伸《の》びた遥《はるか》の髪《かみ》の毛《け》だったと理解《りかい》したのは、もう少《すこ》し経《た》ってからだった。

私達《わたしたち》は、なにも変《か》わらずに布団《ふとん》の上《うえ》にいた。

バカみたいに、3人《にん》でポカンと口《くち》を開《ひら》いて。

もう、恐怖《きょうふ》なんてものじゃない。気《き》を失《うしな》ってしまいそうで声《こえ》も出《で》なかった。

そんな私達《わたしたち》の耳《みみ》に、ドタドタと誰《だれ》かが廊下《ろうか》を走《はし》ってくる音《おと》が聞《き》こえる。

誰《だれ》が走《はし》っているんだろう？

「キ、キミ達《たち》！　大丈夫《だいじょうぶ》か!?」

慌《あわ》てた様子《ようす》で、部屋《へや》に飛《と》び込《こ》んできたのは八代先生《やしろせんせい》。

私達《わたしたち》を心配《しんぱい》して走《はし》ってきたということは、高広《たかひろ》や翔太《しょうた》にも同《おな》じことが起《お》こったのだろう。

でも、それを端《はた》から見《み》ていた八代先生《やしろせんせい》の目《め》にはどう映《うつ》ったのだろう？

先生《せんせい》も、遥《はるか》を見《み》たのかな？

「こっちもか！　みんな、僕《ぼく》の声《こえ》が聞《き》こえているかい⁉」

私達《わたしたち》の目《め》の前《まえ》で手《て》を振《ふ》る八代先生《やしろせんせい》の姿《すがた》に、ハッと我《われ》に返《かえ》る。

「あ……八代先生《やしろせんせい》？　今《いま》、『カラダ探《さが》し』を……」

その言葉《ことば》に、驚《おどろ》いた様子《ようす》で私《わたし》を見《み》る。

ただでさえギョロッとした目《め》を、今《いま》にも飛《と》び出《だ》しそうなほど見開《みひら》いて。

「『カラダ探《さが》し』⁉　こんな時間《じかん》に頼《たの》まれたのか……いや、それよりも……他《ほか》の人《ひと》からは、こんな風《ふう》に見《み》えていたのか」

「遥《はるか》の髪《かみ》の毛《け》に包《つつ》まれて……なにも見《み》えなかったんです。見《み》えたのは遥《はるか》の顔《かお》だけでした」

理恵《りえ》と留美子《るみこ》を見《み》ると、まだ放心状態《ほうしんじょうたい》のままのようで……。

気《き》づいていないだろうけど、理恵《りえ》なんて涙《なみだ》まで流《なが》していたのだ。

「カラダ探《さが》し」の日数《にっすう》を重《かさ》ねているからか、それともカラダが集《あつ》まってきたからか、遥《はるか》の頼《たの》み方《かた》が酷《ひど》くなってきているような気《き》がする。

この状況《じょうきょう》に慣《な》れてきた私達《わたしたち》に、改《あらた》めて恐怖《きょうふ》を植《う》えつけるような。

そんな意思《いし》を感《かん》じてしまう。

「あーもう！　寝《ね》よ寝《ね》よ!!　あんな頼《たの》み方《かた》されるくらいなら、早《はや》く『カラダ探《さが》し』を終《お》わらせようよ！」

予想《よそう》できる範囲内《はんいない》だと判断《はんだん》した八代先生《やしろせんせい》は、自分《じぶん》の部屋《へや》に戻《もど》っていった。

「カラダ探《さが》し」さえ終《お》わらせれば元《もと》の生活《せいかつ》に戻《もど》れるということは、八代先生《やしろせんせい》の存在《そんざい》が証《しょう》明《めい》してくれている。

美子《みこ》や美紀《みき》がどうとか、「呪《のろ》い」がどうとか、そんなものは八代先生《やしろせんせい》や翔太《しょうた》に任《まか》せて、私達《わたしたち》は残《のこ》りのカラダを探《さが》せばいい。

「また……明日《あした》もあんな頼《たの》まれ方《かた》をするのかな……」

すでに布団《ふとん》の中《なか》で、啜《すす》り泣《な》いている理恵《りえ》。

今夜《こんや》の「カラダ探《さが》し」で残《のこ》りのカラダを全部見《ぜんぶみ》つけることができれば、もう遥《はるか》に頼《たの》まれることもなくなる。

でも、１週間《しゅうかん》かかって半分《はんぶん》なのに、今日《きょう》１日《にち》で残《のこ》り全部《ぜんぶ》を集《あつ》めることなんてできるのかな？

色《いろ》んなことを考《かんが》えながら、私《わたし》も布団《ふとん》に入《はい》った。

「今日《きょう》は２人《ふたり》と離《はな》れちゃうね……おやすみ」

高広《たかひろ》と２人《ふたり》で工業棟《こうぎょうとう》の１階《かい》を探《さが》す。

色々《いろいろ》あったけど、３日目《かめ》からずっと一緒《いっしょ》にカラダを探《さが》していた留美子《るみこ》と離《はな》れるのは……

少《すこ》し寂《さび》しくもあった。


午前《ごぜん》０時《じ》になり、私《わたし》は生徒玄関前《せいとげんかんまえ》で横《よこ》になっていた。

あれから、少《すこ》し眠《ねむ》っては起《お》きを繰《く》り返《かえ》して、ここに呼《よ》ばれた時《とき》はちょうど目《め》が覚《さ》めた時《とき》だったから好都合《こうつごう》。

「理恵《りえ》、留美子《るみこ》、始《はじ》まるよ。早《はや》く起《お》きて！」

グッスリと眠《ねむ》る留美子《るみこ》の身体《からだ》を揺《ゆ》すりながら、私《わたし》は声《こえ》を上《あ》げた。

辺《あた》りを見回《みまわ》すと、翔太《しょうた》も２人《ふたり》を起《お》こすためにこちらに駆《か》け寄《よ》ってくる。

高広《たかひろ》は、地面《じめん》に座《すわ》り込《こ》んで俯《うつむ》く健司《けんじ》をジッと見《み》ていた。

「う……ん。もうそんな時間《じかん》？　ふぁぁ……」

もう、なんの緊張感《きんちょうかん》もない。

あくびをしながら目《め》を擦《こす》り、それから私《わたし》の顔《かお》を見《み》る。

理恵《りえ》も翔太《しょうた》に起《お》こされて、眠《ねむ》そうに目《め》を擦《こす》っていた。

「今日《きょう》、調《しら》べる場所《ばしょ》はわかってるな？」

翔太《しょうた》の言葉《ことば》に頷《うなず》いて、私《わたし》は高広《たかひろ》の方《ほう》に歩《ある》く。

思《おも》えば、高広《たかひろ》とずっと一緒《いっしょ》に行動《こうどう》したことは一度《いちど》もない。

健司《けんじ》ともないけど……あれから一緒《いっしょ》に行動《こうどう》したいとは思《おも》えないし、今《いま》はこんな状態《じょうたい》だ。

「昨日《きのう》」の高広《たかひろ》みたいに知《し》らない間《あいだ》に殺《ころ》されるのは嫌《いや》だから、一緒《いっしょ》に行動《こうどう》しようとは思《おも》わない。

「高広《たかひろ》、今日《きょう》はよろしくね」

「おう、それより見《み》ろ、健司《けんじ》を」

そう言《い》って、指差《ゆびさ》した先《さき》にいた健司《けんじ》は……ニヤニヤと笑《わら》っていたのだ。

「昨日《きのう》」まで異常《いじょう》だった健司《けんじ》が、今夜《こんや》になって正常《せいじょう》に戻《もど》ってるわけがない。

だから、このニヤニヤした健司《けんじ》はまだおかしいままなのだ。

「健司《けんじ》はここに置《お》いていくぞ。なにかするってんなら、勝手《かって》に入《はい》ってくるだろ」

私達《わたしたち》が八代先生《やしろせんせい》の部屋《へや》を離《はな》れてから、なにか話《はな》したのだろうか？

それとも「昨日《きのう》」のことが尾《お》を引《ひ》いていて、関《かか》わり合《あ》いになりたくないだけなのか。

どちらにしても、私《わたし》も今《いま》の健司《けんじ》には関《かか》わりたくない。

「うん、そうだね。しばらく様子《ようす》を見《み》ないとね」

この際健司《さいけんじ》は無視《むし》して、カラダを探《さが》すことを優先《ゆうせん》すればいい。

カラダさえ集《あつ》まれば、「昨日《きのう》」から抜《ぬ》け出《だ》せるのだから。

「あのあと、八代先生《やしろせんせい》となにか話《はな》したの？」

私達《わたしたち》が部屋《へや》を移動《いどう》したあとに、３人《にん》でなにを話《はな》していたのか。

翔太《しょうた》なら、訊《き》かなければならないことを訊《き》いてくれたはず。

「あとで話《はな》す。まあ、なにを言《い》ってるのかわかんなかったけどな」

高広《たかひろ》に期待《きたい》はしていなかったけど、予想通《よそうどお》りの答《こた》えだとそれもなんだか虚《むな》しい。

それでも、大切《たいせつ》な話《はなし》は覚《おぼ》えているはずだ。

そんなことを考《かんが》えていると……。

私達《わたしたち》の目《め》の前《まえ》で、玄関《げんかん》のドアが開《ひら》かれたのだ。

「じゃあ、行《い》くぞ。『赤《あか》い人《ひと》』には気《き》をつけろよ！」

特定《とくてい》の誰《だれ》かに言《い》ったわけじゃない。

みんなに言《い》うように、高広《たかひろ》が声《こえ》を上《あ》げて校舎《こうしゃ》に入《はい》った。

私《わたし》もそのあとに続《つづ》いて、校舎《こうしゃ》に入《はい》る。

高広《たかひろ》と一緒《いっしょ》に、工業棟《こうぎょうとう》に行《い》かなければならない。

校舎《こうしゃ》に入《はい》る前《まえ》にチラリと見《み》た健司《けんじ》は、ゆっくりと立《た》ち上《あ》がろうとしていて……。

言《い》いようのない不安《ふあん》を私《わたし》は感《かん》じていた。

私《わたし》のあとに入《はい》ってきた3人《にん》もチラチラと健司《けんじ》を見《み》ていたようだけど、どんな行動《こうどう》を取《と》るのかは誰《だれ》も予想《よそう》ができない。

だから、なるべく遠《とお》くに離《はな》れなければならないのだ。

今《いま》の私達《わたしたち》は「赤《あか》い人《ひと》」だけじゃなく、味方《みかた》であるはずの健司《けんじ》までもが襲《おそ》いかかってくるという事態《じたい》に陥《おちい》っているのだから。

「高広《たかひろ》、速《はや》いよ！　全力《ぜんりょく》で走《はし》ってない!?」

西棟《にしとう》に入《はい》り、階段《かいだん》を上《あ》がっている私達《わたしたち》。

どうやら、翔太達《しょうたたち》は東棟《ひがしとう》の方《ほう》から生産棟《せいさんとう》に向《む》かったようで、私《わたし》の背後《はいご》に姿《すがた》はない。

「早《はや》く行《い》った方《ほう》がその分《ぶん》調《しら》べられるだろ！　明日香《あすか》が俺《おれ》に合《あ》わせろ！」

「む、無茶言《むちゃい》わないでよ！　私《わたし》の方《ほう》が足遅《あしおそ》いんだから！」

「ったく……仕方《しかた》ねぇなあ」

そう呟《つぶや》き、速度《そくど》を落《お》として高広《たかひろ》の手《て》が私《わたし》の手《て》に触《ふ》れた時《とき》だった。


「オオオオオオオオオオオオオオオオオオォッ!!」


という、校舎中《こうしゃじゅう》に響《ひび》き渡《わた》るような雄叫《おたけ》びが、玄関《げんかん》の方《ほう》から聞《き》こえたのだ。

その、誰《だれ》のものともわからないサイレンのような叫《さけ》び声《ごえ》に、私《わたし》は思《おも》わず身《み》をすくませて高広《たかひろ》の手《て》を握《にぎ》った。

腹部《ふくぶ》に響《ひび》き、校舎《こうしゃ》の窓《まど》をも震《ふる》わせるその声《こえ》に、恐怖《きょうふ》を感《かん》じずにはいられなかったから。

「……んだよ、こりゃあ!?　もしかして健司《けんじ》か！」

空《あ》いている手《て》で耳《みみ》を塞《ふさ》ぎながらも、左手《ひだりて》はしっかりと私《わたし》の右手《みぎて》を握《にぎ》ってくれている。

こんな状況《じょうきょう》だけど、高広《たかひろ》と手《て》を繋《つな》ぐのなんて小学生《しょうがくせい》の時以来《ときいらい》で少《すこ》し照《て》れた。

「明日香《あすか》！　しっかり走《はし》れ!!」

階段《かいだん》を上《あ》がって2階《かい》、そこから北側《きたがわ》に向《む》かって生産棟《せいさんとう》の階段《かいだん》の隣《となり》にある工業棟《こうぎょうとう》への通《つう》路《ろ》を、引《ひ》っ張《ぱ》られるようにして走《はし》る。

「これでも必死《ひっし》に走《はし》ってるんだよ!? 私《わたし》が足遅《あしおそ》いの知《し》ってるくせに！」

「知《し》ってるっての！ 小学生《しょうがくせい》の時《とき》も、中学生《ちゅうがくせい》の時《とき》も！ お前《まえ》の足《あし》が遅《おそ》いことくらいな！」

そう言《い》い、私《わたし》の手《て》をギュッと握《にぎ》ると、さらに速度《そくど》を上《あ》げる高広《たかひろ》。

直線《ちょくせん》で50メートルほどの距離《きょり》を一気《いっき》に駆《か》け抜《ぬ》け、突《つ》き当《あ》たりを南側《みなみがわ》に曲《ま》がる。

そして、すぐそこにある階段《かいだん》を下《お》りて、私達《わたしたち》は工業棟《こうぎょうとう》の1階《かい》に辿《たど》り着《つ》いた。

「ふぅ、さて……と。どこの部屋《へや》を探《さが》す？」

高広《たかひろ》は余裕《よゆう》がありそうだけど……私《わたし》は実力以上《じつりょくいじょう》の全力疾走《ぜんりょくしっそう》で、心臓《しんぞう》はバクバクいってるし、息《いき》も上《あ》がってる。

少《すこ》し、休《やす》みたかった。


工業棟《こうぎょうとう》の1階《かい》は、機械科《きかいか》の生徒《せいと》が主《おも》に使《つか》っている。

階段《かいだん》を下《お》りた私達《わたしたち》の北側《きたがわ》にある大《おお》きな部屋《へや》、通称《つうしょう》「工房《こうぼう》」では、生徒達《せいとたち》がアーク溶接《ようせつ》などをするらしいけど、私《わたし》には無縁《むえん》の場所《ばしょ》だ。

あとは、他《ほか》の実習室《じっしゅうしつ》や更衣室《こういしつ》、トイレと職員室《しょくいんしつ》があるだけ。

部屋数《へやかず》は思《おも》ったより少《すく》ない。

「少《すこ》しは落《お》ち着《つ》いたか？　早《はや》くどこかの部屋《へや》に入《はい》らねぇと、校内放送《こうないほうそう》が流《なが》れるぞ」

それはわかってる。

だから、壁《かべ》にもたれて呼吸《こきゅう》を整《ととの》えているのだ。

「ふぅ……もう大丈夫《だいじょうぶ》かな？　ごめんね、高広《たかひろ》」

廊下《ろうか》で聞《き》こえた健司《けんじ》の叫《さけ》び声《ごえ》のせいか膝《ひざ》がまだ少《すこ》し笑《わら》っているけど、動《うご》けないほどじゃない。

「じゃあ、まずは更衣室《こういしつ》を調《しら》べるか。この部屋《へや》だしな」

そう言《い》って指差《ゆびさ》したのは、私達《わたしたち》の目《め》の前《まえ》の部屋《へや》。

確《たし》かに、ドアの上《うえ》には「機械科更衣室《きかいかこういしつ》」というプレートが掲《かか》げられていた。

私《わたし》は高広《たかひろ》に頷《うなず》き、その部屋《へや》に入《はい》った。

すると……。


『「赤《あか》い人《ひと》」が、生産棟《せいさんとう》2階《かい》に現《あらわ》れました。皆《みな》さん気《き》をつけてください』

という校内放送《こうないほうそう》が流《なが》れたのだ。

生産棟《せいさんとう》の2階《かい》は、工業棟《こうぎょうとう》と繋《つな》がっている。時間《じかん》をかければ、「赤《あか》い人《ひと》」が来《く》る可能性《かのうせい》だってあるのだ。

私達《わたしたち》は、作業服《さぎょうふく》がかけられた棚《たな》を急《いそ》いで調《しら》べ始《はじ》めた。


「生産棟《せいさんとう》の2階《かい》かよ。またずいぶんと微妙《びみょう》な位置《いち》だな」

そう呟《つぶや》きながら、生徒達《せいとたち》の作業服《さぎょうふく》をかきわけてカラダを探《さが》す高広《たかひろ》。

私《わたし》はその下《した》の引《ひ》き出《だ》しを、1つ1つ調《しら》べていた。

「どうしてこの更衣室《こういしつ》はロッカーじゃないのかな？　作業服《さぎょうふく》が剥《む》き出《だ》しじゃない」

3段《だん》の引《ひ》き出《だ》しの上《うえ》に、ハンガーをかけるためのバーがあり、そこに作業服《さぎょうふく》がかけられているという、少《すこ》し変《か》わった棚《たな》。

天板《てんばん》の上《うえ》には、生徒達《せいとたち》の私物《しぶつ》が所々《ところどころ》に置《お》かれていたけど、そこにカラダはなかった。

「聞《き》いた話《はなし》だけどよ、この作業服《さぎょうふく》は3年間洗濯《ねんかんせんたく》しないらしいぜ？　ロッカーにすると臭《くさ》いから、こうしてるって聞《き》いたな。まあ、機械科《きかいか》に女子《じょし》はいねぇからな」

そんな話《はなし》を聞《き》かなきゃよかったと思《おも》うのは、私《わたし》だけだろうか？

なんだか、この作業服《さぎょうふく》が汚物《おぶつ》に見《み》えて仕方《しかた》ない。

「ん？　明日香《あすか》、ちょっと立《た》て」

ドア付近《ふきん》の引《ひ》き出《だ》しを調《しら》べていた私《わたし》に、高広《たかひろ》が近《ちか》づいてくる。

そして、立《た》ち上《あ》がった私《わたし》の右肩《みぎかた》を掴《つか》み、壁《かべ》に押《お》し当《あ》てた。

こ、これは、いったいどんな状況《じょうきょう》なの!?

どうして高広《たかひろ》が私《わたし》を？

「え？　な、なに？　冗談《じょうだん》は……」

「シッ！　明日香《あすか》……なにか聞《き》こえねぇか？」

そう言《い》い、耳《みみ》を澄《す》ます高広《たかひろ》。

なんだか……変《へん》にドキドキした私《わたし》がバカみたいだ。

高広《たかひろ》のいうなにか、というのはいったいなんなのか。

私《わたし》も目《め》を閉《と》じて、耳《みみ》を澄《す》ました。


「……かい　ふ〜くをくださいな〜」

あの歌《うた》が……こちらに近《ちか》づいてくるのがわかった。

「し〜ろい　ふ〜くもあかくする〜」

「バンッ！」と、更衣室《こういしつ》のドアが荒々《あらあら》しく開《あ》けられ、その歌《うた》が私《わたし》の耳《みみ》に入《はい》ってきた。

隠《かく》れる場所《ばしょ》のないこの更衣室《こういしつ》の中《なか》で、私《わたし》と高広《たかひろ》は身動《みうご》きが取《と》れずに、それでも隠《かく》れている。

「赤《あか》い人《ひと》」は生産棟《せいさんとう》の2階《かい》に現《あらわ》れたはず。

なのに、校内放送《こうないほうそう》が流《なが》れてからすぐにここに来《き》たとしたら、時間《じかん》の計算《けいさん》が合《あ》わない。

かと言《い》って、「赤《あか》い人《ひと》」を見《み》てしまえば振《ふ》り返《かえ》ることができなくなる。

「まっかにまっかにそめあげて〜」

作業服《さぎょうふく》を床《ゆか》に放《ほう》り投《な》げているのだろう。

歌《うた》が進《すす》むにつれ、バサバサと作業服《さぎょうふく》を放《ほう》り投《な》げる量《りょう》が増《ふ》えていく。

この更衣室《こういしつ》には、掃除用具《そうじようぐ》を入《い》れるロッカーすらない。

本当《ほんとう》に、作業服《さぎょうふく》をかけている棚《たな》が3つしかないのだ。


「お顔《かお》もお手《て》てもまっかっか〜」


1つ目《ひとつめ》の棚《たな》の作業服《さぎょうふく》を全部《ぜんぶ》投《な》げ捨《す》てたのだろう。

このままでは……見《み》つかってしまう。

私《わたし》は、抱《だ》き締《し》められている高広《たかひろ》の制服《せいふく》の襟《えり》をギュッと掴《つか》み、呼吸《こきゅう》の音《おと》にも細心《さいしん》の注意《ちゅうい》を払《はら》っていた。


「髪《かみ》の毛《け》も足《あし》もまっかっか〜」


2つ目《ふため》の棚《たな》の作業服《さぎょうふく》も、次々《つぎつぎ》と床《ゆか》に放《ほう》り投《な》げられる。

私《わたし》を包《つつ》む高広《たかひろ》の心臓《しんぞう》の鼓動《こどう》も、私《わたし》の心臓《しんぞう》と同《おな》じくらいの速《はや》さで。

きっと、不安《ふあん》になっているんだということがわかる。

そして……最後《さいご》の棚《たな》を残《のこ》すのみとなった。

「どうしてどうしてあかくする～」

作《さ》業服《ぎょうふく》を掴《つか》み、床《ゆか》に放《ほう》り投《な》げる。

「どうしてどうしてあかくなる～」

さらに1着《ちゃく》……まるで、ジリジリと私達《わたしたち》を追《お》い込《こ》むのを楽《たの》しんでいるかのように、作《さ》業服《ぎょうふく》を投《な》げ捨《す》てている。

このままでは見《み》つかってしまうという恐怖《きょうふ》で、落《お》ち着《つ》いていた呼吸《こきゅう》が少《すこ》しずつ荒《あら》くなっていく。

それを察《さっ》したのか、高広《たかひろ》が私《わたし》の頭《あたま》を撫《な》でてくれていた。

昔《むかし》は、私《わたし》が泣《な》いていると、高広《たかひろ》がこうして頭《あたま》を撫《な》でてくれた。

あの時《とき》となにも変《か》わっていない。

「お手《て》てをちぎってあかくする～」

なんて、そんな感傷《かんしょう》に浸《ひた》っている場合《ばあい》じゃない。

かかっている作業服《さぎょうふく》も少《すく》なくなっているようで、投《な》げ捨《す》てる速度《そくど》が上《あ》がって早《はや》くなっていく。

「からだをちぎってあかくなる～
あしをちぎってもあかくなる～」

もう、作業服《さぎょうふく》もなくなり、恐《おそ》らく最後《さいご》であろう作業服《さぎょうふく》を掴《つか》んで……そして、それを引《ひ》きちぎったのだ。

しばらく訪《おとず》れる沈黙《ちんもく》。

そのあと……。

「あかがつまったそのせなか〜」

再《ふたた》び唄《うた》い出《だ》して、部屋《へや》の中《なか》をウロウロしているのだろう。

声《こえ》が右《みぎ》に左《ひだり》に移動《いどう》して……そして、更衣室《こういしつ》を出《で》ていったのだ。

「わたしはつかんであかをだす〜」

部屋《へや》の外《そと》から聞《き》こえる声《こえ》が、徐々《じょじょ》に遠《とお》ざかっていく……。

「まっかなふくになり……」

もう声《こえ》は聞《き》こえなくなったけれど、まだ近《ちか》くにいるかもしれないと思《おも》うと身動《みうご》きは取《と》れない。

棚《たな》の上《うえ》で、高広《たかひろ》に抱《だ》き締《し》められたまま……私達《わたしたち》はしばらく動《うご》かなかった。

この声《こえ》の主《ぬし》が部屋《へや》に入《はい》ってきてから、私《わたし》は考《かんが》えていた。

さっきの歌《うた》を唄《うた》っていたのは、本当《ほんとう》に「赤《あか》い人《ひと》」なのだろうか？

床《ゆか》に散乱《さんらん》する作業服《さぎょうふく》には、ハンガーにかけられている物《もの》も多《おお》くある。

棚《たな》の上《うえ》から降《お》りた私達《わたしたち》は、それを見《み》て違和感《いわかん》を覚《おぼ》えた。

「明日香《あすか》、その……なんだ。さっきは悪《わる》かったな」

頭《あたま》を掻《か》きながら、私《わたし》に照《て》れたような表情《ひょうじょう》を向《む》ける高広《たかひろ》。

私《わたし》を抱《だ》き締《し》めていたことかな？

「あの状況《じょうきょう》だったら仕方《しかた》ないじゃん。まあ、埃《ほこり》が凄《すご》かったけどね。服《ふく》も髪《かみ》も真《ま》っ白《しろ》」

パンパンと、埃《ほこり》を払《はら》う私《わたし》の姿《すがた》を見《み》て、高広《たかひろ》も制服《せいふく》に付《つ》いた埃《ほこり》を払《はら》う。

「それよりさ、今《いま》のって『赤《あか》い人《ひと》』だったのかな？　なんか変《へん》だったんだけど」

「そうか？　歌《うた》を唄《うた》ってたなら、『赤《あか》い人《ひと》』なんだろ？　それ以外《いがい》に唄《うた》うやつなんて……」

歌《うた》を唄《うた》う人《ひと》は……いる。

「昨日《きのう》」の夜《よる》、唯一《ゆいいつ》あの歌《うた》を唄《うた》っていたのは……。

「健司《けんじ》だよ……」

そう、ここに来《き》ていたのが健司《けんじ》なら、納得《なっとく》できることがある。

作業服《さぎょうふく》がかかっているハンガー。

バーからこれを取《と》るには、「赤《あか》い人《ひと》」の身長《しんちょう》では届《とど》かないのだ。

でも、健司《けんじ》なら……。

健司《けんじ》がなぜあの歌《うた》を唄《うた》うかはわからないけれど、私達《わたしたち》は「赤《あか》い人《ひと》」と健司《けんじ》に襲《おそ》われる。

それだけはわかった。

「今《いま》のが健司《けんじ》？　なんであんな歌《うた》を唄《うた》って、俺達《おれたち》を探《さが》してたんだよ？」

「高広《たかひろ》も言《い》ってたじゃん、健司《けんじ》が歌《うた》を唄《うた》ってたって」

「そりゃそうだけどよ……」

どう反論《はんろん》していいかわからないといった様子《ようす》で、顔《かお》をしかめて天井《てんじょう》を見上《みあ》げる高広《たかひろ》。

私《わたし》も健司《けんじ》が私達《わたしたち》を襲《おそ》ってくる理由《りゆう》なんてわからない。

わからないけど、見《み》つかってはいけないということだけはわかる。

「昨日《きのう》」、高広《たかひろ》が殺《ころ》されたのだから、見《み》つかったら殺《ころ》されると考《かんが》えていいだろう。

「にしても……健司《けんじ》なら、服《ふく》の中《なか》は代《か》わりに探《さが》してくれたな。あとは引《ひ》き出《だ》しだけか」

そう呟《つぶや》き、窓側《まどがわ》に向《む》かって歩《ある》く高広《たかひろ》。

そして、棚《たな》の引《ひ》き出《だ》しを調《しら》べ始《はじ》めた。

私《わたし》もさっきの続《つづ》きから、引《ひ》き出《だ》しを調《しら》べ始《はじ》める。

「高広《たかひろ》は八代先生《やしろせんせい》からなにか訊《き》いたの？　健司《けんじ》のこととか、『カラダ探《さが》し』のこととかさ」

「んー、あいつらの話《はなし》はわかんねぇ。俺《おれ》がわかったのは、健司《けんじ》のことはわかんねぇってことと、カラダが集《あつ》まるにつれて、『昨日《きのう》』が少《すこ》しずつ変《か》わっていくってことだな」

やっぱり「昨日《きのう》」が変《か》わったのは、カラダを集《あつ》めた数《かず》に関係《かんけい》してたんだ。

八代先生《やしろせんせい》の時《とき》も、きっと「昨日《きのう》」は変《か》わっていったのだろう。

次《つぎ》は、何個集《なんこあつ》めたら「昨日《きのう》」が変《か》わるのか。

私《わたし》はそこが気《き》になった。


更衣室《こういしつ》の引《ひ》き出《だ》しを調《しら》べ終《お》わったあと、ドアに耳《みみ》を当《あ》てて廊下《ろうか》に誰《だれ》もいないことを確認《かくにん》してから、私達《わたしたち》は廊下《ろうか》に出《で》た。

シーンと静《しず》まり返《かえ》り、冷《つめ》たい空気《くうき》が足元《あしもと》に漂《ただよ》う廊下《ろうか》。

さっきは、走《はし》ってここに来《き》たから冷気《れいき》なんて感《かん》じてる余裕《よゆう》がなかった。

「工房《こうぼう》はあとにするか。１回入《かいはい》ったことがあるけどよ、工場《こうじょう》みたいだぜ、ここは」

その部屋《へや》を指差《ゆびさ》す高広《たかひろ》。

でも、そんなことを言《い》われると、逆《ぎゃく》に気《き》になってしまう。

それに、どうせいつかは探《さが》さなければいけないなら、今探《いまさが》しても同《おな》じ。

「私《わたし》は入《はい》ってみたい。どんな所《ところ》か知《し》らないしね」

「いや、だからあとで……まあ、いいけどよぉ」

そう呟《つぶや》き、俯《うつむ》いて首《くび》を横《よこ》に振《ふ》る高広《たかひろ》。

意見《いけん》が通《とお》らなかったからか、少《すこ》し不機嫌《ふきげん》そうに工房《こうぼう》のドアを開《あ》ける。

その部屋《へや》の中《なか》は、高広《たかひろ》の言《い》う通《とお》り工場《こうじょう》のような内装《ないそう》。

まるで鉄工所《てっこうじょ》のような雰囲気《ふんいき》を醸《かも》し出《だ》していた。

「なんか、独特《どくとく》の匂《にお》いがするね。これって鉄《てつ》の匂《にお》い？」

さっき更衣室《こういしつ》で嗅《か》いだ匂《にお》いよりも、さらに濃《こ》い匂《にお》い。

「溶接《ようせつ》の匂《にお》いじゃないのか？　作業服《さぎょうふく》も同《おな》じ匂《にお》いがしてただろ？」

そう言《い》われてみれば、そんな気《き》がする。

工房《こうぼう》に入《はい》って、高広《たかひろ》があとにしようと言《い》った意味《いみ》が私《わたし》にも理解《りかい》できた。

他《ほか》の部屋《へや》に比《くら》べてかなり広《ひろ》く、物《もの》がごちゃごちゃ置《お》かれたこの部屋《へや》を調《しら》べ尽《つ》くすだけで、時《じ》間《かん》がかかることは目《め》に見《み》えていたから。

工房《こうぼう》を探《さが》し始《はじ》めたのはよいものの、妙《みょう》なコードや塗料《とりょう》、金属材《きんぞくざい》などが所狭《ところせま》しと並《なら》べられていて、カラダが隠《かく》されていてもわからないかもしれない。

こういった物《もの》に縁《えん》がない私《わたし》にとって、ここにある物《もの》すべて使用用途《しようようと》のわからない謎《なぞ》の道《どう》具《ぐ》だ。

興味《きょうみ》もないし、あまり触《さわ》りたくもない。

「ごちゃごちゃしてるね……もっと整理《せいり》すればいいのに」

なんだかよくわからない機械《きかい》も置《お》かれていて、どう扱《あつか》っていいのかもわからない。

「あー、じゃあ、こっちは俺《おれ》が調《しら》べるから、明日香《あすか》は職員室《しょくいんしつ》を調《しら》べてくれ」

そう言《い》って、高広《たかひろ》が指差《ゆびさ》した先《さき》。

工房《こうぼう》に入《はい》って左《ひだり》にある、工房《こうぼう》と繋《つな》がった部屋《へや》がそこにはあった。

こっちの工場《こうじょう》みたいな部屋《へや》に目《め》が行《い》って、私《わたし》はその部屋《へや》に気《き》づかなかった。

「あ、職員室《しょくいんしつ》なんだ。わかった、そっち調《しら》べるね」

よかった。こんなわけのわからない部屋《へや》よりも、職員室《しょくいんしつ》の方《ほう》がずっといい。

窓《まど》から射《さ》す、柔《やわ》らかな月《つき》の光《ひかり》に照《て》らされて、不気味《ぶきみ》に浮《う》かび上《あ》がるデスクやロッカー。

でも、この程度《ていど》の不気味《ぶきみ》さなら、もう慣《な》れた。

残《のこ》るカラダは、頭部《とうぶ》、左腕《ひだりうで》、左胸《ひだりむね》、右脚《みぎあし》の４つ。

それらが入《はい》りそうな場所《ばしょ》だけを調《しら》べることにした。

デスクの引《ひ》き出《だ》し、ロッカー、金庫《きんこ》、テーブルの下《した》と、探《さが》せる場所《ばしょ》は全部《ぜんぶ》探《さが》した。

けれど、この職員室《しょくいんしつ》にカラダはなく、工房《こうぼう》の方《ほう》を探《さが》している高広《たかひろ》もあと少《すこ》しで調《しら》べ終《お》わりそう。

結局《けっきょく》、この部屋《へや》にもカラダはなさそうだ。

「ねぇな……この部屋《へや》はハズレか」

フウッと溜《た》め息《いき》をつき、立《た》ち上《あ》がる高広《たかひろ》。

まあ、そう簡単《かんたん》に見《み》つかるとは思《おも》っていないけど、調《しら》べ終《お》わった部屋《へや》にカラダがないと少《すこ》しガッカリする。

「残念《ざんねん》だね。じゃあ、次《つぎ》の部屋《へや》に行《い》こうか？」

「そうだな。でもその前《まえ》に便所《べんじょ》に行《い》きてぇ。ついでに調《しら》べようぜ」

トイレ……遥《はるか》の1件《けん》から、あまり1人《ひとり》では行《い》きたくない。

いつもは留美子《るみこ》や理恵《りえ》が一緒《いっしょ》だったから、ついてきてもらってたけど……。

高広《たかひろ》と一緒《いっしょ》じゃあ、そういうわけにもいかない。

「トイレを……1人《ひとり》で探《さが》すの？」

「あ？　当《あ》たり前《まえ》だろ？　男子便所《だんしべんじょ》と女子便所《じょしべんじょ》があるんだからよ」

うん、高広《たかひろ》の言《い》ってることは正《ただ》しいんだけど……。

トイレに行《い》くって聞《き》いたら、なんだか私《わたし》もしたくなってきた。

「もう！　高広《たかひろ》がそんなこと言《い》うから、私《わたし》もトイレに行《い》きたくなったじゃない！」

「お、俺《おれ》のせいかよ……」

ますます高広《たかひろ》についてきてもらうわけにはいかなくなった状況《じょうきょう》に、私《わたし》は溜《た》め息《いき》をついた。


工房《こうぼう》を出《で》て、すぐにあるトイレに入《はい》って私《わたし》は用《よう》を足《た》した。

下着《したぎ》を上《あ》げて、スカートを整《ととの》える。

携帯電話《けいたいでんわ》の明《あ》かりで、洋式《ようしき》トイレの個室《こしつ》を照《て》らして見《み》てみると、機械科《きかいか》に女子《じょし》がいないせいか、私達《わたしたち》がいつも使《つか》っているトイレと比《くら》べると、かなり綺麗《きれい》だ。

それでも、ドアの隙間《すきま》から漂《ただよ》ってくる冷気《れいき》はどこも変《か》わらなくて……。

トイレ特有《とくゆう》の、不気味《ぶきみ》な雰囲気《ふんいき》が私《わたし》の身体《からだ》を包《つつ》み込《こ》んでいる。

「振《ふ》り返《かえ》ったら、遥《はるか》がいるなんてないよね……」

ハハッと、引《ひ》きつった笑《わら》いをこぼしてゆっくりと振《ふ》り返《かえ》ってみるけど、当然《とうぜん》のようにそこには誰《だれ》もいない。

「カラダ探《さが》し」をさせられているこの状況《じょうきょう》では、なにが起《お》こってもおかしくない。

怖《こわ》いから、早《はや》くここから出《で》よう。

ブルッと身震《みぶる》いをして、タンクに付《つ》いているレバーを捻《ひね》った。

「あれ？　流《なが》れない……」

大《だい》じゃなくてよかった……じゃない、タンクになにか詰《つ》まってるのかな？

どうせ調《しら》べるつもりだったんだから……。

そう思《おも》い、タンクの蓋《ふた》を開《あ》けて、携帯電話《けいたいでんわ》の明《あ》かりで中《なか》を確認《かくにん》した。

瞬間《しゅんかん》、私《わたし》の心臓《しんぞう》がドクンと音《おと》を立《た》てたのがわかった。

そこには……制服《せいふく》の一部《いちぶ》。

遥《はるか》のカラダが隠《かく》されていたのだ。

こ、こんな所《ところ》にカラダがあった……。

制服《せいふく》の形状《けいじょう》からして、これは遥《はるか》の左胸《ひだりむね》。

タンクの中《なか》にあるはずの浮《う》きや管《くだ》も取《と》り払《はら》われて、カラダがそこにある。

私《わたし》はタンクの蓋《ふた》を便座《べんざ》の上《うえ》に置《お》き、そっとそれを取《と》り出《だ》した。

タンク内《ない》に水《みず》が入《はい》っていなかったため、カラダは濡《ぬ》れてない。

それは、私《わたし》にとってはありがたいことだ。

いくら「昨日《きのう》」に戻《もど》るからと言《い》っても、私《わたし》まで濡《ぬ》れたくはないから。

「た、高広《たかひろ》！　カラダ見《み》つけた!!」

トイレ内《ない》に響《ひび》く私《わたし》の声《こえ》。

もしも近《ちか》くに「赤《あか》い人《ひと》」がいて、声《こえ》を聞《き》かれていたとしても関係《かんけい》ない。

どちらかがこの左胸《ひだりむね》を持《も》って棺桶《かんおけ》に辿《たど》り着《つ》けばいいのだから。

私《わたし》は左胸《ひだりむね》を小脇《こわき》に抱《かか》え、トイレのドアを開《あ》けた。

それと同時《どうじ》に、女子《じょし》トイレに入《はい》ってくる高広《たかひろ》。

「あったのか!?　やっぱり、俺《おれ》がしょんべんして正解《せいかい》だったな」

それに関《かん》しては、なにも文句《もんく》が言《い》えない。

そのせいでと言《い》うか、そのおかげでカラダを見《み》つけることができたのだから。

「早《はや》くホールに戻《もど》ろう！」

私《わたし》がそう言《い》った時《とき》だった。

「……してどうしてあかくなる〜」


微《かす》かに聞《き》こえたその声《こえ》が……ゆっくりとこちらに近《ちか》づいてきていた。

「う、歌《うた》だよ……どうしよう……」

オロオロする私《わたし》の肩《かた》に手《て》を置《お》いて、携帯電話《けいたいでんわ》をポケットから取《と》り出《だ》す高広《たかひろ》。

「任《まか》せとけって。何度《なんど》か経験《けいけん》あるからな、こういうことは」

そう言《い》った高広《たかひろ》が、今《いま》の私《わたし》には頼《たの》もしく思《おも》えた。

何度《なんど》か経験《けいけん》がある……それはつまり、こんな状況《じょうきょう》を切《き》り抜《ぬ》けてきたということだ。

圏外《けんがい》で使《つか》えない携帯電話《けいたいでんわ》で、いったいなにをしようというのだろうか？

準備《じゅんび》が終《お》わったみたいで、トイレの入《い》り口《ぐち》に向《む》かう高広《たかひろ》。


「お手《て》てをちぎってあかくする〜」

私《わたし》も高広《たかひろ》の後《うし》ろで、その歌《うた》を聞《き》いていた。

まだ近《ちか》くではないけど……確実《かくじつ》にこちらに近《ちか》づいている。

この声《こえ》の響《ひび》き方《かた》なら、階段《かいだん》の上《うえ》から聞《き》こえていると私《わたし》は思《おも》う。

高広《たかひろ》は、こんな状況《じょうきょう》でなにをするのだろう。

「いいか、俺《おれ》がお前《まえ》の肩《かた》を叩《たた》いたら、『赤《あか》い人《ひと》』を見《み》ないようにして走《はし》れよ」

その言葉《ことば》に、小《ちい》さく頷《うなず》く。

それを見《み》た高広《たかひろ》はトイレから一歩《いっぽ》飛《と》び出《だ》して、開《ひら》いた携帯電話《けいたいでんわ》のボタンを押《お》して、それを廊下《ろうか》の突《つ》き当《あ》たりに向《む》けて滑《すべ》らせるようにして投《な》げたのだ。


ピピピピピピピピッ！

ピピピピピピピピッ！


と、投《な》げられた携帯電話《けいたいでんわ》が、アラーム音《おん》を鳴《な》らしながら廊下《ろうか》の奥《おく》へと滑《すべ》っていった。

高広《たかひろ》は、なにを考《かんが》えてこんなことをしたのだろう。

これじゃあ、来《き》てほしくない「赤《あか》い人《ひと》」が嫌《いや》でも来《き》ちゃうじゃない！

しかし、高広《たかひろ》は「赤《あか》い人《ひと》」を待《ま》っているかのように、耳《みみ》を澄《す》ませて立《た》っていた。

「キャハハハハハハッ！」

携帯電話《けいたいでんわ》のアラーム音《おん》よりも大《おお》きく、無邪気《むじゃき》な声《こえ》で笑《わら》う「赤《あか》い人《ひと》」。

そして、「ドンッ！」という音《おと》。

階段《かいだん》を何段《なんだん》か飛《と》ばして下《お》りているのだろう。

さらに、「ドンッ！」という音《おと》が聞《き》こえ、1階《かい》にやってきたのだ。

まさか……全段《ぜんだん》飛《と》ばし？

「赤《あか》い人《ひと》」に追《お》いつかれる理由《りゆう》がわかるような気《き》がする。

「キャハハハハハハッ！」

声《こえ》が、高広《たかひろ》が投《な》げた携帯電話《けいたいでんわ》の方《ほう》へと向《む》かっていく。

その時《とき》、私《わたし》の肩《かた》がポンッと叩《たた》かれた。

走《はし》れという高広《たかひろ》の合図《あいず》だ。

駆《か》け出《だ》す高広《たかひろ》の手《て》を取《と》り、顔《かお》を伏《ふ》せてトイレから飛《と》び出《だ》した。

こんな方法《ほうほう》、思《おも》いつきもしない。

高広《たかひろ》は、普段《ふだん》頭《あたま》を使《つか》わないのに、こんなことには頭《あたま》が回《まわ》るんだなと感心《かんしん》して、私達《わたしたち》は階段《かいだん》を駆《か》け上《あ》がった。

「また引《ひ》っかかってくれたな。やっぱりガキだぜ」

ハハッと笑《わら》いながら、工業棟《こうぎょうとう》から生産棟《せいさんとう》へと続《つづ》く渡《わた》り廊下《ろうか》に入《はい》った時《とき》。

渡《わた》り廊下《ろうか》の真《ま》ん中《なか》、私達《わたしたち》の前《まえ》に立《た》ちはだかったのは……月明《つきあ》かりに照《て》らされ、不気味《ぶきみ》に顔《かお》を歪《ゆが》ませて笑《わら》う健司《けんじ》だった。


「はあぁぁぁぁ……み、見《み》つけた……」


その姿《すがた》に……私《わたし》は高広《たかひろ》の手《て》をギュッと握《にぎ》り締《し》めた。

上体《じょうたい》を前《まえ》に曲《ま》げて私達《わたしたち》を見《み》つめる健司《けんじ》は、酷《ひど》く猫背《ねこぜ》になっているように見《み》える。

それでもその顔《かお》はしっかりと前方《ぜんぽう》の私達《わたしたち》を捉《とら》え、どうしても逃《に》げられそうにない。

「健司《けんじ》！　どきやがれ！」

高広《たかひろ》が怒鳴《どな》りつけるが、健司《けんじ》はニヤニヤと笑《え》みを浮《う》かべたまま……まったく動《どう》じていない。

やっぱり、この健司《けんじ》は違《ちが》う。

明《あき》らかに操《あやつ》られているというのがわかる。


「み、み、美子《みこ》ちゃん……ふ、服《ふく》を赤《あか》く……で、できるよ」


そう言《い》って、ジリジリと私達《わたしたち》に詰《つ》め寄《よ》ってくる。

美子《みこ》ちゃん？

健司《けんじ》は、「小野山美子《おのやまみこ》」のことを知《し》らないはずだ。

やっぱり……なにかに操《あやつ》られているの？

この健司《けんじ》を避《さ》けて通《とお》るには、工業棟《こうぎょうとう》の廊下《ろうか》を北側《きたがわ》に抜《ぬ》けて、もう1つの渡《わた》り廊下《ろうか》から生産棟《せいさんとう》に入《はい》るしかない。

でも……それはかなりの遠回《とおまわ》りで、カラダを持《も》ちながら走《はし》るなんて、私《わたし》では体力的《たいりょくてき》に無理《むり》だ。

途中《とちゅう》で必《かなら》ず追《お》いつかれる。

それに、「赤《あか》い人《ひと》」もいる。

どうすればいいの？

「明日香《あすか》、走《はし》れ。健司《けんじ》は俺《おれ》が止《と》めておく。お前《まえ》がホールに着《つ》くまではな」

そう言《い》い、私《わたし》の手《て》を放《はな》す高広《たかひろ》。

私《わたし》ではどうすることもできない。

でも、高広《たかひろ》だって、「昨日《きのう》」すぐに殺《ころ》されたんじゃないの？

「健司《けんじ》！　行《い》くぞコラァ‼」

そう叫《さけ》び、健司《けんじ》に向《む》かって走《はし》り出《だ》す高広《たかひろ》。

私《わたし》もそれに続《つづ》いて……カラダを抱《かか》えたまま、高広《たかひろ》を信《しん》じて、健司《けんじ》の横《よこ》をすり抜《ぬ》けようと走《はし》った。

私《わたし》に手《て》を伸《の》ばそうとする健司《けんじ》。

しかしその手《て》は、高広《たかひろ》の飛《と》び蹴《げ》りで私《わたし》の髪《かみ》をかすめて後方《こうほう》に弾《はじ》かれたのだ。

「高広《たかひろ》、ごめん！」

ギュッと遥《はるか》の左胸《ひだりむね》を抱《だ》き締《し》めて、生産棟《せいさんとう》に入《はい》り、西棟《にしとう》に向《む》かう渡《わた》り廊下《ろうか》へと走《はし》っていた時《とき》だった。
背後《はいご》で……グチャッという、なにかが潰《つぶ》されたような音《おと》と、短《みじか》い悲鳴《ひめい》が聞《き》こえた。
今《いま》の、なにかが潰《つぶ》れた音《おと》はなに？
それに、微《かす》かに聞《き》こえた悲鳴《ひめい》は、高広《たかひろ》？
後《うし》ろが気《き》になり、渡《わた》り廊下《ろうか》の真《ま》ん中《なか》でチラリと振《ふ》り返《かえ》った私《わたし》が見《み》たものは……。
「ま、待《ま》てぇぇぇ！　に、に、逃《に》げ、逃《に》げるなぁぁあっ!!」
笑《え》みを浮《う》かべて私《わたし》を追《お》いかけてくる、右手《みぎて》が真《ま》っ赤《か》に染《そ》まった健司《けんじ》だったのだ。
嘘《うそ》でしょ!?　高広《たかひろ》は……もしかして殺《ころ》されちゃったの!?
「昨日《きのう》」気《き》づいたら殺《ころ》されていたって、高広《たかひろ》は言《い》っていた。
高広《たかひろ》でもそんなに簡単《かんたん》に殺《ころ》されるなら、私《わたし》なんかじゃ絶対《ぜったい》に1秒《びょう》も持《も》たない。
西棟《にしとう》に入《はい》り、階段《かいだん》へと走《はし》る。
私《わたし》と健司《けんじ》との距離《きょり》はもう5メートルもない。
階段《かいだん》に差《さ》しかかった私《わたし》は、「赤《あか》い人《ひと》」のことを思《おも》い出《だ》した。
あんな小《ちい》さな子《こ》が飛《と》べるんだから、きっと私《わたし》も飛《と》べるはず！
……なんて、やっぱり無理《むり》！

３段飛《だんと》ばしで階段《かいだん》を下《お》りる。

それでも、髪《かみ》の毛《け》を後《うし》ろに引《ひ》っ張《ぱ》られるように、顔《かお》の皮《かわ》が突《つ》っ張《ぱ》るほどの恐怖《きょうふ》を感《かん》じる。

後《うし》ろから追《お》われる恐怖《きょうふ》と、階段《かいだん》を下《お》りる恐怖《きょうふ》に挟《はさ》まれて……。

私《わたし》は最後《さいご》の５段《だん》を飛《と》び下《お》りた。

「痛《いた》っ！」

着地《ちゃくち》の際《さい》に、左足首《ひだりあしくび》を捻《ひね》ってしまったみたいだ。

バランスを崩《くず》して転《ころ》んでしまいそうになったけど、無事《ぶじ》な右脚《みぎあし》でなんとか踏《ふ》ん張《ば》り、正面《しょうめん》の壁《かべ》によろけるようにしてぶつかった。

その際《さい》ぶつけた右肩《みぎかた》が痛《いた》むけど……死《し》ぬよりマシだ。

さらに言《い》ってしまえば、「昨日《きのう》」に戻《もど》ったら、怪我《けが》も治《なお》っているのだから。

ズキンズキンと左足《ひだりあし》が痛《いた》むけど、この際足《さいあし》が折《お》れたって構《かま》わない。

ホールまでもう少《すこ》し。

残《のこ》った力《ちから》を振《ふ》り絞《しぼ》り、ホールに安置《あんち》されている棺桶《かんおけ》に向《む》かった。

その背後《はいご》から、健司《けんじ》が迫《せま》る。

カラダを納《おさ》めるのが早《はや》いか、健司《けんじ》に殺《ころ》されてしまうのが早《はや》いか……。

遥《はるか》の左胸《ひだりむね》を、すぐに納《おさ》められるように向《む》きを変《か》えながら、私《わたし》は棺桶《かんおけ》に辿《たど》り着《つ》いた。
そして、倒《たお》れ込《こ》むようにして、その左胸《ひだりむね》を棺桶《かんおけ》に納《おさ》めた私《わたし》。
なんとか……間《ま》に合《あ》った。
フウッと吐息《といき》をもらし、私《わたし》を追《お》ってきている健司《けんじ》の方《ほう》をゆっくりと見《み》る。
私《わたし》の目《め》の前《まえ》に迫《せま》る赤《あか》い手《て》が、その日《ひ》最後《さいご》に見《み》たものだった。
これは、高広《たかひろ》の血《ち》なのだろう。
でも、約束《やくそく》は守《まも》ったからね。
高広《たかひろ》が私《わたし》を、健司《けんじ》から守《まも》ってくれたから……。
私《わたし》がどうやって殺《ころ》されたかはわからない。
グチャッという音《おと》がして、私《わたし》は健司《けんじ》に殺《ころ》された。

8日目《ようかめ》

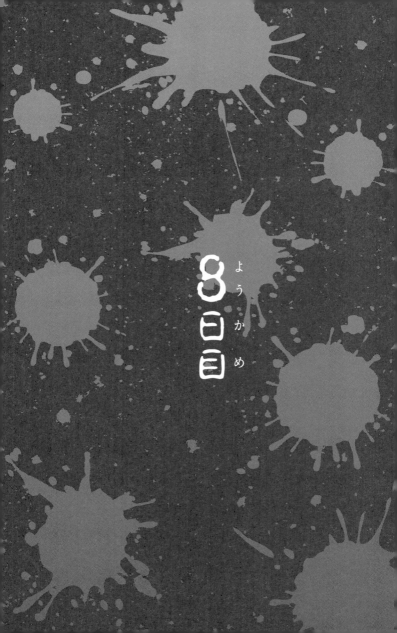

いつもの天井《てんじょう》、いつものベッドの上《うえ》。

身体《からだ》を起《お》こすと、携帯電話《けいたいでんわ》も変《か》わらず机《つくえ》の上《うえ》にある。

部屋《へや》を見回《みまわ》しても、別段変《べつだんか》わった様子《ようす》はない。

まだ、「昨日《きのう》」は変化《へんか》していないみたいで……。

安心《あんしん》すべきなのか、ガッカリすべきなのかもわからないまま、私《わたし》は学校《がっこう》に行《い》く準備《じゅんび》を始《はじ》めた。

「昨日《きのう》」は、翔太《しょうた》に訊《き》く暇《ひま》がなかったから、八代先生《やしろせんせい》からなにを聞《き》き出《だ》せたかわからなかったけど、日中《にっちゅう》なら話《はなし》ができる。

それに、健司《けんじ》のあの変貌《へんぼう》ぶり。

精神的《せいしんてき》におかしくなったとかいうレベルじゃない。

屋上《おくじょう》から飛《と》び下《お》りた時《とき》のように、なにかに操《あやつ》られているような感《かん》じがした。

それに、「美子《みこ》ちゃん」とも言《い》っていた。

「昨日《きのう》」も思《おも》ったことだけど、どうして「赤《あか》い人《ひと》」の名前《なまえ》を知《し》っていたのだろう。

私《わたし》にはわからないことばかり。

制服《せいふく》に着替《きが》え、携帯電話《けいたいでんわ》をカバンに入《い》れて部屋《へや》を出《で》た。

階段《かいだん》を下《お》り、キッチンで食《しょく》パンを1枚《まい》トースターで焼《や》く。
その間《あいだ》に洗面所《せんめんじょ》に行《い》って、歯《は》を磨《みが》いている時《とき》だった。

ピンポーン。

チャイムの音《おと》が、リビングから聞《き》こえたのだ。
……なんでこんな時《とき》に。
口《くち》の中《なか》が泡《あわ》でいっぱいなのに。
いつもの「昨日《きのう》」では、この時間《じかん》には誰《だれ》も来《こ》なかったから、きっと高広《たかひろ》に違《ちが》いない。
私《わたし》はそのまま歯磨《はみが》きを続《つづ》けた。
歯《は》を磨《みが》き終《お》わって、パンにマヨネーズを塗《ぬ》りつける。
マーガリンもいいけど、私《わたし》が最近《さいきん》ハマっている食《た》べ方《かた》はこれだ。

ピンポーン。

さっきから、何回《なんかい》チャイムを鳴《な》らせば気《き》が済《す》むんだか……。

落《お》ち着《つ》いて、食事《しょくじ》をすることもできない。

そう思《おも》いながら私《わたし》はカバンを持《も》ち、パンを片手《かたて》に玄関《げんかん》に向《む》かった。

「もう！　今出《いまで》るから！　少《すこ》しは待《ま》ってよ！」

靴《くつ》を履《は》き、ドアを開《あ》けると、そこには案《あん》の定高広《じょうたかひろ》の姿《すがた》。

私《わたし》の顔《かお》を見《み》て安心《あんしん》したのか、険《けわ》しかった表情《ひょうじょう》がフッと柔《やわ》らかくなったのがわかった。

「あ、明日香《あすか》、すまん！　あんなこと言《い》ったのに……すぐに死《し》んじまった！」

手《て》を合《あ》わせて、頭《あたま》を下《さ》げて謝《あやま》る高広《たかひろ》。

そんなこと、する必要《ひつよう》ないのに。

「大丈夫《だいじょうぶ》だよ。ちゃんと棺桶《かんおけ》に納《おさ》めたから。まあ、追《お》いかけてきた健司《けんじ》に、殺《ころ》されちゃったけどね」

そう言《い》い、パンをひと口《くち》。

高広《たかひろ》でも健司《けんじ》を止《と》められないなら、もう、他《ほか》の誰《だれ》にも止《と》められない。

それはきっと、何人《なんにん》いても同《おな》じだと思《おも》う。

「でさ、そのことなんだけど……」

私《わたし》は、日中《にっちゅう》の健司《けんじ》がなにをしているのかが気《き》になっていた。

健司《けんじ》にも話《はなし》を訊《き》いてみないと、わからないことがあるだろうから。


「は？　明日香《あすか》、それ本気《ほんき》？」

通学途中《つうがくとちゅう》で留美子《るみこ》と合流《ごうりゅう》した私達《わたしたち》は、健司《けんじ》の様子《ようす》を見《み》に行《い》くことを提案《ていあん》した。

八代先生《やしろせんせい》との話《はなし》は翔太《しょうた》に任《まか》せればいい。理恵《りえ》は嫌《いや》がるだろうから、翔太《しょうた》と一緒《いっしょ》にいてもらう。

だから、行《い》くのは私《わたし》と留美子《るみこ》と高広《たかひろ》の3人《にん》。

「本気《ほんき》だよ。だってさ、私達《わたしたち》が八代先生《やしろせんせい》の話《はなし》を聞《き》いても、翔太《しょうた》に説明《せつめい》してもらわないとわからないんだもん。だったら、他《ほか》にできることをしようよ」

私《わたし》の言葉《ことば》に、あからさまに嫌《いや》そうな表情《ひょうじょう》を浮《う》かべる留美子《るみこ》。

その気持《きも》ちはわかるけど、健司《けんじ》が豹変《ひょうへん》した理由《りゆう》を突《つ》き止《と》めないと、カラダを探《さが》し終《お》えるまで毎晩《まいばん》「赤《あか》い人《ひと》」と健司《けんじ》の2人《ふたり》に追《お》いかけられるのだ。

まあ、私達《わたしたち》が行《い》ったところで、健司《けんじ》が元《もと》に戻《もど》るわけじゃないだろうけど。

それでも、昨夜《さくや》は校舎《こうしゃ》に入《はい》るまでは大人《おとな》しかった。

ニヤニヤと笑《わら》ってはいたけれど、顕著《けんちょ》に変化《へんか》が現《あらわ》れたのは、あの叫《さけ》び声《ごえ》から。

だったら、昼間《ひるま》に会《あ》う分《ぶん》には、それほどの危険《きけん》はないと思《おも》う。

あくまでも、私《わたし》の希望的観測《きぼうてきかんそく》だけれど……。

「明日香《あすか》が行《い》くなら、俺《おれ》は行《い》くぜ。『昨日《きのう》』のこともあるからな」

「とかなんとか言《い》って、高広《たかひろ》は明日香《あすか》が心配《しんぱい》なだけじゃないの？」

ニヤニヤしながら、私達《わたしたち》を見《み》る留美子《るみこ》。

健司《けんじ》は理恵《りえ》にフラれたんだから、自棄《やけ》になって私《わたし》や留美子《るみこ》に襲《おそ》いかかるかもしれない。

そう考《かんが》えると、私《わたし》を心配《しんぱい》してくれるのはありがたかった。


いつものように通学途中《つうがくとちゅう》で理恵《りえ》と合流《ごうりゅう》し学校《がっこう》に到着《とうちゃく》した私達《わたしたち》は、教室《きょうしつ》で自分《じぶん》の席《せき》にいた翔太《しょうた》に話《はなし》をしてみた。

「おいおい……本気《ほんき》かよ？『昨日《きのう》』、明日香《あすか》と高広《たかひろ》を殺《ころ》したやつだぞ？」

翔太《しょうた》も、留美子《るみこ》と同《おな》じ反応《はんのう》だった。

でも、私《わたし》は健司《けんじ》にこれ以上《いじょう》殺《ころ》されたくはない。

なにも掴《つか》めなくても、会《あ》ってみる必要《ひつよう》があると思《おも》っていた。

「大丈夫《だいじょうぶ》だよ。留美子《るみこ》と高広《たかひろ》もいるしね。だから翔太《しょうた》は、理恵《りえ》と2人《ふたり》で八代先生《やしろせんせい》と話《はなし》をしてよ。ね？」

「まあ、明日香《あすか》がそう言《い》うなら、俺《おれ》は構《かま》わないけど。なにかあったら連絡《れんらく》しろよ」

半《なか》ば諦《あきら》めたように、フッと鼻《はな》で笑《わら》う翔太《しょうた》。

「明日香《あすか》は普段《ふだん》人《ひと》に合《あ》わせるけど、言《い》い出《だ》したら聞《き》かないところがあるからね」

次《つぎ》は理恵《りえ》が、クスクスと笑《わら》いながらそう言《い》った。

そんなところ、あるかな？

結構《けっこう》柔軟《じゅうなん》に考《かんが》えてるつもりなんだけどな。

「それでさ、健司《けんじ》の家《いえ》がどこか教《おし》えてくれない？　私達《わたしたち》、誰《だれ》も知《し》らないんだよね」

留美子《るみこ》の言葉《ことば》に、今度《こんど》は溜《た》め息《いき》をついてメモ帳《ちょう》に地図《ちず》を描《か》く翔太《しょうた》。

私達《わたしたち》が翔太《しょうた》に会《あ》いにきた理由《りゆう》はこれ。

悲《かな》しいかな、健司《けんじ》の家《いえ》を誰《だれ》も知《し》らなかったから。

そして、翔太《しょうた》に地図《ちず》をもらって、私達《わたしたち》は教室《きょうしつ》を出《で》た。

あれから私達《わたしたち》は、翔太《しょうた》の地図《ちず》を頼《たよ》りに健司《けんじ》の家《いえ》に向《む》かっていた。

学校《がっこう》からそんなに遠《とお》くはないらしく、徒歩《とほ》でも20分《ぷん》かからないということだ。

「違《ちが》うって。これが学校《がっこう》でしょ？　だから、地図《ちず》の向《む》きはこうだよ」

「あ？　そこの神社《じんじゃ》がここじゃねぇか。だったら、俺《おれ》が正《ただ》しいんじゃねぇの？」

翔太《しょうた》の描《か》いた地図《ちず》は思《おも》ったよりも簡略化《かんりゃくか》されていて、過程《かてい》を飛《と》ばして結論《けつろん》だけ述《の》べるという性格《せいかく》がそれにも出《で》ていた。

おかげで私達《わたしたち》は、あーでもない、こーでもないと言《い》いながら、すでに40分《ぷん》。

翔太《しょうた》に電話《でんわ》したいけど、今《いま》は授業中《じゅぎょうちゅう》。

答《こた》えてはくれないだろう。

「はいはい、私《わたし》が見《み》るよ。喧嘩《けんか》してても先《さき》に進《すす》まないじゃん」

そう言《い》って、高広《たかひろ》の手《て》から地図《ちず》を取《と》る留美子《るみこ》。

しばらく考《かんが》え込《こ》んだあと、地図《ちず》を回転《かいてん》させて歩《ある》き出《だ》した。

それは、私《わたし》と高広《たかひろ》が出《だ》した答《こた》えとは違《ちが》う道《みち》。

「ちょっと、留美子《るみこ》。なんでこっちなのよ。学校《がっこう》ここでしょ？　だったら向《む》きが違《ちが》うんじゃないの？」

「この学校《がっこう》ってさ、小学校《しょうがっこう》のことじゃない？　だったらこの向《む》きじゃないの？」

そう言《い》われてみれば……そうかもしれない。

「あー……なるほどね。気《き》づかなかったよ」

「気《き》づいてないって言《い》えばさ、明日香《あすか》もたいがい鈍感《どんかん》だよね。高広《たかひろ》、絶対《ぜったい》明日香《あすか》のこと好《す》きだよ」

「えっ!? それは……ないんじゃない？」

だって、昔《むかし》から知《し》ってるし、幼馴染《おさななじ》みだし。

「だから鈍感《どんかん》なの。毎朝《まいあさ》家《いえ》に迎《むか》えに来《く》るなんて、そうとしか考《かんが》えられないじゃん」

そんなことを言《い》われると……変《へん》に意識《いしき》しちゃうじゃない。

後《うし》ろを歩《ある》く高広《たかひろ》をチラリと見《み》た私《わたし》は、目《め》が合《あ》った瞬間《しゅんかん》顔《かお》を逸《そ》らした。

留美子《るみこ》も意地悪《いじわる》だ。

なにも、こんな時《とき》にそんなことを言《い》わなくてもいいのに。

あれから高広《たかひろ》を意識《いしき》してしまって、顔《かお》も見《み》ることができない。

だって、そう考《かんが》えると、「昨日《きのう》」手《て》を繋《つな》いでくれたのも、棚《たな》の上《うえ》で抱《だ》き締《し》めてくれたのも納得《なっとく》がいく。

だからこそ、余計《よけい》に気《き》になる。

「えっと、その交差点《こうさてん》を右《みぎ》に曲《ま》がったところだね……って、明日香《あすか》、くっつき過《す》ぎ！」

「え？　あ、ごめん！」

高広《たかひろ》を意識《いしき》するあまり、留美子《るみこ》と肩《かた》がぶつかるくらい近《ちか》くで歩《ある》いていた。

そして、留美子《るみこ》が示《しめ》した交差点《こうさてん》を曲《ま》がり、最初《さいしょ》に見《み》えた家《いえ》。

それが健司《けんじ》の家《いえ》らしい。

古《ふる》い平屋《ひらや》の民家《みんか》の横《よこ》に、新築《しんちく》の民家《みんか》。

広《ひろ》い敷地《しきち》の中《なか》に、２軒《けん》の家《いえ》が建《た》っていたのだ。

「うわっ、土地《とち》だけは無駄《むだ》にあるね……広《ひろ》いじゃん」

留美子《るみこ》の率直《そっちょく》な感想《かんそう》はそれ。

門《もん》の前《まえ》に立《た》った私達《わたしたち》は表札《ひょうさつ》を確認《かくにん》した。

「杉本《すぎもと》」と掲《かか》げられた表札《ひょうさつ》が、ここが健司《けんじ》の家《いえ》だということを教《おし》えてくれている。

「まあ、とにかく入《はい》ろうぜ。新築《しんちく》の方《ほう》だろ、どう考《かんが》えても」

そう言《い》って門《もん》をくぐる高広《たかひろ》。

私達《わたしたち》も、それに続《つづ》いて敷地内《しきちない》に足《あし》を踏《ふ》み入《い》れた。

「……出《で》ねえな」

新築《しんちく》の家《いえ》の前《まえ》で、何度《なんど》もチャイムを押《お》していた高広《たかひろ》が、キレ気味《ぎみ》にドアを蹴飛《けと》ばした。

人《ひと》の家《いえ》なんだから、そんなことをするのは止《や》めてほしい。

高広《たかひろ》にならいつもは言《い》える言葉《ことば》も、留美子《るみこ》が言《い》った言葉《ことば》のせいで今日《きょう》は言《い》えない。

「ちょっと、高広《たかひろ》！　蹴《け》ってどうすんのよ！」

高広《たかひろ》を押《お》しのけて、留美子《るみこ》がドアノブに手《て》をかける。

そして、それを回《まわ》してドアを開《あ》けたのだ。

「あれ……鍵《かぎ》かかってないじゃん。チャイム鳴《な》らす必要《ひつよう》なかったね」

なんだか拍子抜《ひょうしぬ》けの私達《わたしたち》。

これは、健司《けんじ》が中《なか》にいるから施錠《せじょう》していないということなのだろうか？

それとも他《ほか》に誰《だれ》かいるのか。

どちらにしても、それを確認《かくにん》しなければならない。

「こんにちはー！　誰《だれ》かいませんかー!?」

留美子《るみこ》がそう叫《さけ》ぶも、返事《へんじ》はない。

シーンと静《しず》まり返《かえ》る屋内《おくない》に、健司《けんじ》もいないのではないかという心配《しんぱい》をしてしまう。

「とりあえず挨拶《あいさつ》はしたんだからよ、上《あ》がろうぜ。俺《おれ》は2階見《かいみ》てくるから、お前《まえ》らは下《した》を見《み》てくれよ」

そう言《い》って、2階《かい》への階段《かいだん》を上《あ》がる高広《たかひろ》。

人《ひと》の家《いえ》に勝手《かって》に入《はい》るのは気《き》が引《ひ》けたけど……これは仕方《しかた》のないことだと言《い》い聞《き》かせて、私《わたし》と留美子《るみこ》は近《ちか》くの部屋《へや》のドアを開《あ》けた。


私達《わたしたち》が最初《さいしょ》に開《あ》けたのは、洗面所《せんめんじょ》のドアだった。

「カラダ探《さが》し」じゃないから、なにかを探《さが》す必要《ひつよう》なんてない。

私達《わたしたち》は、健司《けんじ》の部屋《へや》を探《さが》しているのだから。

「手《て》わけした方《ほう》が早《はや》いね。じゃあ、私《わたし》は奥《おく》の部屋《へや》から見《み》てくるわ」

と、廊下《ろうか》の奥《おく》を指差《ゆびさ》して歩《ある》いていく留美子《るみこ》。

そんなに広《ひろ》い家《いえ》じゃないし、日中《にっちゅう》だから、「カラダ探《さが》し」と比《くら》べたらまったく怖《こわ》くない。

ただ、ドアを開《あ》けて閉《し》めるを繰《く》り返《かえ》すだけの単純《たんじゅん》な作業《さぎょう》。

もう1つ《ひと》の部屋《へや》を見終《みお》わって、廊下《ろうか》を歩《ある》いていたら……奥《おく》から留美子《るみこ》が首《くび》を横《よこ》に振《ふ》り、歩《ある》いてきたのだ。

「こっちはダイニングキッチンだったよ。2階《かい》に行《い》ってみようか」

次《つぎ》に2階《かい》を指差《ゆびさ》す留美子《るみこ》。

1階《かい》を調《しら》べるのに3分《ぷん》もかかっていないから、2階《かい》にいる高広《たかひろ》も、もう調《しら》べ終《お》わっているかもしれない。

なのに私達《わたしたち》を呼《よ》びにくる様子《ようす》はない。

つまり、健司《けんじ》の部屋《へや》を見《み》つけたけれど、なにかしらの理由《りゆう》があって私達《わたしたち》を呼《よ》んでいないということ？

まさか、健司《けんじ》を殴《なぐ》っていたり、健司《けんじ》に殺《ころ》されていたりということはないと思《おも》うけど……。

なんだか嫌《いや》な予感《よかん》がする。

私《わたし》と留美子《るみこ》は、高広《たかひろ》がいる2階《かい》へと上《あ》がっていった。

2階《かい》に上《あ》がった私達《わたしたち》は、廊下《ろうか》の一番奥《いちばんおく》にいた高広《たかひろ》の姿《すがた》を見《み》つけた。

でも、なんだか様子《ようす》がおかしい。

高広《たかひろ》はドアを開《あ》けた部屋《へや》の前《まえ》で、その中《なか》を見《み》つめて立《た》ち尽《つ》くしていた。

「高広《たかひろ》、なにしてるの？　健司《けんじ》の部屋《へや》はそこなの？」

ボーッと中《なか》を覗《のぞ》いている高広《たかひろ》に近《ちか》づいて、留美子《るみこ》がポンッと肩《かた》を叩《たた》いた。

そして……部屋《へや》の中《なか》を見《み》た留美子《るみこ》もまた、その動《うご》きを止《と》めたのだ。

2人《ふたり》とも、なにをしているのだろう？

不思議《ふしぎ》に思《おも》った私《わたし》は、高広《たかひろ》と留美子《るみこ》の間《あいだ》から部屋《へや》の中《なか》を覗《のぞ》き込《こ》んだ。

「えっ……」

私《わたし》は、その光景《こうけい》を理解《りかい》することができなかった。

グチャグチャに壊《こわ》された家具《かぐ》、散乱《さんらん》する本《ほん》、そして、赤《あか》い塗料《とりょう》が部屋中《へやじゅう》に塗《ぬ》られた中《なか》で、怯《おび》えた表情《ひょうじょう》でベッドの上《うえ》に座《すわ》る健司《けんじ》がこちらをジッと見《み》ていたのだ。

さすがにこれは……なんと言《い》うか、わけがわからない。

自分《じぶん》の部屋《へや》の家具《かぐ》をここまで破壊《はかい》して、部屋《へや》を真《ま》っ赤《か》に染《そ》める理由《りゆう》はなんだろう？

赤《あか》といえば「赤《あか》い人《ひと》」だけど、その呪《のろ》いが関係《かんけい》しているのだろうか。

「お、お前《まえ》ら……なにしに来《き》たんだよ……」

立《た》ち尽《つ》くす私達《わたしたち》に、ベッドの上《うえ》の健司《けんじ》が話《はな》しかけてきたのだ。

その言葉《ことば》に、ハッと我《われ》に返《かえ》った私達《わたしたち》。

ガタガタと、なにかに怯《おび》えているのがここからでもわかる。

「健司《けんじ》、お前《まえ》がなにしてるんだよ、これ……」

部屋《へや》の中《なか》を指差《ゆびさ》して、健司《けんじ》に訊《たず》ねる高広《たかひろ》。

しかし、健司《けんじ》も頭《あたま》を抱《かか》えて、なにもわからないといった様子《ようす》で首《くび》を横《よこ》に振《ふ》る。

「お、俺《おれ》はなにも知《し》らない……なにもわからないんだよ!!　夜《よる》になったら、俺《おれ》が俺《おれ》じゃなくなるんだ!!」

その言葉《ことば》の意味《いみ》はわかる気《き》がする。

もしも、その言葉《ことば》が本当《ほんとう》なら……という条件《じょうけん》はつくけれど。

「カラダ探《さが》し」の時《とき》の豹変《ひょうへん》は健司《けんじ》が意図的《いとてき》にしているとはとても思《おも》えないし、なにより簡単《かんたん》に人《ひと》を殺《ころ》せるとは思《おも》えない。

「じゃあ、あんたじゃなかったら誰《だれ》なのよ！　意味《いみ》わかんないし！」

「俺《おれ》だって知《し》るか!!　でも、『美子《みこ》』ってやつのためにお前達《まえたち》を殺《ころ》して、服《ふく》を赤《あか》くしたいって気持《きも》ちになって……俺《おれ》だって意味《いみ》がわかんねぇよ！」

健司《けんじ》には話《はな》してないのに……どうして「小野山美子《おのやまみこ》」の名前《なまえ》を知《し》っているのだろう。

それに、美子《みこ》のために服《ふく》を赤《あか》くしたい？

頭《あたま》の中《なか》で、空《あ》いていたジグソーパズルのピースが、ひとつ埋《う》まったような気《き》がした。

でも、その先《さき》がわからない。

こんな時《とき》に、翔太《しょうた》がいてくれたら……。

話《はなし》の続《つづ》きを考《かんが》えられない私《わたし》は、むずがゆい感覚《かんかく》に包《つつ》まれていた。


私《わたし》の考《かんが》えはこうだ。

「小野山美子《おのやまみこ》」は美紀《みき》と赤《あか》い服《ふく》の取《と》り合《あ》いになって喧嘩《けんか》した。

そして、喧嘩《けんか》に負《ま》けた美子《みこ》は、白《しろ》い服《ふく》を着《き》ることになって、「カラダ探《さが》し」をさせている私達《わたしたち》の血《ち》で、欲《ほ》しかった赤《あか》い服《ふく》にしている……。

でも、なぜ殺《ころ》されたのか、殺《ころ》した「山岡泰蔵《やまおかたいぞう》」の目的《もくてき》はなんだったのか。

その理由《りゆう》がまったくわからない。

なにかが足《た》りない……でも、足《た》りたところで「カラダ探《さが》し」には、なんの役《やく》にも立《た》たないかもしれないのだ。

「じゃあ、あんたが理恵《りえ》を無理《むり》やり抱《だ》きしめようとしたのはなんだったのよ？　あれもあんたじゃないって言《い》うの？」

留美子《るみこ》は、訊《き》きにくいことでも平気《へいき》で訊《き》いてくれる。

あの時《とき》、健司《けんじ》は「赤い人《あかいひと》」に追《お》われて、体育館《たいいくかん》の扉《とびら》を開《あ》けてくれと頼《たの》んだはず。

だったら、誰《だれ》かに操《あやつ》られていたなんて考《かんが》えられない。

「あれは……なんだか変《へん》な感情《かんじょう》が湧《わ》いてきて……気《き》づいたら、嫌《いや》がる理恵《りえ》を無理《むり》やり抱《だ》きしめてた……」

「ハッ！　ずいぶん都合《つごう》がいい話《はなし》じゃん！　なんでも『わからない』って言《い》えばいいってもんじゃないんだよ!?」

留美子《るみこ》の、弱《よわ》った人《ひと》への追《お》い打《う》ちが始《はじ》まった。

3日目《かめ》の時《とき》の翔太《しょうた》にも追《お》い打《う》ちをかけたくらいだ。

でも……健司《けんじ》の言葉《ことば》は、どこまでを信《しん》じていいのか悪《わる》いのか、それは本当《ほんとう》にわからないところではあったのだ。

なにも知《し》らない、わからないと繰《く》り返《かえ》す健司《けんじ》に、これ以上《いじょう》はなにを訊《き》いても無駄《むだ》だと判断《はんだん》した私達《わたしたち》は、部屋《へや》に一歩《いっぽ》も入《はい》ることなく学校《がっこう》に戻《もど》ることにした。

あの部屋《へや》に入《はい》ろうとは思《おも》えない。

それに、不謹慎《ふきんしん》だとは思《おも》うけど、今日《きょう》の「カラダ探《さが》し」が終《お》われば元《もと》に戻《もど》っているわけだから、あんな風《ふう》に派手《はで》に家具《かぐ》を壊《こわ》しても問題《もんだい》はないのだ。

ストレス解消《かいしょう》には、ちょうどいいかもしれない。

「なんかよぉ、健司《けんじ》を殴《なぐ》るつもりで来《き》たけど……あれは無理《むり》だわ」

玄関《げんかん》で靴《くつ》を履《は》きながら、高広《たかひろ》が呟《つぶや》いた。

まあ、あんなに荒《あ》れた部屋《へや》に入《はい》れないだろうし、なにもわからないと言《い》い張《は》る健司《けんじ》を殴《なぐ》ったとしても、なにも解決《かいけつ》しないのだから。

「高広《たかひろ》はなんでも殴《なぐ》って済《す》まそうとしすぎだよ。殴《なぐ》られたらムカつくよ、きっと」

そう言《い》った私《わたし》の顔《かお》を見《み》つめる高広《たかひろ》。

そして、口《くち》を尖《とが》らせて顔《かお》を逸《そ》らした。

それを見《み》て、私《わたし》も留美子《るみこ》に言《い》われたことを思《おも》い出《だ》してしまい、なんだか急《きゅう》に恥《は》ずかしくなってしまう。

「はいはい。仲《なか》がいいのはわかったから、学校《がっこう》に戻《もど》ろうよ。ここにいても時間《じかん》の無駄《むだ》でしょ」

私達《わたしたち》を押《お》しのけて玄関《げんかん》のドアを開《あ》ける留美子《るみこ》。

その言葉《ことば》に釈然《しゃくぜん》としないものを感《かん》じながらも、私《わたし》は留美子《るみこ》に続《つづ》いて家《いえ》を出《で》た。

私達《わたしたち》は健司《けんじ》の家《いえ》を出《で》て、門《もん》の方《ほう》に向《む》かって歩《ある》いていた。

平屋《ひらや》の方《ほう》を見《み》てみると、庭《にわ》で誰《だれ》かが洗濯物《せんたくもの》を干《ほ》している。

あれは……健司《けんじ》のおばあちゃんだろうか？

洗濯物《せんたくもの》を干《ほ》しては腰《こし》を伸《の》ばし、というように、干《ほ》しては伸《の》ばし……を繰《く》り返《かえ》して時折《ときおり》トントンと腰《こし》を叩《たた》いている。

人《ひと》の家《いえ》に入《はい》っておいて、気《き》づかない振《ふ》りをして出《で》て行《い》くのも気《き》が引《ひ》けるし……。

「こんにちは。お邪魔《じゃま》しました」

帰《かえ》るつもりだから、とりあえず、そう挨拶《あいさつ》をした。

すると、おばあちゃんは驚《おどろ》いたように辺《あた》りを見回《みまわ》し、私達《わたしたち》に気《き》づいて近《ちか》づいてきたのだ。

「明日香《あすか》、なんか近《ちか》づいてきたよ？　挨拶《あいさつ》なんかしなくてもよかったのに」

留美子《るみこ》はそう言《い》うけれど、そこの住人《じゅうにん》がいるんだから挨拶《あいさつ》はしなきゃいけないと思《おも》う。

「あら、あんた達《たち》は健《けん》ちゃんのお友達《ともだち》？　お見舞《みま》いに来《き》てくれたんかい？　ちょっと上《あ》がっておいき、美味《おい》しいお菓子《かし》があるで」

「あ、あの、私達《わたしたち》はこれから学校《がっこう》に……」

「隣《となり》のヨネさんにもらったもんがあるでよ。私《わたし》1人《ひとり》では食《た》べ切《き》れんのだわ」

私《わたし》の話《はなし》はまったく聞《き》いてない。

留美子《るみこ》の言《い》う通《とお》り無視《むし》をすればよかったと、今更《いまさら》ながら後悔《こうかい》した。

誘《さそ》いを無下《むげ》に断《ことわ》ることもできずに、私達《わたしたち》はおばあちゃんが住《す》む平屋《ひらや》の方《ほう》にお邪魔《じゃま》することになった。

最初《さいしょ》はめんどくさがっていた留美子《るみこ》も、おばあちゃんと話《はなし》をするうちに気《き》が合《あ》ったのか、ニコニコしながら会話《かいわ》をしている。

「お茶《ちゃ》がなくなったで、ちょっと台所《だいどころ》に行《い》ってくるわ。あんたらはジュースの方《ほう》がええかの？」

そう言《い》いながら、私達《わたしたち》の返事《へんじ》も待《ま》たずに部屋《へや》を出《で》ていくおばあちゃん。

「明日香《あすか》、なに、あのおばあちゃん。超《ちょう》かわいいんだけど！」

私《わたし》の身体《からだ》を揺《ゆ》すりながら、イケメンだった頃《ころ》の八代先生《やしろせんせい》を見《み》た時《とき》みたいにキャーキャー騒《さわ》ぐ留美子《るみこ》。

「よ、よかったね。でも留美子《るみこ》の家《いえ》にもおばあちゃんいるでしょ？」

「あー、うちのはダメだよ。うるさいだけで、かわいくないもん」

おばあちゃんは、かわいいだけがすべてじゃないと思《おも》うけど……。

知《し》らないところで孫《まご》に悪口《わるぐち》を言《い》われているとは、夢《ゆめ》にも思《おも》っていないだろう。

高広《たかひろ》はと言《い》うと……タンスの上《うえ》を埋《う》めるように飾《かざ》られた写真《しゃしん》を、出《だ》されたお菓子《かし》を食《た》べながら熱心《ねっしん》に見《み》ている。

そして、その中《なか》の1つ《ひと》を手《て》に取《と》り、訝《いぶか》しげな表情《ひょうじょう》で首《くび》を傾《かし》げたのだ。

「さあさあ、ジュースを持《も》ってきたでよ」

おばあちゃんが、お盆《ぼん》に缶《かん》ジュースを3つと茶瓶《ちゃびん》を乗《の》せて、笑顔《えがお》で部屋《へや》に入《はい》ってきた。

高広《たかひろ》は手《て》に取《と》った写真立《しゃしんた》てを持《も》ったまま、私《わたし》の隣《となり》に座《すわ》る。

「おばあちゃん、ありがとう」

留美子《るみこ》もまた、笑顔《えがお》でおばあちゃんから缶《かん》ジュースを受《う》け取《と》った。

しかし、高広《たかひろ》はジッと写真《しゃしん》を見《み》つめたまま……。

私《わたし》が横《よこ》から写真《しゃしん》を覗《のぞ》き込《こ》むと……そこに写《うつ》っているのは、赤《あか》ん坊《ぼう》を抱《だ》いた女性《じょせい》と、2人《ふたり》の男性《だんせい》の姿《すがた》。

みんな笑顔《えがお》で、微笑《ほほえ》ましい家族写真《かぞくしゃしん》といったものだ。

別段変《べつだんか》わった様子《ようす》もない。

高広《たかひろ》は、この写真《しゃしん》のどこが気《き》になるのだろうか？

「ばあちゃん、教《おし》えてくれないか？　この写真《しゃしん》のことを」

そう言《い》い、おばあちゃんにその写真《しゃしん》を向《む》ける。

「あら、懐《なつ》かしい……腰《こし》が曲《ま》がってしもうてから、その写真《しゃしん》が見《み》えんようになったから」

と、写真立《しゃしんた》てを手《て》に取《と》り、嬉《うれ》しそうな笑顔《えがお》でそれを見《み》つめる。

「その写真《しゃしん》だけ、写《うつ》ってる男《おとこ》の人《ひと》が違《ちが》う。どうしてだ？」

高広《たかひろ》の言葉《ことば》に私《わたし》は立《た》ち上《あ》がり、タンスの上《うえ》に飾《かざ》ってある写真《しゃしん》を眺《なが》めた。

……確《たし》かに高広《たかひろ》の言《い》う通《とお》り、他《ほか》の写真《しゃしん》には別《べつ》の男性《だんせい》と男《おとこ》の子《こ》の姿《すがた》。

明《あき》らかにあの1枚《まい》だけ、違《ちが》っていたのだ。

「この写真《しゃしん》はねぇ、私《わたし》と最初《さいしょ》の主人《しゅじん》と息子《むすこ》。これはタイちゃん、いい子《こ》だったんだよ」

ニコニコしながら私達《わたしたち》に写真《しゃしん》を見《み》せ、指差《ゆびさ》して説明《せつめい》をするおばあちゃん。

タイちゃん？

なんだろう、この違和感《いわかん》は……。

昔《むかし》の写真《しゃしん》だけど、おばあちゃんよりも年上《としうえ》に見《み》える小太《こぶと》りで丸刈《まるが》りの男性《だんせい》を、「タイちゃん」と呼《よ》ぶことが不思議《ふしぎ》に思《おも》えて仕方《しかた》がなかった。

「おばあちゃん、このタイちゃんって、どういう人《ひと》なんですか？」

今度《こんど》は私《わたし》が「タイちゃん」を指差《ゆびさ》して訊《たず》ねた。

「タイちゃんはね、主人《しゅじん》のお兄《にい》さん。だけど今《いま》の言《い》い方《かた》で言《い》うと知的障害《ちてきしょうがい》があってねぇ。主人《しゅじん》が面倒《めんどう》を見《み》てたんだ。タイちゃんは優《やさ》しい人《ひと》だったで」

知的障害《ちてきしょうがい》……そして、タイちゃん。

もしかして、このタイちゃんと言《い》うのは……。

「山岡《やまおか》……泰蔵《たいぞう》？」

「あれ、よく名前《なまえ》を知《し》ってたねぇ。もしかして、あの事件《じけん》のことを知《し》っているのかい？」

やっぱり……まさかこんなところで、「山岡泰蔵《やまおかたいぞう》」に当《あ》たるとは思《おも》わなかった。

だけど、おばあちゃんの表情《ひょうじょう》は変《か》わらず笑顔《えがお》で……山岡泰蔵《やまおかたいぞう》があんな残酷《ざんこく》な事件《じけん》を起《お》こしたとは思《おも》っていないようだった。

「でもねぇ、タイちゃんはあんなことをする子《こ》やないよ。子供《こども》が大好《だいす》きで、いつも一緒《いっしょ》に遊《あそ》んでたで」

懐《なつ》かしそうに写真《しゃしん》を見《み》つめるおばあちゃんに、私《わたし》はなにを訊《き》けばいいのだろう。

当時《とうじ》の新聞記事《しんぶんきじ》や八代先生《やしろせんせい》のノートでは、山岡泰蔵《やまおかたいぞう》が美子《みこ》を殺害《さつがい》して、その後自殺《ごじさつ》したと書《か》いてあった。

でも、なにか変《へん》だ。

そもそも、自殺《じさつ》するくらいなら、美子《みこ》のカラダをバラバラにする必要《ひつよう》なんてないはずだし、知的障害者《ちてきしょうがいしゃ》だった泰蔵《たいぞう》にそこまでのことができたのだろうか？

「それに、自殺《じさつ》するとも思《おも》えんのよ……きっと、事件《じけん》の真犯人《しんはんにん》に殺《ころ》されたんやと思《おも》うで」

そう言《い》った時《とき》に、初《はじ》めておばあちゃんは悲《かな》しそうな表情《ひょうじょう》を浮《う》かべた。

そしてそれっきり、写真《しゃしん》の話《はなし》には触《ふ》れようとしなかった。

話《はなし》を整理《せいり》すると、八代先生《やしろせんせい》が調《しら》べたこととは異《こと》なる点《てん》がある。

泰蔵《たいぞう》は、「小野山美子《おのやまみこ》」を殺《ころ》してはいない。

そして、自殺《じさつ》をしたわけでもない。

泰蔵《たいぞう》もまた、誰《だれ》かに殺害《さつがい》されたということ。

つまり、真犯人《しんはんにん》が泰蔵《たいぞう》に、バラバラ殺人《さつじん》の罪《つみ》を着《き》せたのだ。

そう思《おも》うと、写真《しゃしん》の中《なか》で満面《まんめん》の笑《え》みを浮《う》かべている泰蔵《たいぞう》が可哀想《かわいそう》になった。

それからしばらくして、私達《わたしたち》はおばあちゃんの家《いえ》をあとにした。

時計《とけい》を見《み》ると11時《じ》で、翔太達《しょうたたち》も八代先生《やしろせんせい》との話《はなし》は終《お》わっているはず。

私達《わたしたち》は、雑談《ざつだん》をしながら学校《がっこう》に向《む》かっていた。

「なんか、八代先生《やしろせんせい》が調《しら》べたことと、おばあちゃんの話《はなし》が違《ちが》ってたね。真相《しんそう》がどうなのかはわからないけど」

泰蔵《たいぞう》が犯人《はんにん》なら、事件《じけん》の真相《しんそう》は八代先生《やしろせんせい》が調《しら》べた通《とお》りだったけれど、そうじゃないなら、振《ふ》り出《だ》しに戻《もど》された感《かん》じがする。

いや、真相《しんそう》に近《ちか》づいて、謎《なぞ》が深《ふか》まったと言《い》うべきかな？

「んー……そうだねぇ。でも、仮《かり》に犯人《はんにん》がわかったとしても、もうとっくに時効《じこう》じゃん。やっぱり、早《はや》くカラダを探《さが》すしかないよね」

それはそうなんだけど……なにかしっくりこないと言《い》うか、モヤモヤしたものを感《かん》じる。

おばあちゃんの言《い》う通《とお》り、泰蔵《たいぞう》は犯人《はんにん》じゃないような気《き》がして。

「健司《けんじ》のばあちゃん、腰《こし》が曲《ま》がってから、あの写真《しゃしん》を見《み》ることができなかったんだよな……俺達《おれたち》が、『カラダ探《さが》し』で死《し》んじまったら、また写真《しゃしん》を見《み》れなくなるんだな」

高広《たかひろ》がこんなことを言《い》うとみんな意外《いがい》だって言《い》うけれど、私《わたし》はそうは思《おも》わない。

昔《むかし》から、高広《たかひろ》は優《やさ》しいってことを知《し》っているから。

「じゃあさ、『カラダ探《さが》し』が終《お》わったら、写真《しゃしん》を見《み》せてあげないとね」

おばあちゃんのことが、よほど気《き》に入《い》ったのだろう。

ニコニコしながら、留美子《るみこ》がそう答《こた》えた。


私達《わたしたち》が学校《がっこう》に戻《もど》った時《とき》には、11時半《じはん》になろうとしていた。

まだ授業中《じゅぎょうちゅう》だから、屋上《おくじょう》に向《む》かって昼休《ひるやす》みになるのを待《ま》つ。

もしかしたら、翔太達《しょうたたち》もそこにいるかもしれないから。

「また翔太《しょうた》に調《しら》べてもらうことが増《ふ》えたねぇ。まあ、警察《けいさつ》も調《しら》べられなかったことを、翔太《しょうた》が調《しら》べられるとは思《おも》えないけどねぇ」

階段《かいだん》を上《あ》がりながら、留美子《るみこ》が私《わたし》を見《み》て言《い》った。

まあ、それはそうかもしれない。

私達《わたしたち》は、警察《けいさつ》でも探偵《たんてい》でもないのだから。

状況《じょうきょう》から、事件《じけん》の真相《しんそう》を予想《よそう》することしかできないのだ。

「そう言《い》えば明日香《あすか》、夜《よる》に健司《けんじ》と会《あ》った時《とき》、美子《みこ》ちゃんがどうとか言《い》っていたよな？」

確《たし》かに、健司《けんじ》はそう言《い》っていた。

健司《けんじ》が美子《みこ》のことを知《し》っているはずがないのに、その名前《なまえ》を出《だ》したからよく覚《おぼ》えている。

「言《い》ってたね。健司《けんじ》は知《し》らないはずなのに」

「もしかしてよぉ、健司《けんじ》に取《と》り憑《つ》いてるのは……山岡泰蔵《やまおかたいぞう》なんじゃねぇか？」

突然《とつぜん》の高広《たかひろ》の言葉《ことば》に、私《わたし》は考《かんが》えさせられた。

泰蔵《たいぞう》は子供《こども》が大好《だいす》きで、美紀《みき》や美子《みこ》とも仲《なか》がよかったに違《ちが》いない。

だったら、美子《みこ》のために服《ふく》を赤《あか》くしようとするのもわかる。

死《し》んでなお、美子《みこ》のためにそこまでしようという人間《にんげん》が、美子《みこ》を殺《ころ》したとは私《わたし》には思《おも》えなかった。


屋上《おくじょう》に着《つ》くと、案《あん》の定《じょう》、翔太《しょうた》と理恵《りえ》がそこにいた。

2人《ふたり》も私達《わたしたち》に気《き》づいたのか、柵《さく》にもたれていた翔太《しょうた》がこちらに向《む》かって歩《ある》いてくる。

「どうだった？　健司《けんじ》の様子《ようす》は」

翔太《しょうた》の言葉《ことば》に、まずなにから答《こた》えるべきなのか。

「健司《けんじ》は……なんか変《へん》になってたかな。家具《かぐ》を壊《こわ》して部屋《へや》が真《ま》っ赤《か》になってたし。怯《おび》えてるみたいだったよ」

「そうか……それじゃあ、結局《けっきょく》はなにもわからなかったってことなんだな？」

少《すこ》しガッカリした様子《ようす》の翔太《しょうた》。

「健司《けんじ》のことはね。でも、健司《けんじ》のおばあちゃんが超《ちょう》かわいいの！　もうね、一家《いっか》に1人《ひとり》って感《かん》じ？」

いや、冷蔵庫《れいぞうこ》や洗濯機《せんたくき》じゃないんだから……。

それに、おばあちゃんがかわいいとかいう情報《じょうほう》はどうでもいい。

「留美子《るみこ》、話《はなし》が逸《そ》れてるよ。実《じつ》はね、健司《けんじ》のおじいちゃんのお兄《にい》さんが山岡泰蔵《やまおかたいぞう》だったの」

私《わたし》の言葉《ことば》に、眉間《みけん》にしわを寄《よ》せて考《かんが》えるような仕草《しぐさ》を見《み》せる翔太《しょうた》。

「どういうことだ？　健司《けんじ》は杉本《すぎもと》だろ？　山岡《やまおか》じゃない……」

「再婚《さいこん》したんじゃないかな？　違《ちが》う男《おとこ》の人《ひと》と写《うつ》ってる写真《しゃしん》があったからね」

そう言《い》うと、翔太《しょうた》は納得《なっとく》したように頷《うなず》いた。

「山岡泰蔵《やまおかたいぞう》が健司《けんじ》のおじいさんの兄《あに》だと言《い》うのはわかった。だとしたら、健司《けんじ》は山岡泰蔵《やまおかたいぞう》の霊《れい》に操《あやつ》られて、美子《みこ》を殺《ころ》したように俺達《おれたち》を殺《ころ》そうとしているってことか？」

霊《れい》……私《わたし》には霊感《れいかん》がないから、その言葉《ことば》は使《つか》いたくなかったけど、美子《みこ》の霊《れい》が「赤《あか》い人《ひと》」だと言《い》うなら、それもありえない話《はなし》じゃない。

でも、翔太《しょうた》の言《い》っていることは、おばあちゃんから聞《き》いたこととまったく異《こと》なる。

「なんか、おばあちゃんの話《はなし》だと違《ちが》うみたいなの。山岡泰蔵《やまおかたいぞう》は子供《こども》が大好《だいす》きで、バラバラ殺人《さつじん》なんかできるような人《ひと》じゃなかったたって。優《やさ》しい人《ひと》だったたって言《い》ってたよ」

「……どういうことだよ。その話《はなし》が本当《ほんとう》なら、他《ほか》に真犯人《しんはんにん》がいるってことだろ？　50年《ねん》以《い》上前《じょうまえ》の事件《じけん》の犯人《はんにん》なんて、わかるわけないだろ……」

そう言《い》いながら、頭《あたま》を抱《かか》えて空《そら》を見上《みあ》げる翔太《しょうた》。

その気持《きも》ちは私《わたし》にもよくわかる。

でも、翔太《しょうた》にわからないことを、私《わたし》がわかるはずがない。

「それに、山岡泰蔵《やまおかたいぞう》は自殺《じさつ》したんじゃなくて、真犯人《しんはんにん》に罪《つみ》を着《き》せられて殺《ころ》されたんだと思《おも》うの」

「もう、わけがわからない……とりあえず八代先生《やしろせんせい》には、放課後《ほうかご》の予定《よてい》を空《あ》けてもらったけど。その時《とき》に考《かんが》えるよ」

フウッと溜《た》め息《いき》をついた翔太《しょうた》は、考《かんが》え通《どお》しで疲《つか》れているように見《み》えた。

放課後《ほうかご》に八代先生《やしろせんせい》の家《いえ》に行《い》くのは翔太《しょうた》と高広《たかひろ》に任《まか》せて、私達《わたしたち》は別行動《べつこうどう》をさせてもらうことにした。

「昨日《きのう》」もそうだったけど、私達《わたしたち》が寝《ね》てから話《はなし》をするのなら、いてもいなくても同《おな》じだと思《おも》ったから。

調《しら》べる場所《ばしょ》とメンバーは同《おな》じ。

「じゃあ、私達《わたしたち》は遊《あそ》びに行《い》ってくるわ。放課後《ほうかご》まで待《ま》つ必要《ひつよう》ないし」

留美子《るみこ》のその言葉《ことば》で解散《かいさん》となり、私達《わたしたち》は学校《がっこう》を抜《ぬ》け出《だ》して街《まち》の方《ほう》に向《む》かっていた。

今《いま》までは話《はなし》があったり、放課後《ほうかご》に予定《よてい》があったりしたから学校《がっこう》に残《のこ》っていたけど、もうここまできたら私達《わたしたち》ができることはなにもない。

そう考《かんが》えている留美子《るみこ》の意見《いけん》には、私《わたし》も賛成《さんせい》だった。

「でもさ、なんか不思議《ふしぎ》だよね。私達《わたしたち》、『カラダ探《さが》し』なんかさせられなかったら、こうやって3人《にん》で遊《あそ》ぶことなんてなかったよね」

「あ、私《わたし》もそれは思《おも》う。明日香《あすか》とは仲《なか》がいいけどさ、留美子《るみこ》とはグループが違《ちが》ったもんね。むしろ、少《すこ》し苦手《にがて》だった……」

留美子《るみこ》と理恵《りえ》の会話《かいわ》を聞《き》いてると、なんだか微笑《ほほえ》ましい。

クラスでもあまり話《はなし》をしなかったみんなが、こうして仲良《なかよ》くなって……。

「カラダ探《さが》し」がなければ、お互《たが》いを誤解《ごかい》したまま学校生活《がっこうせいかつ》を送《おく》っていたのかと思《おも》ったら、1つだけでも「カラダ探《さが》し」で得《え》るものがあったのは、素直《すなお》に嬉《うれ》しかった。


「それで遊《あそ》ぶってなにするの？　この前《まえ》みたいに、高《たか》いお店《みせ》でご飯《はん》食《た》べるの？」

「うーん、それもいいけどさ、カラオケ行《い》かない？　この前《まえ》はそんな余裕《よゆう》なかったけど、カラダも残《のこ》り3つだし、昼間《ひるま》は余裕《よゆう》あるじゃん？」

留美子《るみこ》の言《い》う通《とお》り、「カラダ探《さが》し」が始《はじ》まった時《とき》と比《くら》べると心《こころ》に余裕《よゆう》ができた。

「赤《あか》い人《ひと》」が現《あらわ》れても、高広《たかひろ》がやってた対処法《たいしょほう》もあるし、着々《ちゃくちゃく》と調《しら》べ終《お》わった部屋《へや》も増《ふ》えているから。

なんて、前《まえ》も同《おな》じことを思《おも》っていた気《き》がする。

だけど、健司《けんじ》のことがまだ残《のこ》ってる。

あれは、「赤《あか》い人《ひと》」なんかよりもずっと危険《きけん》だ。

追《お》いつかれたら、自分《じぶん》が死《し》んだことも気《き》づかないくらい、あっという間《ま》に殺《ころ》されてしまうのだから。

振《ふ》り返《かえ》っても大丈夫《だいじょうぶ》だということは確認《かくにん》できたけど……歌声《うたごえ》が「赤《あか》い人《ひと》」と似《に》ているから、声《こえ》だけで判断《はんだん》するのは不可能《ふかのう》。

姿《すがた》を見《み》なければわからないのに、もしもそれが「赤《あか》い人《ひと》」だった場合《ばあい》、振《ふ》り返《かえ》ることができなくなる。

条件《じょうけん》を満《み》たしてしまえば殺《ころ》される「赤《あか》い人《ひと》」に、見《み》つかれば無条件《むじょうけん》で殺《ころ》される健司《けんじ》。

考《かんが》えてみれば、最悪《さいあく》の組《く》み合《あ》わせなのだ。

でも、あと3つ……カラダを探《さが》せば終《お》わるのだから、それまで頑張《がんば》ればいい。

それだけが唯一《ゆいいつ》の救《すく》いに思《おも》えた。

私達《わたしたち》は、とりあえず今《いま》まで入《はい》ったことのないレストランで食事《しょくじ》をすることにした。

留美子《るみこ》の希望《きぼう》でイタリアンのお店《みせ》に入《はい》り、話《はなし》をする。

個人経営《こじんけいえい》の小《ちい》さなお店《みせ》で、ランチタイムだというのに客《きゃく》は1人《ひとり》だけ。

テーブルが3つしかないから、そんなものなのだろうか。

「ところで明日香《あすか》は、『カラダ探《さが》し』で高広《たかひろ》と一緒《いっしょ》にいてどうだった？」

テーブル越《ご》しに、留美子《るみこ》が好奇《こうき》に満《み》ちた眼差《まなざ》しを私《わたし》に向《む》けている。

「どうだったって……カラダを見《み》つけて、健司《けんじ》に2人《ふたり》とも殺《ころ》されて……」

「あーもう！　そっちじゃないって！　2人《ふたり》っきりだったんでしょ？　なにかあったんじゃないの？」

今日《きょう》の朝《あさ》、留美子《るみこ》に言《い》われるまで高広《たかひろ》の気持《きも》ちに気《き》づかなかったのに、昨夜《さくや》そんなことを考《かんが》えているはずがない。

それに、そういうつもりがなかったにしても、手《て》を繋《つな》いで抱《だ》き締《し》められたなんて言《い》ったら……。

留美子《るみこ》がどれだけ騒《さわ》ぎ立《た》てるか。

「え！　なになに？　明日香《あすか》と高広《たかひろ》って、そんな関係《かんけい》なの？」

理恵《りえ》もまた、目《め》を輝《かがや》かせて私《わたし》を見《み》つめる。

留美子《るみこ》だけだと思《おも》ったのに……理恵《りえ》まで。

「なにもないって！　一緒《いっしょ》にいただけで、そんなことを言《い》われたら、『カラダ探《さが》し』なんてできないじゃん」

2人《ふたり》から顔《かお》を逸《そ》らして、誤魔化《ごまか》した時《とき》だった。

テーブルに置《お》いた携帯電話《けいたいでんわ》が鳴《な》り、画面《がめん》に「高広《たかひろ》」と表示《ひょうじ》される。

「ちょっと！　なんでこんな時《とき》に……」

それは、高広《たかひろ》からのメールだったけれど、慌《あわ》てて携帯電話《けいたいでんわ》を取《と》った私《わたし》を見《み》て、2人《ふたり》はニヤニヤと笑《え》みを浮《う》かべていた。

もう！　普段《ふだん》はメールなんてほとんどしないのに、どうしてこんな話《はなし》をしている時《とき》に、その本人《ほんにん》がメールしてくるのよ！

2人《ふたり》の視線《しせん》から逃《のが》れるように、私《わたし》は後《うし》ろを向《む》いてメールを開《ひら》いた。

高広《たかひろ》からのメールの内容《ないよう》は……。

『どこにいるんだ？』

無愛想《ぶあいそう》で、絵文字《えもじ》も使《つか》わない、飾《かざ》り気《け》がまったくない一言《ひとこと》。

ただそれだけのメールで、私《わたし》は好奇《こうき》の目《め》に晒《さら》されている。

『今《いま》、食事中《しょくじちゅう》！　これからカラオケに行《い》くの！』

なんだかわからないけどいらついた私《わたし》は、高広《たかひろ》にそう返信《へんしん》して正面《しょうめん》を向《む》いた。

「で？　高広《たかひろ》はなんだって？」

「なにもありません！　どこにいるか訊《き》いてきただけです！」

ニヤニヤして訊《たず》ねた留美子《るみこ》に、そう答《こた》える。

これ以上詮索《いじょうせんさく》されても、私《わたし》と高広《たかひろ》は本当《ほんとう》になにもないのだから。

「怪《あや》しいよねぇ……別《べつ》に減《へ》るもんじゃあるまいし、教《おし》えてくれてもいいじゃん」

「明日香《あすか》と高広《たかひろ》は仲《なか》がいいもんね。保育園《ほいくえん》からずっと一緒《いっしょ》だし」

理恵《りえ》だって、ずっと保育園《ほいくえん》から一緒《いっしょ》なのに……。

話《はなし》が進《すす》むにつれて、私《わたし》と高広《たかひろ》の関係《かんけい》が深《ふか》くなっていく。

この2人《ふたり》の妄想《もうそう》の中《なか》だけで。

私《わたし》はこのあと、肯定《こうてい》も否定《ひてい》もせずに、「はいはい」と答《こた》えることしかできなかった。

食事《しょくじ》を終《お》わらせたあと、私達《わたしたち》は留美子《るみこ》がよく行《い》っているというカラオケ店《てん》に向《む》かって歩《ある》いていた。

相変《あいか》わらず2人《ふたり》は私《わたし》と高広《たかひろ》の話《はなし》で、当《とう》の私《わたし》は話《はなし》に入《はい》れない。

「ちょっと、2人《ふたり》ともそろそろ違《ちが》う話《はなし》しようよ」

これ以上《いじょう》2人《ふたり》の妄想《もうそう》が膨《ふく》らんでしまうと、つき合《あ》っているということにされかねない。

「えー、だって明日香《あすか》に彼氏《かれし》ができたんだよ？　盛《も》り上《あ》がって当然《とうぜん》じゃん」

どうやら、遅《おそ》かったみたいだ。

すでに2人《ふたり》の中《なか》では、高広《たかひろ》は私《わたし》の彼氏《かれし》……って、そんなのあるわけないじゃん！

「どこまで話《はなし》を大《おお》きくしてるのよ！　朝一緒《あさいっしょ》に登校《とうこう》してるだけで、つき合《あ》ってることにはならないでしょ！」

「つき合《あ》ってないのに毎朝一緒《まいあさいっしょ》に登校《とうこう》するのもおかしいんじゃないの？　それに……いつだったか、『明日香《あすか》が寝《ね》かせてくれなかった』って言《い》ってたじゃん。あの時《とき》も一緒《いっしょ》にいたんでしょ？　あの時《とき》から怪《あや》しいと思《おも》ってたんだよね」

それを言《い》われると、なにも言《い》えない。

事実《じじつ》、あの日高広《ひたかひろ》は私《わたし》の部屋《へや》にいたし、否定《ひてい》はできない。

でも、本当《ほんとう》に留美子《るみこ》が想像《そうぞう》しているようなことはなかったし。

高広《たかひろ》は勝手《かって》に寝《ね》ていたのだから。

ありもしない妄想《もうそう》をされることを、こんなに不快《ふかい》に思《おも》ったことはなかった。

私《わたし》はムスッとした表情《ひょうじょう》のまま、留美子《るみこ》と理恵《りえ》のあとについてカラオケ店《てん》に向《む》かって歩《ある》いていた。

2人《ふたり》は相変《あいか》わらず私達《わたしたち》の話《はなし》ばかり。

「きっと、幼馴染《おさななじ》みってのがいいんだよね。近《ちか》くにいるのに遠《とお》い存在《そんざい》って言《い》うの？」

「そういうの憧《あこが》れるねぇ。私《わたし》にはそういう人《ひと》がいないから、余計《よけい》に」

もうカラオケ店《てん》がそこに見《み》えてるっていうのに……。

でも、この店《みせ》は私《わたし》には入《はい》りにくい雰囲気《ふんいき》があった。

隣《となり》にゲームセンターがあるせいか、学校《がっこう》をサボっている他校《たこう》の生徒《せいと》が入《い》り口《ぐち》の前《まえ》で座《すわ》り込《こ》んでいる。

ヤンキーといったような雰囲気《ふんいき》の金髪《きんぱつ》の学生《がくせい》と、その取《と》り巻《ま》きらしき学生《がくせい》が2人《ふたり》。

あまり関《かか》わり合《あ》いになりたくない人達《ひとたち》だ。

その前《まえ》を無視《むし》して通《とお》り過《す》ぎればカラオケ店《てん》に入《はい》れる。

そう思《おも》った時《とき》だった。

「きゃっ！」

前《まえ》を歩《ある》いていた留美子《るみこ》が、突然《とつぜん》バランスを崩《くず》してよろめいたのだ。

留美子《るみこ》が転《ころ》ばないように、慌《あわ》てて支《ささ》えようとする理恵《りえ》。

私《わたし》は見《み》ていた。

その学生《がくせい》が、留美子《るみこ》の足《あし》を引《ひ》っかけるように、脚《あし》を伸《の》ばしたのを。

「あー、いてぇ。足《あし》が折《お》れたかもしんねぇ」

金髪《きんぱつ》の学生《がくせい》が、ニヤニヤしながら私達《わたしたち》を見回《みまわ》した。

「滝本《たきもと》、こりゃ折《お》れてるなあ……全治《ぜんち》3ヶ月《かげつ》ってとこだな」

取《と》り巻《ま》きの1人《ひとり》が、金髪《きんぱつ》の学生《がくせい》の足《あし》を見《み》ただけで、そんなバカなことを言《い》い出《だ》した。

「だとさ、あー、いてぇ。誰《だれ》のせいかなぁ？」

滝本《たきもと》と呼《よ》ばれた男《おとこ》は、ニヤニヤしながら留美子《るみこ》を見《み》つめる。

「あんたが脚《あし》を引《ひ》っかけたんでしょ！　だったら、あんたのせいじゃん！」

振《ふ》り返《かえ》って、滝本《たきもと》を睨《にら》みつけた留美子《るみこ》。

しかし、その滝本《たきもと》は、ゆっくりと立《た》ち上《あ》がり、足《あし》を引《ひ》きずるようにして留美子《るみこ》に詰《つ》め寄《よ》ったのだ。

「ふーん、やっぱり近《ちか》くで見《み》ると、みんなかわいいじゃん。俺達《おれたち》とカラオケしない？　それで足《あし》のことは許《ゆる》してやるからさ」

「はぁ？　なんなの、その下手《へた》クソなナンパは。どうせ最初《さいしょ》から、それが目的《もくてき》だったんでしょ！　バカじゃない⁉」

ナンパ目的《もくてき》だったとは、全然気《ぜんぜんき》づかなかった。

それも、こんなヤンキーみたいな人達《ひとたち》に。

「る、留美子《るみこ》……もう行《い》こうよ、こんな人達《ひとたち》無視《むし》してさ」

留美子《るみこ》の腕《うで》を引《ひ》っ張《ぱ》って、理恵《りえ》が不安《ふあん》そうに言《い》った。

「お前《まえ》らさあ、ナメてんの？　こっちは足折《あしお》られてんだぞ！　だったら治療費払《ちりょうひはら》えよコラ‼　無理《むり》なら、身体《からだ》で払《はら》わせてもいいんだぞ！　あぁ⁉」

滝本《たきもと》が、留美子《るみこ》の胸《むな》ぐらを掴《つか》み、怒鳴《どな》った時《とき》だった。

カラオケ店《てん》の自動《じどう》ドアが開《ひら》き、頭《あたま》を掻《か》きながら……高広《たかひろ》が出《で》てきたのだ。


なんで高広《たかひろ》がこんな所《ところ》に？

もしかして、私《わたし》がカラオケに行《い》くってメールしたから？

なんて考《かんが》えてる場合《ばあい》じゃない。

「へへっ、俺《おれ》はこの巨乳《きょにゅう》ちゃんに決《き》ーめた」

そう言《い》って理恵《りえ》の腕《うで》を掴《つか》み、留美子《るみこ》から引《ひ》き剥《は》がす取《と》り巻《ま》き。

「いやっ！　は、放《はな》して！」

理恵《りえ》が叫《さけ》び、その手《て》を振《ふ》り払《はら》おうと腕《うで》を上《あ》げたが……その腕《うで》は、取《と》り巻《ま》きの男《おとこ》の顔《かお》に当《あ》たってしまった。

「テメェ！　ふざけんじゃねぇぞ!!」

それに怒《おこ》った取《と》り巻《ま》きは、振《ふ》り払《はら》われた手《て》で理恵《りえ》の頬《ほお》を叩《たた》いたのだ。

その勢《いきお》いのまま、地面《じめん》に倒《たお》れ込《こ》む理恵《りえ》。

そして、その騒《さわ》ぎにやっと気《き》づいたのか、高広《たかひろ》が不思議《ふしぎ》そうにこちらの方《ほう》を向《む》いた。

胸《むな》ぐらを掴《つか》まれる留美子《るみこ》、地面《じめん》に倒《たお》れる理恵《りえ》。

その異常《いじょう》な光景《こうけい》を見《み》た高広《たかひろ》は、滝本《たきもと》の方《ほう》に近《ちか》づいて一言《ひとこと》。

「なにやってんの？」

「あぁ!?　誰《だれ》だよテメェは!!　俺《おれ》はこの女《おんな》に足《あし》を折《お》られたんだよ！　部外者《ぶがいしゃ》は引《ひ》っ込《こ》んでろ！　殺《ころ》すぞコラ！」

滝本《たきもと》のその言葉《ことば》に、高広《たかひろ》の顔色《かおいろ》が変《か》わったのがわかった。

高広《たかひろ》が……本気《ほんき》で怒《おこ》っている。

「お前《まえ》……死《し》んだことないだろ？　折《お》れたってのは、この足《あし》か？　あぁ!?」

そう言《い》い、留美子《るみこ》から滝本《たきもと》を引《ひ》き剥《は》がすと、その足《あし》を思《おも》いっ切《き》り踏《ふ》みつけたのだ。

高広《たかひろ》が踏《ふ》みつけた滝本《たきもと》の足《あし》から、ボキッという、なにかが折《お》れる音《おと》が聞《き》こえた。

「ぎゃあああっ!!　足《あし》が！　足《あし》があああっ！」

本当《ほんとう》に骨《ほね》が折《お》れたのだろう。

地面《じめん》に倒《たお》れ、足《あし》を押《お》さえてゴロゴロと転《ころ》がる滝本《たきもと》。

「足《あし》が折《お》れてたんだろ？　本当《ほんとう》に折《お》れてよかったじゃねえか。それで？　理恵《りえ》をやったのは誰《だれ》だ？　お前《まえ》か？」

滝本《たきもと》がのたうつ姿《すがた》を見《み》て、慌《あわ》てふためく取《と》り巻《ま》きに詰《つ》め寄《よ》り、有無《うむ》を言《い》わさず腹部《ふくぶ》に蹴《け》りを入《い》れる。

そして、腹《はら》を押《お》さえて屈《かが》んだ取《と》り巻《ま》きの後頭部《こうとうぶ》に、上《うえ》から叩《はた》きつけるようなパンチを見《み》舞《ま》って、男《おとこ》は前《まえ》のめりに倒《たお》れこんだ。

「つまんねぇな。お前《まえ》はどうすんだ？　あぁ!?」

残《のこ》った1人《ひとり》を睨《にら》みつけた高広《たかひろ》。

すると、それに恐怖《きょうふ》したのか、男《おとこ》はなにも言《い》わずに慌《あわ》てて逃《に》げていったのだ。

そして、再《ふたた》び滝本《たきもと》に近寄《ちかよ》り、しゃがんでその金髪《きんぱつ》を掴《つか》み、上体《じょうたい》を引《ひ》き起《お》こした高広《たかひろ》。

「俺達《おれたち》はな、もう7回死《かいし》んでんだよ！　殺《ころ》すなら殺《ころ》してみろや！」

そう言《い》い、滝本《たきもと》の鼻《はな》に頭突《ずつ》きを食《く》らわせた。

また、なにかが折《お》れる音《おと》が聞《き》こえたけど、今日《きょう》の「カラダ探《さが》し」が終《お》われば、私達《わたしたち》と会《あ》ったことも忘《わす》れる。

高広《たかひろ》にしては、抑《おさ》えた方《ほう》だと思《おも》った。

滝本《たきもと》と取《と》り巻《ま》きを放《ほう》ったまま、私達《わたしたち》はその場《ば》をあとにした。

気絶《きぜつ》したままの理恵《りえ》を高広《たかひろ》が背負《せお》い、一番近《いちばんちか》くにある休《やす》める場所《ばしょ》に向《む》かうことにしたのだ。

「ったく、なんで俺《おれ》がこんなことに巻《ま》き込《こ》まれなきゃならないんだよ……」

背負《せお》っている理恵《りえ》のパンツが見《み》えないようにと、理恵《りえ》の腰《こし》に高広《たかひろ》のブレザーを括《くく》りつけて。

「でも、助《たす》かったよ。私《わたし》なんて怖《こわ》くて動《うご》けなかったもん。ありがとうね」

私《わたし》がそう言《い》うと、高広《たかひろ》は照《て》れたように顔《かお》を逸《そ》らした。

「でも高広《たかひろ》、なんで店《みせ》から出《で》てきたのよ。あ！　もしかして明日香《あすか》を探《さが》してたわけ!?」

「ち、ちが……俺《おれ》が学校《がっこう》にいても、やることねぇからよ……暇潰《ひまつぶ》しでブラブラしてただけだ」

「本当《ほんとう》はどうなんだか。でも、そのおかげで助《たす》けられたんだけどね。ありがと」

留美子《るみこ》の言葉《ことば》に、高広《たかひろ》は「おう」と呟《つぶや》いた。

高広《たかひろ》は、きっと私《わたし》を探《さが》しにきたんだと思《おも》う。

理恵《りえ》の腰《こし》に巻《ま》かれたブレザーも、高広《たかひろ》の優《やさ》しさだと私《わたし》にはわかっている。

そんな高広《たかひろ》に背負《せお》われている理恵《りえ》を、少《すこ》し羨《うらや》ましく思《おも》い始《はじ》めていた。

私達《わたしたち》は、とりあえず近《ちか》くにある公園《こうえん》のベンチに理恵《りえ》を寝《ね》かせることにした。

そこに運《はこ》んでいる途中《とちゅう》で理恵《りえ》は目《め》を覚《さ》ましたようだけど、まだ頭《あたま》がボーッとするというので休《やす》ませるために。

「ありがとうね、高広《たかひろ》。運《はこ》んでくれて」

ベンチで横《よこ》になっている理恵《りえ》が、高広《たかひろ》に笑顔《えがお》を向《む》ける。

「あ？　気《き》にすんなって。理恵《りえ》なんて軽《かる》いもんだ。なんなら、家《いえ》までおんぶしてやるぜ？」

そう言《い》って、理恵《りえ》の頭《あたま》を撫《な》でる高広《たかひろ》。

「とかなんとか言《い》って、あんた、理恵《りえ》の胸《むね》の感触《かんしょく》を楽《たの》しみたいんじゃないの？」

言《い》わなくてもいいのに、留美子《るみこ》が余計《よけい》な茶々《ちゃちゃ》を入《い》れる。

そこは優《やさ》しい高広《たかひろ》を褒《ほ》めるところだと思《おも》うんだけど。

「んなわけあるか！　多分《たぶん》ぶたれた時《とき》に、顎《あご》の近《ちか》くに当《あ》たったんだろ？　その時《とき》か、倒《たお》れた時《とき》にでも頭《あたま》を打《う》って、軽《かる》い脳震盪《のうしんとう》を起《お》こしたんだと思《おも》うぞ。まあ、すぐ治《なお》るはずだから、大人《おとな》しくしてた方《ほう》がいい。そう思《おも》ったから言《い》ってるのによぉ」

「た、高広《たかひろ》……あんた、バカなのになんでそんなこと知《し》ってんの？」

「バカだけ余計《よけい》だ！　んなもん、喧嘩《けんか》してたら嫌《いや》でも身体《からだ》で覚《おぼ》えるっての」

理恵《りえ》の頭《あたま》を撫《な》でたまま、留美子《るみこ》に吠《ほ》える。

「高広《たかひろ》、私《わたし》は留美子《るみこ》にいてもらうからさ、明日香《あすか》と向《む》こうのベンチで休《やす》んでてよ。みんないると、落《お》ち着《つ》いて休《やす》めないしさ」

理恵《りえ》が高広《たかひろ》の手《て》を取《と》り、少《すこ》し離《はな》れたベンチを指差《ゆびさ》して笑《わら》った。

それで……私《わたし》と高広《たかひろ》は理恵《りえ》に言《い》われるままに、2人《ふたり》でベンチに座《すわ》っていた。

いったいなにを話《はな》せばいいのか……。

「昨日《きのう》」までは、ただの幼馴染《おさななじ》みのバカなやつって思《おも》っていたのに、留美子《るみこ》が変《へん》なことを言《い》うから、妙《みょう》に意識《いしき》してしまう。

思《おも》い返《かえ》せば、高広《たかひろ》が家《いえ》に来《き》た時《とき》もそう。

そわそわしていると思《おも》ったら私《わたし》のベッドで勝手《かって》に寝《ね》るし、いい匂《にお》いがするって言《い》ってた。

昨夜《さくや》もそう。私《わたし》と手《て》を繋《つな》いでくれたし、更衣室《こういしつ》では抱《だ》き締《し》めてくれて……。

今日《きょう》は今日《きょう》で、朝《あさ》からチャイムを鳴《な》らしまくってたし、さっきも普段《ふだん》はしないメールをして、私《わたし》を探《さが》していた。

よく考《かんが》えれば、そうなのかもしれない。

留美子《るみこ》には、高広《たかひろ》は私《わたし》のことを好《す》きだという風《ふう》に見《み》えている。

でも、私《わたし》にとって、高広《たかひろ》は幼馴染《おさななじ》みで……。

恋愛《れんあい》の対象《たいしょう》としては見《み》ていなかったのに。

でも、手《て》を繋《つな》いでも抱《だ》き締《し》められても、嫌《いや》じゃなかった。

さっきもそうだ。

滝本《たきもと》とかいうヤンキーに絡《から》まれた時《とき》も、高広《たかひろ》の姿《すがた》が見《み》えた時《とき》には嬉《うれ》しかった。

理恵《りえ》がおんぶされていて、羨《うらや》ましいと思《おも》ったから……。

私《わたし》は、留美子《るみこ》に気《き》づかされたのかもしれない。

高広《たかひろ》を好《す》きだということを。


遊具《ゆうぐ》のない。小《ちい》さな公園老人《こうえんろうじん》の憩《いこ》いの広場《ひろば》といったようなこの場所《ばしょ》で、私《わたし》と高広《たかひろ》はなにも話《はな》さないまま時間《じかん》だけが過《す》ぎていく。

チラリと理恵達《りえたち》の方《ほう》を見《み》ると、２人《ふたり》でこちらを心配《しんぱい》そうに見《み》ている。

理恵《りえ》、元気《げんき》そうじゃない。

そんなに元気《げんき》なら、もう家《いえ》に帰《かえ》っても大丈夫《だいじょうぶ》なんじゃないの？

「明日香《あすか》、なんか話《はな》せよ。ただ座《すわ》ってるだけなんて退屈《たいくつ》だろ？」

高広《たかひろ》が先《さき》に話《はな》しかけてきた。

なんかって……なにを話《はな》せばいいの？

今《いま》までなにも思《おも》ってなかったから、なにを話《はな》せばいいかわからないよ。

「た、高広《たかひろ》は、退屈《たいくつ》なの？　私《わたし》は……こうしてボーッとしてるのも好《す》きだけど」

「まあ、明日香《あすか》はそうだよな。小学生《しょうがくせい》の頃《ころ》から、授業中《じゅぎょうちゅう》でも窓《まど》の外見《そとみ》てたりよぉ。俺《おれ》も嫌《きら》いじゃねぇけど」

「小学生《しょうがくせい》の頃《ころ》から見《み》てたんだ……嫌《きら》いじゃないなら、時間《じかん》までボーッとしてようよ。『カラダ探《さが》し』をさせられてからいつもなにかしなきゃって思《おも》って、のんびりする時間《じかん》もあんまりなかったしさ」

小学生《しょうがくせい》の頃《ころ》から……私《わたし》のことを好《す》きでいてくれたのかな。だったら、私《わたし》は本当《ほんとう》に鈍感《どんかん》なのかもしれない。

「そうか、じゃあ、ボーッとするか」

そう言《い》った高広《たかひろ》は大《おお》きなあくびをして、私《わたし》を見《み》て笑《わら》った。

あれから高広《たかひろ》とは特《とく》に話《はなし》もせずに、放課後《ほうかご》が迫《せま》ってきたから私達《わたしたち》も帰《かえ》ることにした。

高広《たかひろ》は学校《がっこう》に、女子《じょし》は今日《きょう》も私《わたし》の家《いえ》に。

理恵《りえ》の家《いえ》は親《おや》がうるさいらしく、留美子《るみこ》の家《いえ》は部屋《へや》が散《ち》らかってるということで。

途中《とちゅう》で高広《たかひろ》と別《わか》れ、私達《わたしたち》3人《にん》になった途端《とたん》、留美子《るみこ》と理恵《りえ》の質問《しつもん》攻《ぜ》めが始《はじ》まった。

「高広《たかひろ》となにを話《はな》したの？」

「どうなの？　つき合《あ》うの？」

「高広《たかひろ》は明日香《あすか》のことを好《す》きって言《い》ってた？」

答《こた》える暇《ひま》もないくらいに訊《たず》ねてくる2人《ふたり》に、私《わたし》は笑顔《えがお》を向《む》ける。

「なにも話《はな》さなかったよ。2人《ふたり》でボーッとしてただけ」

私《わたし》がそう言《い》うと、あからさまにつまらなさそうな表情《ひょうじょう》を浮《う》かべる留美子《るみこ》。

「なんでよー。私達《わたしたち》がせっかくチャンスを作《つく》ってあげたのに！」

留美子《るみこ》はそう言《い》うけど、私《わたし》は自分《じぶん》の気持《きも》ちに気《き》づけたからそれでいい。

「それより、留美子《るみこ》はどうなのよ？　彼氏《かれし》は作《つく》らないの？」

「私《わたし》？　私《わたし》は今《いま》はいいよ。だって、『カラダ探《さが》し』が終《お》わらないと彼氏《かれし》作《つく》っても意味《いみ》ないじゃん」

確《たし》かにその通《とお》りだ。

理恵《りえ》にも訊《き》こうと思《おも》ったけど……健司《けんじ》のことがあるから訊《き》くことができなかった。

そんなくだらない話《はなし》をしながら、私達《わたしたち》は家《いえ》に到着《とうちゃく》した。

今日《きょう》は理恵《りえ》をベッドに寝《ね》かせて、私《わたし》と留美子《るみこ》はベッドに腰《こし》かける。

外《そと》ではうるさかった2人《ふたり》も、この部屋《へや》に来《く》ると雰囲気《ふんいき》は一転《いってん》した。

この部屋《へや》で過去《かこ》2回《かい》、遥《はるか》に「カラダ探《さが》し」を頼《たの》まれているのだから、空気《くうき》も変《か》わる。

「今日《きょう》は、どんな頼《たの》み方《かた》をしてくるのかな……」

横《よこ》になっている理恵《りえ》が、不安《ふあん》そうに訊《たず》ねた。

私《わたし》だって、遥《はるか》の行動《こうどう》は読《よ》めない。

日《ひ》に日《ひ》に頼《たの》み方《かた》が恐《おそ》ろしいものになっているのだから。

「『昨日《きのう》』より怖《こわ》くなったら……私《わたし》、嫌《いや》だよ？　高広《たかひろ》が寝《ね》てたら気《き》づかなかったのなら、私《わたし》も寝《ね》ようかな」

留美子《るみこ》も遥《はるか》が一番怖《いちばんこわ》いといった様子《ようす》で……肩《かた》を落《お》として溜《た》め息《いき》をついた。

「昨日《きのう》」の頼《たの》み方《かた》なら、どこでなにをしていても同《おな》じだ。

たとえ、お風呂《ふろ》に入《はい》っていても、食事《しょくじ》をしていても、変《か》わらない恐怖《きょうふ》を私達《わたしたち》に味《あじ》わわせるはずだから。

「健司《けんじ》じゃないけど、いつかおかしくなりそうだよね……八代先生《やしろせんせい》の部屋《へや》も酷《ひど》かったし」

「あんなの普通《ふつう》の人《ひと》の部屋《へや》じゃないよ……八代先生《やしろせんせい》も、健司《けんじ》もさ」

そう言《い》って留美子《るみこ》は、理恵《りえ》が寝《ね》ている布団《ふとん》の中《なか》に潜《もぐ》り込《こ》んだ。

私《わたし》も、その中《なか》に入《はい》って眠《ねむ》ってしまいたかった。

私達《わたしたち》はベッドで休《やす》んだあと、食事《しょくじ》とお風呂《ふろ》を済《す》ませて、遥《はるか》が来《く》る時間《じかん》までに寝《ね》てしまおうと3人《にん》で布団《ふとん》の中《なか》に入《はい》って目《め》を閉《と》じていた。

遥《はるか》が来《く》るまでに、もうそんなに時間《じかん》はない。

こうして目《め》を閉《と》じていると、今《いま》、高広《たかひろ》がどうしているのかをつい想像《そうぞう》してしまう。

遥《はるか》が6割《わり》、高広《たかひろ》が4割《わり》……。

なにも考《かんが》えずに目《め》を閉《と》じればいいんだけど、どうしても考《かんが》えてしまって……。

恐怖《きょうふ》と安心《あんしん》という対極《たいきょく》をなす感情《かんじょう》に、私《わたし》の心《こころ》はフラフラと揺《ゆ》れている。

理恵《りえ》も留美子《るみこ》も、もう寝《ね》ているのだろうか？

「2人《ふたり》とも、寝《ね》た？」

囁《ささや》くように訊《たず》ねてみると、理恵《りえ》は「眠《ねむ》れない」と返事《へんじ》がある。

留美子《るみこ》は返事《へんじ》がない。

でも、寝息《ねいき》を立《た》てているわけでもないから、まどろんでいるくらいなのかな……。

こんなことを考《かんが》えている間《あいだ》にも、遥《はるか》が来《く》る時間《じかん》が迫《せま》っている。

たとえ眠《ねむ》れたとしても、高広《たかひろ》くらい神経《しんけい》が図太《ずぶと》くないと遥《はるか》に起《お》こされてしまうだろう。

それくらいのことはしてくるはずだから。

「理恵《りえ》、今日《きょう》も頑張《がんば》ろうね。残《のこ》り3つだから、すぐ見《み》つかるよね」

「うん、もうすぐ……終《お》わるよね」

理恵《りえ》がそう答《こた》えた時《とき》だった。
私《わたし》の足《あし》を……誰《だれ》かの冷《つめ》たい手《て》が掴《つか》んでいる感触《かんしょく》があったのだ。

遥《はるか》が……来《き》たの？
時計《とけい》を見《み》ていないから、大体《だいたい》の時間《じかん》しかわからない。
でも、もう来《き》てもおかしくはない時間《じかん》だ。
足《あし》を握《にぎ》る手《て》はひんやりと冷《つめ》たくて……それが少《すこ》しずつ上《あ》がってくる。
まるで、私《わたし》の身体《からだ》の上《うえ》を這《は》っているかのように、冷《つめ》たい手《て》が。
「明日香《あすか》、遥《はるか》が……助《たす》けて！」
「そ、そんなこと言《い》われても……私《わたし》の所《ところ》にも来《き》てる！」
結局《けっきょく》、みんなの所《ところ》に来《く》るんだから、私《わたし》が助《たす》けられるはずがない。
ゆっくりと、私《わたし》の身体《からだ》を押《お》さえつけるように這《は》い上《あ》がってくる手《て》の感触《かんしょく》。
布団《ふとん》の中《なか》にいる「それ」が遥《はるか》なのかはわからない。
でも、遥《はるか》以外《いがい》には考《かんが》えられない状況《じょうきょう》だ。

「う……ん。ちょっと、誰《だれ》？　私《わたし》の身体《からだ》触《さわ》ってるの……」

よりにもよって、こんなタイミングで目《め》を覚《さ》ました留美子《るみこ》。

さすがに、身体《からだ》の上《うえ》を這《は》われたら目《め》を覚《さ》ましてしまうだろう。

もう、私《わたし》の胸《むね》の辺《あた》りまで来《き》ている……布団《ふとん》は盛《も》り上《あ》がってないのに、その冷《つめ》たい感覚《かんかく》だけがさらに上《あ》がってくる。

そして、身体《からだ》と布団《ふとん》の隙間《すきま》から伸《の》びてくる白《しろ》い2本《ほん》の手《て》。

それが私《わたし》の頬《ほお》を挟《はさ》むように掴《つか》んだ瞬間《しゅんかん》。

布団《ふとん》が盛《も》り上《あ》がり、そこから姿《すがた》を見《み》せる黒《くろ》い物体《ぶったい》。

その黒《くろ》い物体《ぶったい》が、遥《はるか》の頭部《とうぶ》だとわかった時《とき》……。


「ねえ、明日香《あすか》……私《わたし》のカラダを探《さが》して」


顔《かお》を上《あ》げた遥《はるか》はそう言《い》い、布団《ふとん》の中《なか》に吸《す》い込《こ》まれるように消《き》えたのだ。

遥《はるか》の強引《ごういん》な頼《たの》みに、今日《きょう》も「カラダ探《さが》し」の前《まえ》に精神《せいしん》がおかしくなりそうになる。

少《すこ》しでもこの不安《ふあん》を解消《かいしょう》するために、時間《じかん》まで眠《ねむ》る。

これもいつも通《どお》りの行動《こうどう》だ。

そして、0時《じ》になって私達《わたしたち》は学校《がっこう》の玄関前《げんかんまえ》に集《あつ》められた。

「明日香《あすか》、起《お》きろ。ほら、早《はや》く準備《じゅんび》しろって」

私《わたし》の身体《からだ》を揺《ゆ》すりながらそう言《い》う高広《たかひろ》の声《こえ》で目《め》を覚《さ》ました私《わたし》は、目《め》を擦《こす》りながら高広《たかひろ》の顔《かお》をジッと見《み》つめる。

なんだか頭《あたま》がボーッとしていて、ここがどこだかイマイチはっきりしない。

「おい、大丈夫《だいじょうぶ》か？『カラダ探《さが》し』が始《はじ》まるんだぞ！しっかりしろ！」

ああ、そうだった。

私《わたし》は「カラダ探《さが》し」をしなきゃいけないんだった。

「大丈夫《だいじょうぶ》、眠《ねむ》くて頭《あたま》がフラフラしてるだけだから……」

そう言《い》いながらも高広《たかひろ》の手《て》に掴《つか》まり、グイッと引《ひ》き起《お》こしてもらわないと起《お》きれないのだけど。

「今日《きょう》もドアが開《あ》いたら、走《はし》っていくぞ。しっかりついてこいよ」

「うん……わかった」

理恵《りえ》と留美子《るみこ》を起《お》こしている翔太《しょうた》の隣《となり》で、私《わたし》は起《お》きる時《とき》に掴《つか》んだ高広《たかひろ》の手《て》を離《はな》さずに、ドアが開《あ》くその時《とき》を待《ま》っていた。

「うーん……なに？　もう時間《じかん》なの？」

口《くち》に手《て》を当《あ》てて、「ふわあぁ」という声《こえ》と共《とも》にあくびをする留美子《るみこ》。

「みんな……おはよう」

理恵《りえ》もここがどこかよくわかっていない様子《ようす》で、キョロキョロと辺《あた》りを見回《みまわ》す。

「おいおい、お前《まえ》ら大丈夫《だいじょうぶ》か？　相当疲《そうとうつか》れが溜《た》まってるんじゃないのか？」

翔太《しょうた》がそう訊《たず》ねるけど、疲《つか》れていないわけがない。

だからといって「カラダ探《さが》し」を欠席《けっせき》できるはずがないのだから、嫌《いや》でもやるしかない。

「疲《つか》れないわけがないじゃん……でも、休《やす》んでたら殺《ころ》されるし」

その場《ば》に立《た》ち上《あ》がり、スカートを整《ととの》えると、私《わたし》と高広《たかひろ》に目《め》をやる留美子《るみこ》。

手《て》を繋《つな》いでいることに気《き》づいたのだろう。

「あら？　あらら？　仲《なか》よく手《て》を繋《つな》いで……2人《ふたり》とも、気持《きも》ちに素直《すなお》になったんだ？」

「あぁ？　明日香《あすか》の足《あし》が遅《おそ》いから、俺《おれ》が引《ひ》っ張《ぱ》らなきゃいけないだろうが」

留美子《るみこ》の言葉《ことば》に、繋《つな》いだ手《て》を見《み》せながら高広《たかひろ》が反論《はんろん》するけど……それは逆効果《ぎゃくこうか》な気《き》がする。

「おい、そんな話《はなし》はあとにしろ。そろそろ開《あ》くぞ、ドアの前《まえ》に集《あつ》まれ」

そう言《い》って、玄関《げんかん》を指差《ゆびさ》す翔太《しょうた》。

その言葉《ことば》に従《したが》って、私達《わたしたち》は玄関《げんかん》に向《む》かって歩《ある》いた。

今日《きょう》も、地面《じめん》に座《すわ》って俯《うつむ》いたままの健司《けんじ》。

朝《あさ》に見《み》た時《とき》と雰囲気《ふんいき》が少《すこ》し違《ちが》う……ということは、もう取《と》り憑《つ》かれているのかもしれない。

私達《わたしたち》がドアの前《まえ》に来《き》た時《とき》、ゆっくりと軋《きし》むような音《おと》を立《た》てながら、それが開《あ》き始《はじ》めた。

ドアが開《あ》き始《はじ》め、人《ひと》が1人通《ひとりとお》れるかどうかという隙間《すきま》に身体《からだ》を強引《ごういん》に押《お》し込《こ》み、玄関《げんかん》に入《はい》った。

健司《けんじ》はまだ動《うご》き出《だ》していない。

「じゃあ、昨日《きのう》と同《おな》じだ！　急《いそ》ぐぞ！」

翔太《しょうた》がそう言《い》うより早《はや》く、私達《わたしたち》は駆《か》け出《だ》していた。

高広《たかひろ》に手《て》を引《ひ》かれて、工業棟《こうぎょうとう》の1階《かい》へと向《む》かう。

西棟《にしとう》に入《はい》り、階段《かいだん》を上《あ》がって渡《わた》り廊下《ろうか》。

「工業棟《こうぎょうとう》を探《さが》す意味《いみ》ってあるのかな？　カラダは、トイレで見《み》つけたわけだし……」

「あ？　そんなもん、同《おな》じ棟《とう》に２つないとも言《い》い切《き》れねぇだろ」

高広《たかひろ》が言《い》いたいことはわかる。

カラダがどこに隠《かく》されてるかわからないのだから、棟単位《とうたんい》でしらみ潰《つぶ》しに探《さが》すしかないことくらいは。

でも、残《のこ》り３つ……もしかして、もっとわかりにくい所《ところ》にあるんじゃないかとも思《おも》えて仕方《しかた》がない。

「そうだね、探《さが》すしかないんだよね」

工業棟《こうぎょうとう》にはもうないかもしれない。でも、もしかするとあるのかもしれない。

それがわからないからこそ、私《わたし》はなんの反論《はんろん》もできないのだけれど。

生産棟《せいさんとう》と工業棟《こうぎょうとう》を繋《つな》ぐ渡《わた》り廊下《ろうか》を走《はし》っている時《とき》に、「昨日《きのう》」も聞《き》いた健司《けんじ》の叫《さけ》び声《ごえ》が聞《き》こえた。

玄関《げんかん》から遠《とお》くにいるから、その声《こえ》も恐怖《きょうふ》を覚《おぼ》えるほどじゃない。

今日《きょう》も、カラダを見《み》つけられたらいいな……。

そんなことを思《おも》いながら、私達《わたしたち》は工業棟《こうぎょうとう》1階《かい》に到着《とうちゃく》した。

まだ探《さが》していない部屋《へや》は5つ。

危険《きけん》だけど、私達《わたしたち》は一番南側《いちばんみなみがわ》の部屋《へや》から調《しら》べることにした。

まだ校内放送《こうないほうそう》は流《なが》れていないから、その僅《わず》かな時間《じかん》で危険《きけん》な場所《ばしょ》を少《すこ》しでも探《さが》せるなら。

「なんか、ずいぶん殺風景《さっぷうけい》な部屋《へや》だね」

第《だい》1実習室《じっしゅうしつ》と書《か》かれたその部屋《へや》は木製《もくせい》の大《おお》きな机《つくえ》が6つ置《お》かれているだけで、他《ほか》には棚《たな》があるだけ。

私《わたし》のベッドくらいの大《おお》きさがあるその机《つくえ》は、無数《むすう》の傷《きず》がついていて、不気味《ぶきみ》な雰囲気《ふんいき》が漂《ただよ》っている。

触《さわ》ってみると、ザラリとした木屑《きくず》が手《て》に付《つ》いた。

「2階《かい》の実習室《じっしゅうしつ》もこんな感《かん》じだったぞ。まあ、探《さが》すには楽《らく》な部屋《へや》だな」

そう言《い》って、窓側《まどがわ》へと歩《ほ》を進《すす》める高広《たかひろ》。

教室《きょうしつ》の後《うし》ろにある棚《たな》を、窓側《まどがわ》から調《しら》べるつもりなのだろう。

だったら私《わたし》は廊下側《ろうかがわ》から。

高広《たかひろ》の言《い》う通《とお》り、整理《せいり》された棚《たな》は探《さが》しやすい。

これならすぐに次《つぎ》の部屋《へや》に移《うつ》れそうだ。

「そう言《い》えば、八代先生《やしろせんせい》と話《はなし》をしたんでしょ？　なにか進展《しんてん》はあったの？」

「んー、そうだな。『カラダ探《さが》し』のことじゃねぇけど、事件《じけん》のことについてならわかったんじゃねぇかな？　翔太《しょうた》と先生《せんせい》の推測《すいそく》らしいけどな」

あの事件《じけん》の真相《しんそう》がわかったの？

私《わたし》は思《おも》わず手《て》を止《と》め、高広《たかひろ》の方《ほう》に目《め》をやった。

高広《たかひろ》の話《はなし》だと、18時頃《じごろ》に健司《けんじ》のおばあちゃんの家《いえ》に行《い》ったみたいで、その時《とき》に翔太《しょうた》と八代先生《やしろせんせい》が結論《けつろん》を出《だ》したようだ。

でも、高広自身《たかひろじしん》はよくわかっていないようで、ザックリとした話《はなし》はこうだった。

山岡泰三《やまおかたいぞう》は事件《じけん》の犯人《はんにん》ではない。

予想通《よそうどお》り、真犯人《しんはんにん》に「小野山美子《おのやまみこ》」殺害《さつがい》の罪《つみ》を着《き》せられて、殺《ころ》された。

その犯人《はんにん》は……恐《おそ》らく、山岡雄蔵《やまおかゆうぞう》。

泰蔵《たいぞう》の弟《おとうと》だ。

詳《くわ》しいことは翔太《しょうた》にでも訊《き》くしかない。

でも……おばあちゃんが持《も》っていたあの写真《しゃしん》では、みんな満面《まんめん》の笑《え》みを浮《う》かべていて、仲《なか》が悪《わる》かったようにはとても思《おも》えなかったのに。

「つまり、健司《けんじ》のおじいちゃんが、お兄《にい》さんを殺《ころ》したってことだよね？　だから健司《けんじ》があんな風《ふう》になっちゃったのかな……」

「さあな。それより早《はや》く調《しら》べろよ、手《て》が止《と》まってんぞ」

話《はな》しながらも、高広《たかひろ》はもう半分《はんぶん》くらい調《しら》べ終《お》わっている。

慌《あわ》てて棚《たな》に向《む》かった私《わたし》は、そこを調《しら》べながらも、なぜ2人《ふたり》が殺害《さつがい》されなければならなかったのかが気《き》になっていた。

そして、そう考《かんが》えながら棚《たな》を調《しら》べ終《お》わった時《とき》だった。

『「赤《あか》い人《ひと》」が、生産棟《せいさんとう》3階《かい》に現《あらわ》れました。皆《みな》さん気《き》をつけてください』

校内放送《こうないほうそう》が流《なが》れた。

「マジかよ、あいつら……今《いま》、生産棟《せいさんとう》の3階《かい》にいるはずだぞ」

生産棟《せいさんとう》の方《ほう》を見《み》て、高広《たかひろ》がそう呟《つぶや》いたのだ。

あの3人《にん》は生産棟《せいさんとう》の3階《かい》にいる。

それがわかっているのに、「赤《あか》い人《ひと》」がそこに現《あらわ》れたと思《おも》うと、心中《しんちゅう》穏《おだ》やかではいられない。

固《かた》まって動《うご》いているからこそ、ピンポイントで狙《ねら》われた時《とき》が怖《こわ》いから。

今《いま》がまさにその時《とき》なのだ。

「じゃあ……早《はや》く工業棟《こうぎょうとう》を終《お》わらせよう。『赤《あか》い人《ひと》』がここに来《こ》ないうちに」

冷《つめ》たいように聞《き》こえたかもしれないけど、私達《わたしたち》が行《い》ったところでできることなんてなにもないから。

助《たす》けるどころか、私達《わたしたち》が殺《ころ》されかねない。

だったら1部屋《へや》でも多《おお》く調《しら》べることが、みんなを助《たす》けることに繋《つな》がる。

「お、おう……そうだな。この部屋《へや》だと、あとは机《つくえ》の下《した》くらいしかねぇけど」

それなら話《はなし》は早《はや》い。

私《わたし》はすぐに机《つくえ》へと向《む》かい、その下《した》を覗《のぞ》き込《こ》む。

そしてまた移動《いどう》。

これを繰《く》り返《かえ》して、第《だい》1実習室《じっしゅうしつ》は調《しら》べ終《お》わった。

「ここにはないな。まあ、可能性《かのうせい》を潰《つぶ》しているだけだから、こんなもんか」

フウッと溜《た》め息《いき》をつく高広《たかひろ》。

カラダを見《み》つけたかったけれど、ここにないのなら、これぱかりは仕方《しかた》がない。

「そうだね、次《つぎ》の部屋《へや》に行《い》こうか」

そう答《こた》えて、私《わたし》は隣《となり》の第《だい》2実習室《じっしゅうしつ》へと向《む》かった。

みんなが死《し》んでいないということを信《しん》じて。


その後《ご》、第《だい》2実習室《じっしゅうしつ》、第《だい》3実習室《じっしゅうしつ》、実習準備室《じっしゅうじゅんびしつ》と調《しら》べたけれど、カラダは見《み》つからなかった。

最後《さいご》の1部屋《へや》、機械工作室《きかいこうさくしつ》にもなくて私達《わたしたち》は工業棟《こうぎょうとう》を調《しら》べ終《お》わったのだ。

この間《あいだ》、約《やく》30分《ぷん》。

あれから一度《いちど》も校内放送《こうないほうそう》が流《なが》れていない。

と、いうことは、考《かんが》えられる可能性《かのうせい》は1つ。

誰《だれ》かが囮《おとり》になって、「赤《あか》い人《ひと》」から逃《に》げ続《つづ》けているのだろう。

こんなに長《なが》い時間《じかん》、校内放送《こうないほうそう》が流《なが》れなかったことは、今《いま》までに1度《ど》しかなかったから。

さすがに、ここまでではなかったけれど、3日目《かめ》に翔太《しょうた》が「赤《あか》い人《ひと》」を引《ひ》きつけていた時《とき》くらいしか。

「ここにはやっぱりねぇな。明日香《あすか》、どこに行《い》く？」

あとはどこが残《のこ》っていたかな……。

翔太《しょうた》が探《さが》してない部屋《へや》を書《か》いていたけど、全部《ぜんぶ》を覚《おぼ》えているわけじゃない。

必死《ひっし》に考《かんが》えて、確実《かくじつ》に残《のこ》っている場所《ばしょ》を1つだけ思《おも》い出《だ》した。

「西棟《にしとう》の1階《かい》って、まだじゃなかったかな？」

確《たし》か、まだだったと思《おも》う。

「西棟《にしとう》1階《かい》かよ……って、留美子《るみこ》が調《しら》べてたんじゃねぇのか？　2日目《かめ》に」

「そ、そうだね……サボってたのかな、留美子《るみこ》のことだし」

留美子《るみこ》ならありえない話《はなし》じゃない。

探《さが》す振《ふ》りをして、どこかに隠《かく》れていたのだろう。

「じゃあ……行《い》くか」

私達《わたしたち》は、留美子《るみこ》が残《のこ》した西棟《にしとう》の1階《かい》へと向《む》かうことにした。

私達《わたしたち》が西棟《にしとう》に向《む》かうために、渡《わた》り廊下《ろうか》を抜《ぬ》け、生産棟《せいさんとう》に入《はい》って南側《みなみがわ》に曲《ま》がった時《とき》だった。

階段《かいだん》でそれを見《み》つけたのは。

真《ま》っ赤《か》に染《そ》まった階段《かいだん》、そしてそこに横《よこ》たわる死体《したい》……。

頭部《とうぶ》が潰《つぶ》されているけど、それが誰《だれ》だか私《わたし》にはわかる。

「る、留美子《るみこ》だ……」

久《ひさ》し振《ぶ》りに感《かん》じる、胃《い》の中《なか》のものが逆流《ぎゃくりゅう》してくるような感覚《かんかく》。

何度《なんど》もこんな死体《したい》を見《み》ているから慣《な》れたつもりだったけど……やっぱり気持《きも》ち悪《わる》いのだけは慣《な》れない。

「留美子《るみこ》か……やったのは健司《けんじ》だな。頭《あたま》を狙《ねら》ってくるのは『赤《あか》い人《ひと》』じゃねぇ」

私《わたし》の目《め》を覆《おお》うように、手《て》で隠《かく》してくれる高広《たかひろ》。

そうとも言《い》い切《き》れないような気《き》はするけど。

私《わたし》は2日目《かめ》に、「赤《あか》い人《ひと》」に頭部《とうぶ》を潰《つぶ》されているのだから。

高広《たかひろ》に肩《かた》を抱《だ》かれて、私《わたし》はそこを通《とお》り過《す》ぎた。

私達《わたしたち》は、やっぱり人《ひと》の死《し》に対《たい》しての感覚《かんかく》が麻痺《まひ》しているのかな。

この空間《くうかん》のせいなのか、それとも「カラダ探《さが》し」が終《お》われば生《い》き返《かえ》るということがわかっているからか。

このままでは、本当《ほんとう》に人《ひと》が死《し》んだ時《とき》にも悲《かな》しめなくなりそうで……。

私《わたし》はそれが怖《こわ》かった。

事実《じじつ》、留美子《るみこ》の死体《したい》を見《み》ても、気持《きも》ち悪《わる》いとは思《おも》ったけれど悲《かな》しみはあまりなかったから。

「足跡《あしあと》は1階《かい》に向《む》かってた……だから、俺達《おれたち》は大丈夫《だいじょうぶ》だ」

高広《たかひろ》もまた、感覚《かんかく》が麻痺《まひ》しているのだと私《わたし》は感《かん》じていた。

私達《わたしたち》は西棟《にしとう》に入《い》り、階段《かいだん》を下《お》りて廊下《ろうか》を南《みなみ》に向《む》かって歩《ある》いていた。

一番手前《いちばんてまえ》にある部屋《へや》には高広《たかひろ》が入《はい》り、私《わたし》は一番奥《いちばんおく》の部屋《へや》へと向《む》かう。

教室《きょうしつ》ならば、そんなに調《しら》べる場所《ばしょ》がなく時間《じかん》もかからないだろうから、1つの教室《きょうしつ》を2人《ふたり》で調《しら》べるより、分《わ》かれて探《さが》そうということになったのだ。

もう留美子《るみこ》が死《し》んでいる。

だとすれば、理恵《りえ》か翔太《しょうた》のどちらか、もう1人《ひとり》くらい死《し》んでいてもおかしくはない。

それくらいの時間《じかん》が経過《けいか》しているのだから。

「中庭《なかにわ》か……外《そと》に出《で》られないなら、関係《かんけい》ないよね」

校舎《こうしゃ》の影《かげ》で、月《つき》の光《ひかり》も届《とど》いていない中庭《なかにわ》を見《み》つめ、私《わたし》はそんなことを呟《つぶや》いた。

月《つき》の光《ひかり》が東棟《ひがしとう》の壁《かべ》を照《て》らして、ただでさえ不気味《ぶきみ》な夜《よる》の校舎《こうしゃ》を浮《う》かび上《あ》がらせている。

東棟《ひがしとう》と言《い》えば、放送室《ほうそうしつ》の謎《なぞ》がまだ解《と》けていない。

あの中《なか》にいるのは、いったい誰《だれ》なのだろう……。

もしも、すべての部屋《へや》を探《さが》し終《お》わってカラダが揃《そろ》わないのならば、あの部屋《へや》にカラダがあるということだ。

その放送室《ほうそうしつ》の窓《まど》を、何気《なにげ》なく見《み》てみると……。

いつもは下《お》りているブラインドが上《あ》がっていたのだ。

そして、そこから向《む》けられている不気味《ぶきみ》な眼差《まなざ》しに私《わたし》は気《き》づいてしまった。

いや……私《わたし》がその眼差《まなざ》しに捉《とら》えられたと言《い》った方《ほう》が正《ただ》しいのかもしれない。

その場《ば》に立《た》ち止《ど》まった私《わたし》は、放送室《ほうそうしつ》の人物《じんぶつ》の姿《すがた》に思《おも》わず息《いき》を飲《の》んだ。

放送室《ほうそうしつ》にいる人物《じんぶつ》は長《なが》い前髪《まえがみ》を垂《た》らしていて、その髪《かみ》を分《わ》けるようにして覗《のぞ》く眼《め》で私《わたし》を見《み》ていたのだ。

どこかで見《み》たことのある眼《め》だと思《おも》っていたけど……遠《とお》くから見《み》てみると、その人物《じんぶつ》が誰《だれ》かがわからない。

あんなに前髪《まえがみ》が長《なが》い人《ひと》は知《し》らないから。

私《わたし》がそう思《おも》っていた時《とき》だった。

放送室《ほうそうしつ》の窓《まど》のブラインドが、突然《とつぜん》下《お》りたのだ。

「なに……今《いま》の……」

姿《すがた》が見《み》えなくなって、初《はじ》めて感《かん》じる悪寒《おかん》。

まるで背筋《せすじ》に冷《つめ》たい水《みず》でも垂《た》らされたような……そんな、全身《ぜんしん》がゾクッとするような不《ふ》快感《かいかん》。

まだ放送室《ほうそうしつ》から見《み》られているような気《き》がして……私《わたし》は慌《あわ》てて一番奥《いちばんおく》の教室《きょうしつ》に駆《か》け込《こ》んだ。

その瞬間《しゅんかん》。

『「赤《あか》い人《ひと》」が、西棟《にしとう》1階《かい》に現《あらわ》れました。皆《みな》さん気《き》をつけてください』

まるで、私《わたし》を狙《ねら》っているかのような校内放送《こうないほうそう》に、心臓《しんぞう》の動《うご》きが速《はや》くなる。
あの窓《まど》から見《み》ていて、私達《わたしたち》が西棟《にしとう》にいる時《とき》に「赤《あか》い人《ひと》」を呼《よ》び寄《よ》せていたの？
いや、2階《かい》と3階《かい》は翔太《しょうた》が調《しら》べ終《お》わったはず。
だったら……私《わたし》の運《うん》が悪《わる》かっただけかもしれない。

「ダメだ……早《はや》く探《さが》さないと……」
教室《きょうしつ》の中《なか》で探《さが》すような所《ところ》は限《かぎ》られている。
掃除用具《そうじようぐ》入《い》れ、机《つくえ》の中《なか》、ゴミ箱《ばこ》くらいだ。
「赤《あか》い人《ひと》」の歌《うた》は、まだ聞《き》こえない。
廊下《ろうか》にはいないようだから、どこかの教室《きょうしつ》の中《なか》にいるに違《ちが》いない。
高広《たかひろ》のいる教室《きょうしつ》じゃなければいいけど……。
私《わたし》が思《おも》うのは、そのことだけ。
教室《きょうしつ》の後《うし》ろから入《はい》った私《わたし》は、掃除用具《そうじようぐ》入《い》れを開《あ》けて中《なか》を確認《かくにん》した。
そこにあるのはホウキやモップといった物《もの》で、カラダはない。
次《つぎ》にゴミ箱《ばこ》に駆《か》け寄《よ》り、それをひっくり返《かえ》して中《なか》の物《もの》を出《だ》す。

「あぁ……ここにもない」

あとは机《つくえ》の中《なか》くらいしかないけれど、教室《きょうしつ》の後《うし》ろから見《み》ている分《ぶん》にはカラダが隠《かく》されているようには見《み》えない。

机《つくえ》の中《なか》だと入《はい》っても腕《うで》くらいだけど、この教室《きょうしつ》にはなさそうだ。

次《つぎ》の部屋《へや》に行《い》かなきゃいけないけれど……廊下《ろうか》に出《で》ると「赤《あか》い人《ひと》」を見《み》る可能性《かのうせい》がある。

仮《かり》に私《わたし》が見《み》なくても、「赤《あか》い人《ひと》」に見《み》つかれば追《お》いかけてくるから、迂闊《うかつ》には飛《と》び出《だ》せない。

ただでさえ、一番南側《いちばんみなみがわ》にあるこの教室《きょうしつ》は、トイレと階段《かいだん》が隣《となり》にあって、次《つぎ》の教室《きょうしつ》には行《い》きにくいのに。

トイレ……なるべくなら入《はい》りたくない。

廊下《ろうか》の物音《ものおと》を聞《き》きながら、教室《きょうしつ》を出《で》ようとしたその時《とき》。


「わたしはつかんであかをだす〜」

教室《きょうしつ》のドアを開《あ》ける音《おと》と、あの歌《うた》が聞《き》こえたのだ。

「赤《あか》い人《ひと》」が、廊下《ろうか》に出《で》てきた。

慌《あわ》てて教室《きょうしつ》の中《なか》に戻《もど》る私《わたし》。

大丈夫《だいじょうぶ》だよね？　ドアを開《あ》けたばかりなら……私《わたし》の姿《すがた》は見《み》られていないよね？

そう思《おも》っては「大丈夫《だいじょうぶ》」と、自分《じぶん》に言《い》い聞《き》かせていた。

こっちに来《き》たら私《わたし》が、向《む》こうに行《い》ったら高広《たかひろ》が、「赤《あか》い人《ひと》」に襲《おそ》われるかもしれない。

どうすればいいかわからなくて、不安《ふあん》に押《お》し潰《つぶ》されそうになる。


「まっかなふくになりたいな〜」


「赤《あか》い人《ひと》」の声《こえ》が、徐々《じょじょ》にこちらに近《ちか》づいてくる。

どうして私《わたし》は、こういうシチュエーションに遭遇《そうぐう》してしまうんだろう。

結局《けっきょく》、恐怖《きょうふ》するだけして、最後《さいご》には殺《ころ》されるなら……私《わたし》が囮《おとり》になって、高広《たかひろ》に教室《きょうしつ》を調《しら》べてもらった方《ほう》がいいかもしれない。

ただジッとして怖《こわ》い思《おも》いをするくらいなら、この場所《ばしょ》から「赤《あか》い人《ひと》」を離《はな》そう。

放送室《ほうそうしつ》の中《なか》の人《ひと》に見《み》られたのは私《わたし》だから……私《わたし》が責任《せきにん》を持《も》たなきゃならない。

トイレの隣《となり》が階段《かいだん》だから、そこを上《あ》がれば少《すこ》しは時間《じかん》が稼《かせ》げるはず。
そう思《おも》った時《とき》には、私《わたし》の決意《けつい》は固《かた》まっていた。
今《いま》なら、翔太《しょうた》のために自分《じぶん》を犠牲《ぎせい》にした、留美子《るみこ》の気持《きも》ちがわかる気《き》がする。
私《わたし》は「赤《あか》い人《ひと》」を引《ひ》きつけるために廊下《ろうか》に出《で》た。
できるだけ遠《とお》くに逃《に》げて時間《じかん》を稼《かせ》げるなら、私《わたし》は死《し》んでもいい。
今日《きょう》の「カラダ探《さが》し」で、高広《たかひろ》が残《のこ》りの教室《きょうしつ》を調《しら》べてくれるなら。
そう思《おも》い、廊下《ろうか》の北側《きたがわ》を向《む》くと……階段《かいだん》の近《ちか》くに「赤《あか》い人《ひと》」がいたのだ。
私《わたし》に気《き》づいたのか、その場《ば》で立《た》ち止《ど》まり、ゆっくりと顔《かお》を上《あ》げる。
「美子《みこ》、私《わたし》はここにいるよ！」
ニヤリと、不気味《ぶきみ》な笑《え》みを浮《う》かべて私《わたし》を見《み》る「赤《あか》い人《ひと》」。
もう振《ふ》り返《かえ》ることはできないし、あと戻《もど》りもできない。
動《うご》き出《だ》す前《まえ》に階段《かいだん》まで行《い》かなければ、足《あし》の遅《おそ》い私《わたし》ではすぐに追《お》いつかれてしまう。
だから……私《わたし》はもう、駆《か》け出《だ》していた。
階段《かいだん》に足《あし》をかけた時《とき》と同《おな》じくらいのタイミングで、「赤《あか》い人《ひと》」が動《うご》き出《だ》す。
私《わたし》には体育館《たいいくかん》で足《あし》を掴《つか》まれた苦《にが》い経験《けいけん》があるから、それだけが怖《こわ》い。

階段《かいだん》の下《した》の方《ほう》で掴《つか》まれてしまえば、ここから引《ひ》き離《はな》すこともできずに死《し》んでしまうから。

「キャハハハハハハッ！」


「赤《あか》い人《ひと》」が、私《わたし》の背後《はいご》に迫《せま》ってくる。

急《いそ》いで階段《かいだん》を駆《か》け上《あ》がっているけど、まだ追《お》いつかれていない。

2階《かい》に到着《とうちゃく》した私《わたし》は、できるだけ遠《とお》くに……工業棟辺《こうぎょうとうあた》りまで行《い》けたらと思《おも》っていた。

2階《かい》に上《あ》がり、北側《きたがわ》に向《む》かって走《はし》る。

振《ふ》り返《かえ》ることができない私《わたし》は、「赤《あか》い人《ひと》」の笑《わら》い声《ごえ》でどこまで迫《せま》っているかを判断《はんだん》するしかない。


「キャハハハハハハッ！」


この無邪気《むじゃき》な笑《わら》い声《ごえ》が、私《わたし》には不愉快《ふゆかい》なノイズに聞《き》こえる。

お前《まえ》はもうすぐ死《し》ぬ……と、言《い》われているようで。

不安《ふあん》が、心臓《しんぞう》から全身《ぜんしん》へと広《ひろ》がっていく。

まるで毒《どく》に蝕《むしば》まれているような気分《きぶん》。

ただでさえ遅《おそ》い私《わたし》の足《あし》が震《ふる》えて、思《おも》うように前《まえ》に出《で》ない。

やっと西棟《にしとう》と生産棟《せいさんとう》を繋《つな》ぐ渡《わた》り廊下《ろうか》に入《はい》ったのに……。

「赤《あか》い人《ひと》」の手《て》が、私《わたし》の制服《せいふく》に触《ふ》れた。

このままじゃあ、すぐにしがみつかれる。

そうなったら、私《わたし》は走《はし》ることもままならなくなって、20メートルくらい歩《ある》けば歌《うた》が終《お》わってしまう。

「触《さわ》らないで！」

後《うし》ろに振《ふ》った私《わたし》の手《て》が、「赤《あか》い人《ひと》」の手《て》に当《あ》たった。

制服《せいふく》を掴《つか》まれるのを防《ふせ》ぐことはできたけど……一時《いちじ》しのぎにしかならない。

生産棟《せいさんとう》の一番奥《いちばんおく》まで走《はし》って、そこから工業棟《こうぎょうとう》に行《い》った方《ほう》が距離《きょり》が稼《かせ》げる。

生産棟《せいさんとう》に入《はい》ってすぐにある渡《わた》り廊下《ろうか》を通《とお》り過《す》ぎて、突《つ》き当《あ》たりまで走《はし》ろう。

そう思《おも》った時《とき》。

廊下《ろうか》の奥《おく》、階段付近《かいだんふきん》に……蠢《うごめ》く人影《ひとかげ》が私《わたし》の目《め》に入《はい》ったのだ。

階段《かいだん》の所《ところ》にいるのは誰《だれ》⁉　理恵《りえ》なの⁉　翔太《しょうた》なの⁉　それとも……。

「『赤《あか》い人《ひと》』が来《く》るよ！　逃《に》げて‼」

工業棟《こうぎょうとう》と生産棟《せいさんとう》を繋《つな》ぐ渡《わた》り廊下《ろうか》を通《とお》り過《す》ぎた私《わたし》はもう、引《ひ》き返《かえ》すことができない。

教室《きょうしつ》の中《なか》に入《はい》る余裕《よゆう》もない私《わたし》には、まっすぐ走《はし》ることしかできないのだから。

でも、そう叫《さけ》んだ私《わたし》の言葉《ことば》には耳《みみ》を貸《か》さないといった様子《ようす》で……その人影《ひとかげ》が廊下《ろうか》の方《ほう》に出《で》てきたのだ。

そんな……このタイミングで⁉

避難口《ひなんぐち》へと向《む》かうための通路誘導灯《つうろゆうどうとう》。

その緑色《みどりいろ》の光《ひかり》で、浮《う》かび上《あ》がった人影《ひとかげ》の正体《しょうたい》は……健司《けんじ》だった。

血《ち》で左半身《ひだりはんしん》が染《そ》まっているのか、私《わたし》からは黒《くろ》く見《み》える。

「う、嘘《うそ》でしょ……」

そう呟《つぶや》いている間《あいだ》にも、健司《けんじ》との距離《きょり》は近《ちか》づいていく。

緑色《みどりいろ》の光《ひかり》に照《て》らされた健司《けんじ》は不気味《ぶきみ》に微笑《ほほえ》み、左腕《ひだりうで》を振《ふ》り上《あ》げた。

前《まえ》には健司《けんじ》、後《うし》ろには「赤《あか》い人《ひと》」が迫《せま》っている。

「キャハハハハハハッ！」

「み、見《み》つけた……み、美子《みこ》ちゃん……あ、赤《あか》い服《ふく》」

同時《どうじ》に廊下《ろうか》に響《ひび》く2人《ふたり》の声《こえ》。
健司《けんじ》に取《と》り憑《つ》いているのは泰蔵《たいぞう》に違《ちが》いない。
「やめて！　タイちゃん！」
健司《けんじ》のおばあちゃんがそう呼《よ》んでいたのを思《おも》い出《だ》して……私《わたし》は叫《さけ》んだ。
私《わたし》のその声《こえ》に、一瞬《いっしゅん》健司《けんじ》の動《うご》きが止《と》まった。
「タイちゃん」という言葉《ことば》に反応《はんのう》したのだろう。
その隙《すき》に、健司《けんじ》の左側《ひだりがわ》を通《とお》り抜《ぬ》けようとした時《とき》……。
私《わたし》の制服《せいふく》を、「赤《あか》い人《ひと》」が掴《つか》んだのだ。
突然《とつぜん》感《かん》じた後《うし》ろに引《ひ》っ張《ぱ》られるような負荷《ふか》のせいで、足《あし》が前《まえ》に出《で》ない。

健司《けんじ》の真横《まよこ》で速度《そくど》を落《お》とされた私《わたし》の腰《こし》に、強引《ごういん》に飛《と》びつく「赤《あか》い人《ひと》」。
その手《て》に持《も》たれたぬいぐるみが、私《わたし》の膝《ひざ》に当《あ》たってゴツッと音《おと》を立《た》てる。
「痛《いた》っ！」
想像《そうぞう》していたよりもずっと硬《かた》いぬいぐるみのせいで、私《わたし》は壁《かべ》の方《ほう》によろけた。
そして……横《よこ》を通《とお》り抜《ぬ》けようとした私《わたし》の首《くび》を、振《ふ》り返《かえ》った健司《けんじ》が後《うし》ろから掴《つか》んだのだ。
上《うえ》から加《くわ》わる力《ちから》に、私《わたし》はなす術《すべ》もなく床《ゆか》に押《お》し倒《たお》される。
床《ゆか》に叩《たた》きつけられた私《わたし》の首《くび》から、なにかが折《お》れる音《おと》が聞《き》こえた。
声《こえ》を出《だ》すことができない。
すべての感覚《かんかく》が……徐々《じょじょ》に失《うしな》われていく。
ただ一点《いってん》だけをじっと見《み》つめている、私《わたし》の耳《みみ》に入《はい》った言葉《ことば》。
それは、どう理解《りかい》すればいいか、わからないものだった。

「**ねぇ……赤《あか》いの、ちょうだい**」

その言葉《ことば》のあと、目《め》の前《まえ》で健司《けんじ》から血《ち》が噴《ふ》き出《だ》して……。

なぜ、「赤《あか》い人《ひと》」が健司《けんじ》を殺《ころ》したのかわからないまま、私《わたし》は死《し》んだ。

9日目《ここのかめ》

9日目《かめ》の朝《あさ》、「昨日《きのう》」となにも変《か》わらない朝《あさ》。

高広《たかひろ》は私《わたし》が死《し》んだあと、どこまで調《しら》べることができたのか。

そして、死《し》ぬ瞬間《しゅんかん》に見《み》たあの光景《こうけい》。

泰蔵《たいぞう》に取《と》り憑《つ》かれているはずの健司《けんじ》まで、振《ふ》り返《かえ》ったら「赤《あか》い人《ひと》」に殺《ころ》された。

これは、いったいどういうことなのだろう。

泰蔵《たいぞう》は、「小野山美子《おのやまみこ》」の「呪《のろ》い」には関係《かんけい》がないということなのかな？

やっぱり、考《かんが》えることは翔太《しょうた》に任《まか》せよう。

多分《たぶん》、答《こた》えは私《わたし》と同《おな》じだと思《おも》うけれど、みんなにも教《おし》えておけば役《やく》に立《た》つかもしれないから。

「タイちゃんか……」

高広《たかひろ》からは詳《くわ》しい話《はなし》が聞《き》けなかったけど、弟《おとうと》である雄蔵《ゆうぞう》に殺《ころ》された泰蔵《たいぞう》。

みんな笑顔《えがお》で、仲《なか》よく見《み》えたあの写真《しゃしん》からは想像《そうぞう》もできない。

いったい、なにを知《し》ることができたのか。

どんな理由《りゆう》であっても、悲《かな》しい事件《じけん》だということはわかる。

そして、それはきっと私《わたし》にはわからない理由《りゆう》なのだろう。

ゆっくりと体《からだ》を起《お》こして、光《ひかり》が射《さ》している窓《まど》を見《み》つめながら、私《わたし》は深《ふか》い溜《た》め息《いき》をついた。

「もう9日目《かめ》……」

そう呟《つぶや》いて、学校《がっこう》に行《い》く準備《じゅんび》を始《はじ》めた。

今日《きょう》も、きっと高広《たかひろ》が早《はや》くに迎《むか》えに来《く》るはず。

それがわかっているから、私《わたし》は準備《じゅんび》を早《はや》くに済《す》ませて玄関《げんかん》の前《まえ》で待《ま》っていた。

「ちょっと早《はや》すぎたかな……」

やっぱり、高広《たかひろ》のことが気《き》になっているのかな。

そうじゃなければ、チャイムを鳴《な》らされても待《ま》たせておけばいいのに……。

「昨日《きのう》」とは違《ちが》う「今日《きょう》」の私《わたし》の気持《きも》ちが、こんな行動《こうどう》を取《と》らせていた。

いつもよりも、10分《ぷん》も早《はや》く準備《じゅんび》を済《す》ませて待《ま》っているのに、高広《たかひろ》はなにをしているんだか。

携帯電話《けいたいでんわ》の時計《とけい》を確認《かくにん》していると……その高広《たかひろ》が、慌《あわ》ててこちらに走《はし》ってきているのが見《み》える。

やっと来《き》た。

「昨日《きのう》」と同《おな》じ時間《じかん》だということは、急《いそ》いで準備《じゅんび》をしてこの時間《じかん》になるのだろう。

そう考《かんが》えると、何日《なんにち》もこうして迎《むか》えに来《き》てくれていることが嬉《うれ》しく思《おも》えた。

「高広《たかひろ》、おはよ」

家《いえ》の前《まえ》に到着《とうちゃく》した高広《たかひろ》に、笑顔《えがお》で挨拶《あいさつ》をする。

「えっ⁉　お、おう……」

息《いき》を切《き》らせながら、私《わたし》にそう答《こた》えた。

「あのあと、西棟《にしとう》の1階《かい》は調《しら》べてくれたよね？　私《わたし》が囮《おとり》になって、『赤《あか》い人《ひと》』を引《ひ》き離《はな》したんだからね！」

恩《おん》を着《き》せるつもりはないけど、そんなことを言《い》ってみたくなった。

高広《たかひろ》にそう言《い》ったあと、いつもと同《おな》じように一緒《いっしょ》に学校《がっこう》へと向《む》かう。

私《わたし》の、高広《たかひろ》に対《たい》する気持《きも》ちは変《か》わっているのに、今日《きょう》は変《か》わらず「昨日《きのう》」で……。

結局《けっきょく》は、「カラダ探《さが》し」を終《お》わらせないと明日《あした》が来《こ》ないのだ。

この気持《きも》ちが、「カラダ探《さが》し」をしているから頼《たよ》りにしているだけなのか、それとも本《ほん》当《とう》に好《す》きなのか。

それを知《し》るためにも、早《はや》く終《お》わらせたいと思《おも》っていた。

「……でよ、西棟《にしとう》のあと、東棟《ひがしとう》に行《い》ったんだけど、残《のこ》りの部屋《へや》がわかんねぇから片《かた》っ端《ぱし》から調《しら》べたわけよ」

「つまり、西棟《にしとう》にも東棟《ひがしとう》にも、1階《かい》にはカラダがなかったってことよね？」

となると、ますます放送室《ほうそうしつ》が怪《あや》しく思《おも》える。

でも、あの部屋《へや》に入《はい》るにはどうすればいいのか。

翔太《しょうた》が八代先生《やしろせんせい》に訊《き》いてくれているはずだけど……。

高広《たかひろ》はどうして覚《おぼ》えていないのだろう？

また寝《ね》ていたのかな？

それに、昨日留美子達《きのうるみこたち》がどこまで調《しら》べることができたのかが気《き》になる。

階段《かいだん》で殺《ころ》されていたことを考《かんが》えると……あまり期待《きたい》はできないかもしれないけれど。

確実《かくじつ》に、残《のこ》りの教室《きょうしつ》は減《へ》っているのだ。

運《うん》がよければ、今夜《こんや》の「カラダ探《さが》し」で、すべての部屋《へや》を調《しら》べることができる。

私《わたし》はそれを期待《きたい》していた。

2人《ふたり》で話《はな》しながらの、通学途中《つうがくとちゅう》。

留美子《るみこ》と合流《ごうりゅう》して、私達《わたしたち》が知《し》らない3人《にん》の昨夜《さくや》の状況《じょうきょう》を聞《き》いていた。

「もうね、大変《たいへん》だったんだから！　『赤《あか》い人《ひと》』を翔太《しょうた》が引《ひ》きつけて、ずっと逃《に》げ続《つづ》けてくれたんだけど……私《わたし》は途中《とちゅう》で健司《けんじ》に会《あ》っちゃってさ」

そして、あの階段《かいだん》で殺《ころ》された。

留美子《るみこ》の亡骸《なきがら》を見《み》た私達《わたしたち》は、それを知《し》っている。

「それで、どこまで教室《きょうしつ》を調《しら》べることができたの？　こっちは工業棟《こうぎょうとう》と、東棟《ひがしとう》、西棟《にしとう》の1階《かい》は終《お》わったよ」

まあ、ほとんど高広《たかひろ》が調《しら》べてくれたんだけど。

「マジで？　じゃあ……残《のこ》ってるのは、東棟《ひがしとう》の2階《かい》から上《うえ》と、生産棟《せいさんとう》の1階《かい》と、2階《かい》の少《すこ》しかな？　終《お》わりが見《み》えてきたじゃん」

確《たし》かに、そうやって聞《き》くと残《のこ》り少《すく》なく思《おも》えるけど……今日《きょう》1日《にち》で終《お》わらせることができるかどうか。

分《わ》かれて探《さが》すべきか、固《かた》まって探《さが》すべきかは、みんなの意見《いけん》を聞《き》いて、翔太《しょうた》が決《き》めるはず。

「そう言《い》えばよ……俺《おれ》、妙《みょう》な校内放送《こうないほうそう》聞《き》いたんだけどよ」

「妙《みょう》な校内放送《こうないほうそう》？　なにそれ。あの校内放送自体《こうないほうそうじたい》が妙《みょう》なんだけど」

そう留美子《るみこ》が言《い》ったけど、高広《たかひろ》が聞《き》いたという妙《みょう》な校内放送《こうないほうそう》。

私《わたし》は、その内容《ないよう》が気《き》になった。

「それがよ……『赤《あか》い人《ひと》』がどこに現《あらわ》れたと思《おも》う？　旧校舎《きゅうこうしゃ》だぜ、旧校舎《きゅうこうしゃ》。どうやって行《い》けっていうんだよ。なぁ？」

旧校舎《きゅうこうしゃ》？　本当《ほんとう》に「赤《あか》い人《ひと》」が旧校舎《きゅうこうしゃ》に現《あらわ》れたの？

私達《わたしたち》が新校舎《しんこうしゃ》に入《はい》る前《まえ》に旧校舎《きゅうこうしゃ》に行《い》った時《とき》は、見《み》えない壁《かべ》があって入《はい》れなかった。

だとしたら、やっぱりどこかから外《そと》に出《で》て、旧校舎《きゅうこうしゃ》に行《い》ける場所《ばしょ》があるということだ。

「本当《ほんとう》に旧校舎《きゅうこうしゃ》になんて行《い》けんの？　どこを探《さが》しても、行《い》けるような場所《ばしょ》なんてなかったけど」

留美子《るみこ》が言《い》うように、外《そと》に出《で》られるような所《ところ》はなかった。

それは、みんなも探《さが》しているはずだけど……。

「そうなんだよな……俺《おれ》も、東棟《ひがしとう》の1階《かい》を調《しら》べたあとに、出口《でぐち》を探《さが》したんだけどよ。どこにもなかったんだよ。それで『赤《あか》い人《ひと》』を見《み》て、振《ふ》り返《かえ》っちまったんだ」

私《わたし》が死《し》んだあと、そこまでしてたんだ。

と、なると……旧校舎《きゅうこうしゃ》にもカラダが隠《かく》されている可能性《かのうせい》がある。

だったら、ここでどうこう考《かんが》えているよりも、みんなで話《はな》し合《あ》うなり、夜《よる》の学校《がっこう》の1階《かい》を調《しら》べるなりした方《ほう》がいい。

理恵《りえ》や翔太《しょうた》にも、なにか気《き》づいたことがないかを訊《き》くべきだと思《おも》った。

話《はなし》をしながら歩《ある》いていると、理恵《りえ》がいつもの場所《ばしょ》で私達《わたしたち》を待《ま》っていた。

理恵《りえ》にも昨夜《さくや》の話《はなし》を聞《き》いたら、予想以上《よそういじょう》に頑張《がんば》ってくれていたことがわかった。

翔太《しょうた》が「赤《あか》い人《ひと》」を引《ひ》きつけている間《あいだ》、理恵《りえ》が調《しら》べた場所《ばしょ》は、生産棟《せいさんとう》の2階《かい》の残《のこ》りの部屋《へや》。

そのあとに1階《かい》に向《む》かって、最初《さいしょ》の部屋《へや》に入《はい》ろうとした時《とき》に、校内放送《こうないほうそう》で「赤《あか》い人《ひと》」を呼《よ》び寄《よ》せられたらしい。

時間的《じかんてき》には、高広《たかひろ》が殺《ころ》されたあとになる。

「あ、うん。旧校舎《きゅうこうしゃ》に現《あらわ》れたって校内放送《こうないほうそう》は、私《わたし》も聞《き》いたよ」

「そうなんだ？　高広《たかひろ》の空耳《そらみみ》じゃなかったんだね」

相変《あいか》わらず高広《たかひろ》を信《しん》じていない様子《ようす》の留美子《るみこ》。

「でも、外《そと》に出《で》られないんじゃ、意味《いみ》がないよね。それとも、放課後《ほうかご》にどこかの窓《まど》ガラスを割《わ》っておくとか」

「留美子《るみこ》、それはダメかも。窓《まど》ガラスが割《わ》れてても、見《み》えない壁《かべ》があったら意味《いみ》ないでしょ？」

「あ、そっか。校門《こうもん》からも、それで出《で》られないんだったね」

そう言《い》って、再《ふたた》び考《かんが》え始《はじ》める留美子《るみこ》。

やっぱり、しらみ潰《つぶ》しに探《さが》すしか方法《ほうほう》がないのかな？

と、そう思《おも》った時《とき》だった。

「あれ？　そう言《い》えば……外《そと》に出《で》られる場所《ばしょ》、あったよね？」

なにかを思《おも》い出《だ》したかのように、理恵《りえ》が答《こた》えたのだ。

「え!?　そんな所《ところ》、あったっけ!?」

後《うし》ろを歩《ある》く理恵《りえ》の方《ほう》に振《ふ》り返《かえ》り、驚《おどろ》いたように訊《たず》ねる留美子《るみこ》。

私《わたし》もわからない。「あったよね？」とか言《い》われても、あったのかすら覚《おぼ》えていないから。

「あ、留美子《るみこ》と高広《たかひろ》はわからないよね。私《わたし》と明日香《あすか》しか知《し》らないかもしれないけど……」

「わ、私《わたし》!?　そんな所《ところ》、あったっけ？」

理恵《りえ》はいったいどこのことを言《い》っているのだろう？

もしかして、夢《ゆめ》と現実《げんじつ》を混同《こんどう》しているなんてないよね？

「あったでしょ。ほら、健司《けんじ》が飛《と》び降《お》りて、明日香《あすか》も落《お》ちた……」

理恵《りえ》がそこまで言《い》って、やっと私《わたし》も気《き》づくことができた。

「まさか、屋上《おくじょう》!? 確《たし》かに外《そと》に出《で》られたことは出《で》られたけど、あれはどう考《かんが》えても落《お》ちただけだよね」

私達《わたしたち》が屋上《おくじょう》で隠《かく》れていた時《とき》に、健司《けんじ》が歌《うた》を唄《うた》い終《お》わって飛《と》び降《お》りたあの日《ひ》のことだ。

「そうだけどさ、屋上《おくじょう》には見《み》えない壁《かべ》がないってことじゃないかな？」

「つまりあれか、なんとかして屋上《おくじょう》から降《お》りて、旧校舎《きゅうこうしゃ》に行《い》けばいいってことか」

理恵《りえ》の言《い》うことが間違《まちが》っていないとして、それでもまだ問題《もんだい》はあった。

私達《わたしたち》が新校舎《しんこうしゃ》に入《はい》る前《まえ》に、旧校舎《きゅうこうしゃ》に行《い》った時《とき》には、そこに見《み》えない壁《かべ》があったから。

どうやって入《はい》るか……それが問題《もんだい》だった。

学校《がっこう》に到着《とうちゃく》して、教室《きょうしつ》に入《はい》った私達《わたしたち》は翔太《しょうた》を呼《よ》んで屋上《おくじょう》に向《む》かった。

色々《いろいろ》話《はなし》はあるけれど、まず、理恵《りえ》が言《い》ったように屋上《おくじょう》から下《お》りることが可能《かのう》かどうかを検証《けんしょう》するために。

柵《さく》から身《み》を乗《の》り出《だ》して、階下《かいか》を見《み》る私達《わたしたち》。

「おい、本気《ほんき》でここから下《お》りるつもりか？」

翔太《しょうた》の第一声《だいいっせい》はそれだった。

「これは……やっぱり無理《むり》だよね」

言《い》い出《だ》した理恵《りえ》でさえ、その高《たか》さに苦笑《にがわら》いを浮《う》かべて私《わたし》を見《み》る。

私《わたし》を見《み》られても、無理《むり》なものは無理《むり》。

でも、無理《むり》を承知《しょうち》で翔太《しょうた》に相談《そうだん》しているのだから。

「行《い》けないことはないだろうけど……とりあえずは新校舎《しんこうしゃ》を全部《ぜんぶ》調《しら》べた方《ほう》がいいだろ。残《のこ》りの教室《きょうしつ》が少《すく》ないなら、まずはそっちだ。それでもカラダがないなら、旧校舎《きゅうこうしゃ》に行《い》くことも考《かんが》えよう」

「でもよ、今《いま》から考《かんが》えても損《そん》はねぇだろ？　どうやって降《お》りて、どうやって上《あ》がってくるか」

翔太《しょうた》の言《い》うことはわかるけど、高広《たかひろ》の言《い》うことも正《ただ》しいと思《おも》う。

結局《けっきょく》、新校舎《しんこうしゃ》を調《しら》べることは確定《かくてい》しているのだから、旧校舎《きゅうこうしゃ》へのルートを確保《かくほ》することも考《かんが》えておくべきだ。

「行《い》くのは簡単《かんたん》だとしても……戻《もど》ることなんだよ。問題《もんだい》は」

頭《あたま》を掻《か》きむしりながら、翔太《しょうた》が顔《かお》をしかめた。

行《い》くことは簡単《かんたん》、戻《もど》ることが難《むずか》しい。

翔太《しょうた》が言《い》うには、ロープを垂《た》らしてそこから降《お》りたとしても上《あ》がることが大変《たいへん》らしい。

保育園《ほいくえん》に行《い》ってた頃《ころ》は、綱登《つなのぼ》りなんてものをお遊戯場《ゆうぎじょう》でしていたから、私《わたし》には大変《たいへん》だという意味《いみ》がわからなかった。

でも、翔太《しょうた》が無理《むり》だと言《い》うならそうなんだろう。

でもまずは、ロープをどこで調達《ちょうたつ》するのか。

農業科《のうぎょうか》に行《い》けばあるだろうけど……それが旧校舎《きゅうこうしゃ》なのだから話《はなし》にならない。

「ロープは探《さが》すとしてさ、事件《じけん》のこととか放送室《ほうそうしつ》の話《はなし》を聞《き》かせてよ。山岡泰蔵《やまおかたいぞう》がどうして弟《おとうと》に殺《ころ》されたのかとかさ。高広《たかひろ》はあんまり覚《おぼ》えていないみたいでさ、詳《くわ》しくはわからなかったんだ」

下《お》りる方法《ほうほう》があるのなら、私《わたし》は事件《じけん》の真相《しんそう》の方《ほう》が気《き》になる。

「高広《たかひろ》は半分寝《はんぶんね》てたからな。健司《けんじ》のおばあちゃんに聞《き》いた話《はなし》だと、雄蔵《ゆうぞう》は日頃《ひごろ》から泰蔵《たいぞう》にきつく当《あ》たっていたらしい。自分《じぶん》の兄貴《あにき》が知的障害者《ちてきしょうがいしゃ》で、面倒《めんどう》を見《み》なければならないから、それが嫌《いや》だったんだろ」

「え？　どういうこと？　それだけの理由《りゆう》で、雄蔵《ゆうぞう》は泰蔵《たいぞう》を殺《ころ》したの？」

翔太《しょうた》の言葉《ことば》だと、そうとしか思《おも》えない。

写真《しゃしん》では、あんなに仲《なか》がよさそうだったのに。

あの笑顔《えがお》は、いったいなんだったのか……私《わたし》はますますわからなくなってしまった。

「それだけのことって言《い》うけどさ昭和《しょうわ》30年代《ねんだい》の話《はなし》だぞ？　閉鎖的《へいさてき》で、障害者《しょうがいしゃ》に対《たい》して偏《へん》見《けん》があった集落《しゅうらく》じゃあ、泰蔵《たいぞう》を抱《かか》えているだけで相当《そうとう》なストレスだったはずだ。それに……雄蔵《ゆうぞう》自体《じたい》、気性《きしょう》が相当荒《そうとうあら》かったらしい」

昭和《しょうわ》30年代《ねんだい》……翔太《しょうた》の話《はなし》を聞《き》く分《ぶん》には、この辺《あた》りの福祉《ふくし》の環境《かんきょう》が整《ととの》っていたとは思《おも》えない。

それは私達《わたしたち》が生《う》まれるずっと昔《むかし》のことで、今《いま》の時代《じだい》しか知《し》らない私《わたし》にとっては想像《そうぞう》もできない時代《じだい》。

「そういや、そんなことを言《い》ってたな。ばあちゃんも、かなり暴力《ぼうりょく》を振《ふ》るわれたって。あの写真《しゃしん》は息子《むすこ》が生《う》まれた時《とき》に撮《と》ったから、みんな笑顔《えがお》なんだ」

思《おも》い出《だ》したかのように空《そら》を見上《みあ》げて、どこか遠《とお》くを見《み》ているような高広《たかひろ》。

「そう、でも泰蔵《たいぞう》に振《ふ》るわれた暴力《ぼうりょく》は、もっと酷《ひど》かった。寝《ね》る場所《ばしょ》も、母屋《おもや》から離《はな》れた納屋《なや》だったらしいからな。今《いま》の時代《じだい》で考《かんが》えると、人間《にんげん》らしい扱《あつか》いを受《う》けていなかった。それでも、泰蔵《たいぞう》にとって雄蔵《ゆうぞう》はかわいい弟《おとうと》だったんだよ」

「なんだか……悲《かな》しいね。今《いま》の時代《じだい》に生《う》まれていれば、そんなことにはならなかったかもしれないのに」

そう思《おも》っても、人《ひと》は生《う》まれてくる場所《ばしょ》も時間《じかん》も選《えら》ぶことはできない。

それが運命《うんめい》だと言《い》うのなら、私達《わたしたち》が今《いま》「カラダ探《さが》し」をさせられていることも、また運命《うんめい》なのかな？

そう考《かんが》えると……なんだか不思議《ふしぎ》な気分《きぶん》になった。

「だけど、雄蔵《ゆうぞう》が美子《みこ》を殺《ころ》す動機《どうき》がない。多分《たぶん》、泰蔵《たいぞう》を殺害《さつがい》した現場《げんば》を美子《みこ》に見《み》られたからじゃないかな？　バラバラにしなきゃいけなかった理由《りゆう》はわからないけどさ」

まあ、そればかりはわからないと思《おも》う。

事件《じけん》に関係《かんけい》した人間《にんげん》が、全員死《ぜんいんし》んでしまったのだから。

「一番重要《いちばんじゅうよう》なことがわからないじゃん……どうして美子《みこ》が殺《ころ》されたのか」

「仕方《しかた》ないだろ。健司《けんじ》のおばあちゃんから話《はなし》を聞《き》けただけでも、奇跡《きせき》みたいなもんだからな」

留美子《るみこ》が言《い》うように、そこが一番《いちばん》知《し》りたいところだ。

でも、今《いま》の私達《わたしたち》にはそれを知《し》る術《すべ》がない。

それなら八代先生《やしろせんせい》のように、「カラダ探《さが》し」が終《お》わったあとに調《しら》べた方《ほう》がいいと思《おも》う。

「翔太《しょうた》、放送室《ほうそうしつ》の話《はなし》は訊《き》いてくれたの？」

「あぁ。八代先生達《やしろせんせいたち》が『カラダ探《さが》し』をさせられた時《とき》にも放送室《ほうそうしつ》に入《はい》ろうとしたことがあったらしいけど……結局《けっきょく》、毎回《まいかい》『赤《あか》い人《ひと》』を呼《よ》ばれて入《はい》ることができなかったみたいだ」

つまり、放送室《ほうそうしつ》は調《しら》べてはいけない場所《ばしょ》ということなのだろうか？

もしも、その中《なか》にカラダがあった場合《ばあい》、私達《わたしたち》はどうなるのだろう。

永遠《えいえん》に「カラダ探《さが》し」が終《お》わらない……そんな気《き》がした。

そのあと私達《わたしたち》は、翔太《しょうた》が描《か》いた校舎《こうしゃ》の見取《みと》り図《ず》に印《しるし》をつけていった。

今《いま》までに、どの教室《きょうしつ》を調《しら》べたかを書《か》くことで、残《のこ》りの教室《きょうしつ》を特定《とくてい》しようというのだ。

まあ、先日《せんじつ》もやっていたことだけれど、昨夜《さくや》までの「カラダ探《さが》し」でほとんどの教室《きょうしつ》が調《しら》べ終《お》わったはずだから。

「えっと、私達《わたしたち》が生産棟《せいさんとう》の2階《かい》と3階《かい》を調《しら》べ終《お》わったから、あとは1階《かい》だけだね」

「俺達《おれたち》は工業棟《こうぎょうとう》と、東棟《ひがしとう》、西棟《にしとう》の1階《かい》を調《しら》べたから……東棟《ひがしとう》の2階《かい》と3階《かい》、大職員室《だいしょくいんしつ》だな」

留美子《るみこ》と高広《たかひろ》が、次々《つぎつぎ》と見取《みと》り図《ず》にバツを書《か》き込《こ》んでいく。

先《さき》に書《か》いた翔太《しょうた》のバツ印《じるし》を合《あ》わせると、残《のこ》り僅《わず》かだということがわかる。

「じゃあ、東棟《ひがしとう》と大職員室《だいしょくいんしつ》は、高広《たかひろ》と明日香《あすか》に任《まか》せて大丈夫《だいじょうぶ》か？　俺達《おれたち》は生産棟《せいさんとう》を続《つづ》けるけど」

「おう、俺《おれ》はそれでいい」

翔太《しょうた》の言葉《ことば》に頷《うなず》く高広《たかひろ》。

でも、もしもそれでカラダが見《み》つからなかったら、どうすればいいのだろう。

私達《わたしたち》は、旧校舎《きゅうこうしゃ》に行《い》くことも視野《しや》に入《い》れないといけない。

携帯電話《けいたいでんわ》が圏外《けんがい》になってしまう「カラダ探《さが》し」の空間《くうかん》では、お互《たが》いに連絡《れんらく》を取《と》り合《あ》えないから次《つぎ》の行動《こうどう》も決《き》めておかなければならないのだ。

今夜《こんや》で旧校舎《きゅうこうしゃ》以外《いがい》の教室《きょうしつ》は調《しら》べ終《お》わりたいと、私《わたし》は思《おも》っていた。

「じゃあ、探《さが》し終《お》わったら大職員室《だいしょくいんしつ》に集《あつ》まろう。それが無理《むり》そうなら、玄関前《げんかんまえ》のホール。その辺《あた》りにいれば、気《き》づくはずだからな」

そう言《い》うと翔太《しょうた》は新校舎《しんこうしゃ》の中《なか》へと戻《もど》っていった。

無理《むり》そうなら……それは、「赤《あか》い人《ひと》」が大職員室付近《だいしょくいんしつふきん》に現《あらわ》れた時《とき》のことを言《い》っているのだろう。

不吉《ふきつ》なことに、その状況《じょうきょう》を想像《そうぞう》してしまった。

そう思《おも》うと、現実《げんじつ》に起《お》こってしまいそうで怖《こわ》い。

「明日香《あすか》、今日《きょう》もサボるんでしょ？　どこ行《い》こうか？」

調《しら》べるだけ調《しら》べたら、日中《にっちゅう》にすることがなくなってしまった。

留美子《るみこ》もそう思《おも》っているのだろう。

柵《さく》にもたれながら、退屈《たいくつ》そうに私《わたし》を見《み》ていた。

「もう授業《じゅぎょう》も嫌《いや》ってくらい受《う》けたしね。同《おな》じ内容《ないよう》の授業《じゅぎょう》を」

理恵《りえ》も、留美子《るみこ》の隣《となり》で、同《おな》じようなポーズを取《と》って私《わたし》を見《み》る。

どこと言《い》われても……。

いっぱい遊《あそ》び歩《ある》いている留美子《るみこ》がどこに行《い》くか悩《なや》んでるのに、私《わたし》にその答《こた》えが出《だ》せるはずがない。

「やることがないよねぇ。なにしようか？」

できれば、誰《だれ》かに決《き》めてほしい。

私《わたし》が今想像《いまそうぞう》したのは、自分《じぶん》の部屋《へや》で寝転《ねころ》んでいる姿《すがた》だったから。

「それなら、こんなのどうだ？」

突然《とつぜん》、なにかを閃《ひらめ》いたかのように高広《たかひろ》が口《くち》を開《ひら》いた。

私達女子《わたしたちじょし》の輪《わ》の中《なか》に、自然《しぜん》な感《かん》じでいる高広《たかひろ》。

「……高広《たかひろ》、いたんだ。てか、なんで当《あ》たり前《まえ》みたいな顔《かお》して話《はなし》に入《はい》ってるのよ！」

「さ、さっきからずっといるだろうが！　俺《おれ》も退屈《たいくつ》なんだからよ、いいじゃねぇか別《べつ》に」

眉間《みけん》にしわを寄《よ》せて、ばつが悪《わる》そうに私達《わたしたち》を見回《みまわ》す。

留美子《るみこ》も意地悪《いじわる》しなくていいのに、わざわざそんなことを言《い》うんだから。

「いいんじゃない？　『昨日《きのう》』みたいなことがあったら困《こま》るから、高広《たかひろ》も一緒《いっしょ》の方《ほう》がさ。明日香《あすか》もいるしね」

フフッと微笑《ほほえ》んで、理恵《りえ》が留美子《るみこ》をなだめるように答《こた》えた。

確《たし》かに、変《へん》なやつらに絡《から》まれた時《とき》に高広《たかひろ》がいてくれるとありがたいけど……最後《さいご》の言葉《ことば》は余計《よけい》だ。

「はいはい、そうだったね。それで、どこに行《い》くつもりなの？」

「お前《まえ》らなぁ……いい加減《かげん》それを言《い》うのをやめろ……」

さすがに高広《たかひろ》も、何度《なんど》も言《い》われ続《つづ》けると腹《はら》が立《た》つのだろう。

胸《むね》の前《まえ》で握《にぎ》り締《し》めた右《みぎ》の拳《こぶし》が、プルプルと震《ふる》えている。

あまり言《い》われ過《す》ぎると、私《わたし》だって「もういいよ」って言《い》いたくなるから。

でも、高広《たかひろ》がなにを言《い》おうとしたのかは気《き》になる。

男子《だんし》と女子《じょし》で行動《こうどう》が違《ちが》うから、高広《たかひろ》の提案《ていあん》もいいかもしれないと思《おも》っていた。

高広《たかひろ》の提案《ていあん》で学校《がっこう》をあとにした私《わたし》たちは、電車《でんしゃ》に乗《の》っていた。

今《いま》は八代先生《やしろせんせい》と話《はな》すこともないという翔太《しょうた》も、無理矢理《むりやり》連《つ》れ出《だ》して。

なんだか旅行気分《りょこうきぶん》で楽《たの》しい。

「海《うみ》に行《い》こうぜ」なんて、高広《たかひろ》が言《い》い出《だ》した時《とき》には、留美子《るみこ》の反応《はんのう》が怖《こわ》かったけど……意《い》外《がい》と乗《の》り気《き》で、今《いま》じゃあこの中《なか》の誰《だれ》よりもこの状況《じょうきょう》を楽《たの》しんでいる。

「海《うみ》かぁ、夏《なつ》に行《い》きたかったなぁ。それにしても高広《たかひろ》、海《うみ》の近《ちか》くに親戚《しんせき》が住《す》んでるなんて知《し》らなかったよ。あんた、やるじゃん」

「留美子《るみこ》、高広《たかひろ》が凄《すご》いわけじゃないと思《おも》うよ」

はしゃぐ留美子《るみこ》に、冷静《れいせい》に答《こた》える理恵《りえ》。

「ちっ……言《い》うんじゃなかったぜ、こんなに騒《さわ》がしいならよ」

「何言《なにい》ってんの！　海《うみ》だよ海《うみ》！　テンション上《あ》がるっての！　11月《がつ》とはいえ、何年振《なんねんぶ》りのビーチだろ。よかったらまた夏《なつ》に行《い》こうっと」

電車《でんしゃ》の中《なか》で、あまりにうるさい留美子《るみこ》。

「明日香《あすか》、言《い》えないね……高広《たかひろ》の親戚《しんせき》って、おばあちゃんの家《いえ》でしょ？」

「うん……多分《たぶん》」

私《わたし》と理恵《りえ》は、昔一度《むかしいちど》だけ高広《たかひろ》のお父《とう》さんに連《つ》れていってもらったことがある。

海《うみ》と言《い》っても、船着《ふなつ》き場《ば》や桟橋《さんばし》がある漁師町《りょうしまち》に。

そこに着《つ》くまでは、黙《だま》っておこうと思《おも》った。


あれから3時間《じかん》、私達《わたしたち》は電車《でんしゃ》を乗《の》り継《つ》ぎ、高広《たかひろ》のおばあちゃんのいる漁師町《りょうしまち》へとやってきた。

駅前《えきまえ》の通《とお》りでさえも、寂《さび》れた感《かん》じが否《いな》めないこの町《まち》を見《み》て、留美子《るみこ》の表情《ひょうじょう》が変《か》わる。

駅《えき》から徒歩《とほ》15分《ふん》、海《うみ》が見《み》えた時《とき》には歓声《かんせい》を上《あ》げた留美子《るみこ》だけど、それが漁港《ぎょこう》だとわかった瞬間《しゅんかん》、深《ふか》い溜《た》め息《いき》をついた。

「寒《さむ》いじゃない！　なんなのよ、この汚《きたな》い船《ふね》は！　それに……くさっ!!　なにこの匂《にお》い！」

海《うみ》に着《つ》いてもうるさい留美子《るみこ》に、今《いま》にも怒《おこ》り出《だ》しそうな高広《たかひろ》。

「まあまあ、ほら高広《たかひろ》、早《はや》くおばあちゃんの家《いえ》に行《い》こうよ。そのために来《き》たんでしょ？」

「え？　あ、あぁ……」

2人《ふたり》が喧嘩《けんか》を始《はじ》める前《まえ》に、この場《ば》を離《はな》れないと。

きっと高広《たかひろ》は「昨日《きのう》」健司《けんじ》のおばあちゃんと話《はなし》をして、ここに来《き》たいと思《おも》ったのだろう。

それに、高広《たかひろ》のおばあちゃんを見《み》れば、留美子《るみこ》だって機嫌《きげん》がよくなるはず……。

「ったく。することがねぇっつーから、提案《ていあん》しただけだろうがよ……」

まあ、高広《たかひろ》が言《い》うように海《うみ》には違《ちが》いないし、いつもとは違《ちが》う場所《ばしょ》にいることが気分転換《きぶんてんかん》にもなる。

どこにいても……時間《じかん》がきたら、問答無用《もんどうむよう》で学校《がっこう》に呼《よ》び寄《よ》せられるのだから。

「あらあら高《たか》ちゃん、よう来《き》たねぇ。お友達《ともだち》をいっぱい連《つ》れて」

高広《たかひろ》のおばあちゃんの家《いえ》に着《つ》いた私達《わたしたち》は、そのおばあちゃんの出迎《でむか》えを受《う》けた。

家《いえ》を見《み》た時《とき》は、留美子《るみこ》があからさまに嫌《いや》そうな顔《かお》をして「あばら家《や》」の烙印《らくいん》を押《お》したほどだったけど、高広《たかひろ》のおばあちゃんを見《み》て、笑顔《えがお》がこぼれていた。

「やばい……このおばあちゃんかわい過《す》ぎる……」

プルプル震《ふる》えながら私達《わたしたち》を家《いえ》に上《あ》げてくれる、小《ちい》さくて顔《かお》の丸《まる》いおばあちゃん。

留美子《るみこ》のツボは、健司《けんじ》のおばあちゃんを見《み》た時《とき》にわかったから。

「さあさ、早《はは》よう入《はい》らんね。おや、お嬢《じょう》さんは、高《たか》ちゃんのガールフレンドかい？」

「ありがとう、おばあちゃん。でもガールフレンドはあっち。私《わたし》はただの友達《ともだち》」

おばあちゃんの手《て》を取《と》り、ニコニコしながら部屋《へや》に上《あ》がる留美子《るみこ》。

「さて、家《いえ》もわかったことだし、俺《おれ》は海《うみ》を見《み》てこようかな？　人生《じんせい》で初《はつ》の海《うみ》だからさ」

翔太《しょうた》もまた、ソワソワした様子《ようす》で海《うみ》の方《ほう》を気《き》にしている。

人生《じんせい》で初《はつ》の海《うみ》が漁港《ぎょこう》というのも、なんだか寂《さび》しい気《き》がするけど、翔太《しょうた》がそれでいいと言《い》うならいいのだろう。

「あ、じゃあ私《わたし》も行《い》く。明日香《あすか》も行《い》こうよ」

そう言《い》った理恵《りえ》に、半《なか》ば無理矢理《むりやり》連《つ》れ出《だ》されるようにして、私《わたし》も海《うみ》に向《む》かった。

「うわ……やっぱり凄《すご》いな。川《かわ》や湖《みずうみ》とはわけが違《ちが》う」

おばあちゃんの家《いえ》から海《うみ》に向《む》かい、船着《ふなつ》き場《ば》に沿《そ》って歩《ある》いて辿《たど》り着《つ》いた防波堤《ぼうはてい》の先端《せんたん》。

そこで翔太《しょうた》は驚嘆《きょうたん》の声《こえ》を上《あ》げた。

「翔太《しょうた》は、本当《ほんとう》に海《うみ》を見《み》るのが初《はじ》めてなんだね。学校《がっこう》の裏《うら》にある川《かわ》とは、やっぱり違《ちが》うもんだよね」

「そうだな、迫力《はくりょく》が違《ちが》う！」

理恵《りえ》と翔太《しょうた》……2日目《かめ》の「カラダ探《さが》し」で、あんなことがあったけれど、こうして見《み》ているとなかなかお似合《にあ》いだ。

まあ……本人達《ほんにんたち》にそのつもりは全然《ぜんぜん》ないだろうけど。

「こういう気分転換《きぶんてんかん》もいいよね。私達《わたしたち》、ずっと『昨日《きのう》』を繰《く》り返《かえ》してるから、同《おな》じ日《ひ》を作《つく》らないようにしないとね」

理恵《りえ》も私《わたし》と同《おな》じことを思《おも》っている。

私達《わたしたち》は、同《おな》じ「昨日《きのう》」を繰《く》り返《かえ》しているけれど、どの「昨日《きのう》」も私達《わたしたち》の行動《こうどう》1つで違《ちが》うものになる。

それは私達《わたしたち》の精神状態《せいしんじょうたい》を悪化《あっか》させないためには必要《ひつよう》なことで、留美子《るみこ》や高広《たかひろ》といった思《おも》うままに行動《こうどう》する友達《ともだち》がいるということは、考《かんが》え込《こ》んでしまう私《わたし》にとってもありがたい。今《いま》こうして海《うみ》を見《み》ているように、私《わたし》では思《おも》いつかないことを実行《じっこう》してくれるから。

「『カラダ探《さが》し』が終《お》わったら、またみんなで来《き》たいね」

そう言《い》って笑顔《えがお》を見《み》せた理恵《りえ》に、私《わたし》は小《ちい》さく頷《うなず》いた。

3人《にん》で海《うみ》を見《み》ながら数時間《すうじかん》。

私達《わたしたち》の身体《からだ》は完全《かんぜん》に冷《ひ》え切《き》っていて、おばあちゃんの家《いえ》に着《つ》いた時《とき》には風邪《かぜ》をひくかと思《おも》ったほどだった。

留美子《るみこ》はおばあちゃんにべったりくっついていたようで、一緒《いっしょ》に晩御飯《ばんごはん》を作《つく》ったくらい気《き》に入《い》ったらしい。

その晩御飯《ばんごはん》を頂《いただ》き、気《き》づけば外《そと》はもう真《ま》っ暗《くら》。

時計《とけい》の針《はり》は、7時半《じはん》を指《さ》していた。

「明日香《あすか》、ちょっといいか?」

背後《はいご》から高広《たかひろ》に声《こえ》をかけられて、私《わたし》は振《ふ》り返《かえ》った。

「どうしたの? 話《はなし》ならここで聞《き》くよ。コタツっていいよね」

私《わたし》と一緒《いっしょ》にコタツに入《はい》っている理恵《りえ》と翔太《しょうた》は、うつらうつらしていて放《ほう》っておけば眠《ねむ》ってしまうだろう。

「いや、ちょっと見《み》せたいものがあってな。俺《おれ》と一緒《いっしょ》に来《き》てくれ」

そう言《い》って差《さ》し出《だ》した高広《たかひろ》の手《て》を見《み》つめて、私《わたし》は首《くび》を傾《かし》げる。

こんな時間《じかん》になにを見《み》せたいというのだろう。

よく見《み》れば、高広《たかひろ》の背中《せなか》には大《おお》きめのリュックサックが背負《せお》われている。

この家《いえ》にあった物《もの》だろうか？

「んー、まあいいけど。そんな格好《かっこう》で、どこに行《い》くつもりなの？」

私《わたし》は高広《たかひろ》の手《て》を取《と》り、コタツから出《で》てその場《ば》に立《た》ち上《あ》がった。

「昔連《むかしつ》れて行《い》ったことがあるだろ？　あそこに行《い》く」

と、高広《たかひろ》は言《い》ったけど……私《わたし》は、どこのことだかわからなかった。

「ねえ高広《たかひろ》、どこに行《い》くの？」

コタツでやっと温《あたた》まった身体《からだ》が、海《うみ》の風《かぜ》でまた冷《ひ》え始《はじ》めた。

明《あ》かりもなく、黒《くろ》く見《み》える夜《よる》の海《うみ》はなんだか不気味《ぶきみ》で、その中《なか》に引《ひ》き込《こ》まれそうになる。

「覚《おぼ》えてねぇのかよ……まあ、いいけどさ」

そう言《い》い、懐中電灯《かいちゅうでんとう》で前方《ぜんぽう》を照《て》らしながら歩《ある》き続《つづ》ける高広《たかひろ》。

そこは、日中《にっちゅう》に翔太《しょうた》と理恵《りえ》と一緒《いっしょ》に来《き》た防波堤《ぼうはてい》。

その先端《せんたん》とは反対《はんたい》の方向《ほうこう》に歩《ある》いて5分《ふん》。

海岸《かいがん》へと下《お》りる階段《かいだん》。

「あれ……なんか見覚《みおぼ》えがある。ここって、石《いし》ばかりの海岸《かいがん》だよね？」

確《たし》かに、昔連《むかしつ》れていってもらったことがある。

砂浜《すなはま》じゃなく、石《いし》と岩《いわ》で形成《けいせい》された海岸《かいがん》に。

「なんだ、覚《おぼ》えてるじゃねぇか。だったらわかるだろ？　この下《した》だよ」

そう言《い》いながら、階段《かいだん》を照《て》らして海岸《かいがん》へと降《お》りていく高広《たかひろ》。

昔《むかし》は、理恵《りえ》と3人《にん》で来《き》ていたはず。

だったら、理恵《りえ》も誘《さそ》えば喜《よろこ》ぶのに。

階段《かいだん》の下《した》は真《ま》っ暗《くら》で……足元《あしもと》も岩《いわ》で不安定《ふあんてい》。

その中《なか》の一番平《いちばんたい》らで大《おお》きな岩《いわ》の上《うえ》に、高広《たかひろ》は腰《こし》を下《お》ろした。

「え？　もしかしてここ？」

真《ま》っ暗《くら》で、辺《あた》りに光《ひかり》がないこの場所《ばしょ》で、高広《たかひろ》がリュックの中《なか》から毛布《もうふ》を取《と》り出《だ》した。
いったい……なにを見《み》せたいのか。
私《わたし》はそれが気《き》になっていた。

岩《いわ》の上《うえ》に座《すわ》る高広《たかひろ》の隣《となり》に、私《わたし》も腰《こし》を下《お》ろして渡《わた》された毛布《もうふ》にくるまった。
「それで、なにを見《み》せてくれるの？　こんな所《ところ》まで来《き》て」
夜《よる》の海《うみ》で、高広《たかひろ》と2人《ふたり》。
昔《むかし》のような、無邪気《むじゃき》な子供《こども》じゃない。
もう2人《ふたり》とも高校生《こうこうせい》で……私《わたし》は高広《たかひろ》のことが好《す》きになっている。
みんなが言《い》うには高広《たかひろ》も私《わたし》のことが好《す》きみたいだけど、私《わたし》のどこがいいんだろう。
幼《おさな》なじみなら、理恵《りえ》の方《ほう》が性格《せいかく》もいいと思《おも》う。
私《わたし》が理恵《りえ》に勝《か》ってるところなんてないのに。
そんなことを考《かんが》えてみても、高広《たかひろ》の口《くち》からその言葉《ことば》を聞《き》くまではわからない。
もしかすると、全然別《ぜんぜんべつ》の話《はなし》かもしれないし。
「俺《おれ》が知《し》ってる中《なか》で、ここが一番暗《いちばんくら》い場所《ばしょ》なんだ。見《み》てみろよ、空《そら》を」

高広《たかひろ》が指差《ゆびさ》したその先《さき》には……満天《まんてん》の星《ほし》。

月《つき》もまだ出《で》ていない夜空《よぞら》は、星《ほし》の光《ひかり》が綺麗《きれい》に見《み》える。

その光景《こうけい》に、私《わたし》は言葉《ことば》を失《うしな》った。

「昔来《むかしき》た時《とき》は夏《なつ》だったから、星《ほし》はもっと多《おお》かったけど、今《いま》もまだよく見《み》えるだろ？」

「え？　星《ほし》の数《かず》なんて同《おな》じでしょ？」

「バーカ、夏《なつ》は銀河系《ぎんがけい》の中心部分《ちゅうしんぶぶん》を見《み》ているから、冬《ふゆ》よりも見《み》える星《ほし》の数《かず》が多《おお》いんだよ。あとはだな……」

意外《いがい》だった……バカな高広《たかひろ》が、そんなことを知《し》っているなんて。

その後《あと》も、しばらく高広《たかひろ》の宇宙《うちゅう》の話《はなし》が続《つづ》き、私《わたし》はそれをずっと聞《き》いていた。

勉強《べんきょう》はできないのに、どうしてこんなことを知《し》っているのかと思《おも》うくらい、私《わたし》が知《し》らないことを教《おし》えてくれる。

その嬉《うれ》しそうな横顔《よこがお》を見《み》ていると、私《わたし》まで嬉《うれ》しくなって……。

思《おも》わずフフッと笑《わら》ってしまった。

「なんだよ、おかしいこと言《い》ったか？」

「んーん。ただ、高広《たかひろ》が楽《たの》しそうに話《はな》してるから、かわいくてさ」

高広《たかひろ》は、あの頃《ころ》となにも変《か》わっていないのかもしれない。

無邪気《むじゃき》な子供《こども》がそのまま大《おお》きくなったような印象《いんしょう》を受《う》ける。

「なんだよ、かわいいって。あ、お前《まえ》バカにしてんだろ!?」

「違《ちが》うって！　なんか……高広《たかひろ》は昔《むかし》から変《か》わってないなぁって。裏表《うらおもて》がない、純粋《じゅんすい》なまだなって思《おも》ってさ」

「カラダ探《さが》し」のことで、他《ほか》の誰《だれ》かと衝突《しょうとつ》した時《とき》だって、高広《たかひろ》は自分《じぶん》の気持《きも》ちに正直《しょうじき》だったから喧嘩《けんか》になったわけで……。

でも、私《わたし》は自分《じぶん》の気持《きも》ちに正直《しょうじき》にはなれていない。

いつも誰《だれ》かに合《あ》わせている私《わたし》にとっては、そんな高広《たかひろ》が羨《うらや》ましく思《おも》えた。

「まあ……変《か》わってねぇ。明日香《あすか》のことが好《す》きなのは昔《むかし》から変《か》わってねぇし、これからも変《か》わらねぇ」

突然《とつぜん》の高広《たかひろ》の告白《こくはく》に……私《わたし》はドキッとして、思《おも》わず唾《つば》を飲《の》んだ。

「な、なに言《い》ってんの!?　いきなり……」

不意打《ふいう》ちのような高広《たかひろ》の言葉《ことば》に、どういう態度《たいど》を取《と》ればいいのかわからない。

寒《さむ》いはずなのに、顔《かお》が熱《あつ》くて……高広《たかひろ》の顔《かお》も見《み》れなくなってしまった。

どうしてだろう、言《い》われている私《わたし》が恥《は》ずかしい。

「いきなりじゃねぇって、だからずっと昔《むかし》から明日香《あすか》をだな……」

話《はな》すにつれ、徐々《じょじょ》に声《こえ》が小《ちい》さくなっていく高広《たかひろ》。

「そういうことじゃなくて……突然告白《とつぜんこくはく》するんだもん。ビックリするよ」

「それなら、突然《とつぜん》じゃなかったら、いつ言《い》えばいいんだ？」

その質問《しつもん》に対《たい》する答《こた》えを、私《わたし》は持《も》ち合《あ》わせていない。

そう考《かんが》えると、いつ告白《こくはく》すればいいんだろう？

告白《こくはく》をしたことも、されたこともないから、私《わたし》にはわからない。

「まあ、つき合《あ》ってくれとは言《い》わねぇよ。ただ、明日香《あすか》の気持《きも》ちを聞《き》かせてほしいんだ。

俺《おれ》のことをなんとも思《おも》ってなくても、嫌《きら》いでもいいからさ」

私《わたし》は……高広《たかひろ》のことが好《す》きだし、頼《たよ》りにもしている。

でも、本当《ほんとう》にそれが私《わたし》の気持《きも》ちなのかはわからない。

前《まえ》にも思《おも》っていたことだけど、「カラダ探《さが》し」が終《お》わらないと、本当《ほんとう》の答《こた》えが出《で》ないような気《き》がする。

「あのね、高広《たかひろ》……『カラダ探《さが》し』が終《お》わるまで待《ま》ってくれないかな？　その時《とき》には答《こた》えを出《だ》すからさ」

そう言《い》って、私《わたし》は空《そら》を見上《みあ》げた。

「ごめんね高広《たかひろ》。なんか中途半端《ちゅうとはんぱ》な答《こた》えで」

「あ？　別《べつ》にいいって。それに、『カラダ探《さが》し』が終《お》わったら聞《き》かせてくれるんだろ？　だったら待《ま》つさ」

答《こた》えが中途半端《ちゅうとはんぱ》なら、私達《わたしたち》の距離《きょり》も中途半端《ちゅうとはんぱ》。人1人分《ひとひとりぶん》の間《あいだ》を開《あ》けて、おばあちゃんの家《いえ》に向《む》かっていた。

漁師《りょうし》は寝《ね》るのが早《はや》いと聞《き》いたことがあるけど、ここから見《み》える民家《みんか》の半分以上《はんぶんいじょう》が照明《しょうめい》を消《け》して暗《くら》くなっている。

「暗《くら》いね……漁師《りょうし》の人達《ひとたち》って、何時《なんじ》くらいに寝《ね》るの？」

「ん？　俺《おれ》のじいちゃんが生《い》きてた時《とき》は、20時《じ》には寝《ね》てたかな？」

高広《たかひろ》の言葉《ことば》に、私《わたし》は携帯電話《けいたいでんわ》の時計《とけい》を確認《かくにん》した。

時間《じかん》は……21時《じ》1分《ぷん》!?

「えっ！　どうしよう、遥《はるか》が来《く》る時間《じかん》だよ！」

「そんな時間《じかん》かよ……」

今日《きょう》は、遥《はるか》はどこから来《く》るのだろう。

外《そと》を歩《ある》いている時《とき》に、遥《はるか》に頼《たの》まれたことは一度《いちど》もない。

どこから来《く》るのか……だから、まったく予測《よそく》できなかった。

「どこから来《く》るんだろ……どうせなら、もう普通《ふつう》に来《き》てほしいんだけど」

私《わたし》がそう言《い》った時《とき》だった。


ジャリッ……。


私《わたし》と、隣《となり》を歩《ある》く高広《たかひろ》の真後《まうし》ろで、石《いし》を踏《ふ》むような音《おと》が聞《き》こえた。

もしかして……私達《わたしたち》の後《うし》ろにいるのが遥《はるか》？

私《わたし》が振《ふ》り返《かえ》れば、遥《はるか》はすぐに「カラダ探《さが》し」を頼《たの》むだろう。

でも、もしかすると、変質者《へんしつしゃ》という可能性《かのうせい》だってある。

遥《はるか》なら、逃《に》げても時間《じかん》がきたら頼《たの》みにくるのだから、変質者《へんしつしゃ》の可能性《かのうせい》も考《かんが》えて逃《に》げた方《ほう》がいい。

「明日香《あすか》！」

高広《たかひろ》がそう叫《さけ》び、私《わたし》は手首《てくび》を握《にぎ》られた。

そして、暗闇《くらやみ》の中《なか》を走《はし》り出《だ》したのだ。

逃《に》げても逃《に》げなくても同《おな》じだけど……高広《たかひろ》が走《はし》るなら私《わたし》も走《はし》らないと。

「ハァ……ハァ……」

まるで「赤《あか》い人《ひと》」に追《お》われているかのような不安《ふあん》が、私《わたし》の全身《ぜんしん》を駆《か》け巡《めぐ》る。

ドクンドクンと、心臓《しんぞう》から送《おく》られる血液《けつえき》に乗《の》せて運《はこ》ばれるように。

私達《わたしたち》はしばらく走《はし》って最初《さいしょ》に見《み》えた小屋《こや》の陰《かげ》に、倒《たお》れ込《こ》むようにして隠《かく》れた。

グイッと私《わたし》は抱《だ》き締《し》められた。

でも……すぐ後《うし》ろを変質者《へんしつしゃ》か遥《はるか》が走《はし》っていたなら、ここに隠《かく》れていても見《み》つかるんじゃないの？

目《め》を閉《と》じて、抱《だ》き締《し》められたまま私《わたし》はガタガタと震《ふる》えていた。

私《わたし》が怖《こわ》がらないようにと、頭《あたま》を撫《な》でてくれている。

でも……後《うし》ろを走《はし》っていた人物《じんぶつ》が私達《わたしたち》に懐中電灯《かいちゅうでんとう》の光《ひかり》を向《む》けたのだ。

「ハァ……ハァ……明日香《あすか》、お前《まえ》……誰《だれ》といるんだ？」

そんな言葉《ことば》が聞《き》こえて、懐中電灯《かいちゅうでんとう》でこちらを照《て》らしているのは……高広《たかひろ》？

どうして高広《たかひろ》がそこにいるの？

じゃあ、今私《いまわたし》を抱《だ》き締《し》めているこの人《ひと》は……。

高広《たかひろ》が懐中電灯《かいちゅうでんとう》の光《ひかり》で照《て》らし出《だ》した、私《わたし》を抱《だ》き締《し》めている人物《じんぶつ》。

地面《じめん》に腰《こし》を下《お》ろし、私《わたし》の頭《あたま》を撫《な》でていたのは……遥《はるか》だった。

無表情《むひょうじょう》で懐中電灯《かいちゅうでんとう》の光《ひかり》を見《み》つめているその姿《すがた》は、高広《たかひろ》から見《み》れば異様《いよう》以外《いがい》の何物《なにもの》でもないだろう。

「い、いやっ!!　離《はな》して！」

遥《はるか》の腕《うで》を振《ふ》りほどこうと、必死《ひっし》に抵抗《ていこう》するけど……全然動《ぜんぜんうご》けない。

「明日香《あすか》！　離《はな》れろ、この野郎《やろう》!!」

いくら遥《はるか》が化《ば》け物《もの》みたいだとはいえ、相手《あいて》は女《おんな》の子《こ》。

高広《たかひろ》も手荒《てあら》なことはできないようで……私《わたし》の頭《あたま》を撫《な》でる手《て》を引《ひ》き剥《は》がそうとするけれど、まったく動《うご》かない。

そして……。

「ねえ、2人《ふたり》とも……私《わたし》のカラダを探《さが》して」

そう言《い》い、高広《たかひろ》を振《ふ》り払《はら》った遥《はるか》。

ゆっくりと私《わたし》の顔《かお》を覆《おお》うように倒《たお》れてきて、迫《せま》る遥《はるか》の顔《かお》に恐怖《きょうふ》を感《かん》じた私《わたし》は、思《おも》わず目《め》を閉《と》じた。

しばらく沈黙《ちんもく》が訪《おとず》れ……私《わたし》を包《つつ》んでいた遥《はるか》の身体《からだ》の感触《かんしょく》がなくなって、地面《じめん》に倒《たお》れてしまう。

「痛《いた》っ！」

短《みじか》い悲鳴《ひめい》のあと、手《て》を振《ふ》り払《はら》われた高広《たかひろ》が私《わたし》に手《て》を差《さ》し伸《の》べる。

「明日香《あすか》、大丈夫《だいじょうぶ》か？」

「毎晩《まいばん》……こんなの嫌《いや》だよ。今日《きょう》で終《お》わりにしよう」

そう言《い》い、私《わたし》は高広《たかひろ》の手《て》を取《と》った。

遥《はるか》に「カラダ探《さが》し」を頼《たの》まれたあと、おばあちゃんの家《いえ》に着《つ》くまでに、いつ高広《たかひろ》と遥《はるか》が入《い》れ替《か》わっていたのかを聞《き》いていた。

私《わたし》の背後《はいご》で、なにかを踏《ふ》みつけたような音《おと》が聞《き》こえた時《とき》、すでに私《わたし》の隣《となり》に遥《はるか》がいたようで、その音《おと》を出《だ》したのが高広《たかひろ》だと言《い》うのだ。

そして、私《わたし》の隣《となり》に誰《だれ》かがいると気《き》づいた高広《たかひろ》が声《こえ》をかけたけど、私《わたし》は遥《はるか》に手首《てくび》を掴《つか》まれて走《はし》ったらしい。

高広《たかひろ》が少《すこ》し後《うし》ろを歩《ある》いていたのではなく、私《わたし》が早足《はやあし》になっていたと、そこで初《はじ》めて知《し》ったのだ。

おばあちゃんの家《いえ》に着《つ》き、そっと玄関《げんかん》を開《あ》けて家《いえ》の中《なか》に入《はい》ると、留美子《るみこ》が今《いま》にも泣《な》き出《だ》しそうな表情《ひょうじょう》で、土間《どま》にしゃがみ込《こ》んでいた。

きっと、遥《はるか》に頼《たの》まれたのだろうけど……その頼《たの》み方《かた》に恐怖《きょうふ》したに違《ちが》いない。

「る、留美子《るみこ》、大丈夫《だいじょうぶ》⁉」

「明日香《あすか》、大丈夫《だいじょうぶ》じゃないよ……毎日酷《まいにちひど》くなるよ。遥《はるか》の頼《たの》み方《かた》」

私《わたし》の顔《かお》を見《み》て、涙《なみだ》を目《め》に溜《た》める。

よほど怖《こわ》い目《め》に遭《あ》ったのだろう。

「ここ、ぼっとん便所《べんじょ》なんだもん……おしっこして、パンツ上《あ》げようとしたら足首《あしくび》を誰《だれ》かに掴《つか》まれて、見《み》たんだけど何《なに》もなくてさ。顔《かお》を上《あ》げたら、目《め》の前《まえ》に遥《はるか》がいたの……」

それは……怖《こわ》い。

私《わたし》は、留美子《るみこ》の背中《せなか》をなでることしかできなかった。


部屋《へや》に入《はい》ると、理恵《りえ》と翔太《しょうた》はコタツに入《はい》り、寝《ね》ていた。

と、いうことは、この2人《ふたり》は遥《はるか》の頼《たの》みに気《き》づかなかったということだ。

いつかの高広《たかひろ》といい、今日《きょう》の2人《ふたり》といい、なんて羨《うらや》ましいんだろう。

私《わたし》は一度《いちど》も眠《ねむ》ってやり過《す》ごしたことはない。

「翔太《しょうた》、理恵《りえ》、起《お》きなよ。布団《ふとん》敷《し》いたんだからさ」

おばあちゃんと一緒《いっしょ》に用意《ようい》したという留美子《るみこ》が、2人《ふたり》の身体《からだ》を揺《ゆ》すって起《お》こそうとする。

でも、よほど疲《つか》れていたのか、2人《ふたり》が目《め》を覚《さ》ますことはなかった。

翔太《しょうた》なんて普段《ふだん》は見《み》せないような、よだれを垂《た》らして寝《ね》ている姿《すがた》。

「まあ……翔太《しょうた》はいいとしても、理恵《りえ》は布団《ふとん》まで運《はこ》んであげるか」

そう留美子《るみこ》は言《い》うけれど、結局《けっきょく》理恵《りえ》を運《はこ》んだのは高広《たかひろ》。

私達《わたしたち》も布団《ふとん》に入《はい》り、夜《よる》の「カラダ探《さが》し」に備《そな》えて寝《ね》ることにした。

おばあちゃんはすでに寝《ね》ていて、その隣《となり》の布団《ふとん》に入《はい》る留美子《るみこ》。

「今日《きょう》で、カラダを全部《ぜんぶ》見《み》つけられるかな？」

「できればそうしたいよね、もう殺《ころ》されるのも、遥《はるか》に頼《たの》まれるのも嫌《いや》だからさ」

そんなことを話《はな》しながら、私達《わたしたち》は眠《ねむ》りに落《お》ちていった。

今日《きょう》でカラダを全部《ぜんぶ》見《み》つけるつもりで。


私達《わたしたち》が寝《ね》ている間《あいだ》に、時計《とけい》は0時《じ》を回《まわ》ったようだ。

私達《わたしたち》は、唯一《ゆいいつ》起《お》きていた高広《たかひろ》に起《お》こされて、なんとか玄関《げんかん》のドアが開《あ》く前《まえ》に目《め》を覚《さ》ますことができたのだ。

「あれ？　学校《がっこう》……そっか、始《はじ》まったんだね」

大《おお》きなあくびをして、ゆっくりと立《た》ち上《あ》がった留美子《るみこ》。

一番最後《いちばんさいご》に起《お》きたのが彼女《かのじょ》だった。

「じゃあ、昼間《ひるま》言《い》った作戦《さくせん》で行《い》くぞ。なるべく時間《じかん》はかけずに行《い》こう」

「わかった。全部《ぜんぶ》調《しら》べたら、例《れい》の場所《ばしょ》に集合《しゅうごう》だね」

健司《けんじ》に聞《き》かれたら、そこで待《ま》ち伏《ぶ》せされるかもしれないから。

だからあえて場所《ばしょ》は口《くち》に出《だ》さない。

「今日《きょう》で全部《ぜんぶ》の教室《きょうしつ》を調《しら》べるか。残《のこ》り少《すく》ねぇなら、やれるだろ」

フンッと鼻《はな》で笑《わら》い、自信《じしん》に満《み》ちた表情《ひょうじょう》を見《み》せる高広《たかひろ》。

ゴールは見《み》えた。

そんな時《とき》には、人《ひと》は最後《さいご》の一踏《ひとふ》ん張《ば》りができる。

今夜《こんや》のこの「カラダ探《さが》し」が正《まさ》にそれで、頑張《がんば》る時《とき》なのだ。

私《わたし》だって、今回《こんかい》で終《お》わるかと思《おも》うと、俄然《がぜん》やる気《き》が出《で》てくる。

今《いま》は、恐怖《きょうふ》よりも期待《きたい》の方《ほう》が大《おお》きいから。

玄関《げんかん》のドアの前《まえ》に陣取《じんど》り、その時《とき》を待《ま》っていた。

そして、目《め》の前《まえ》で開《あ》き始《はじ》める玄関《げんかん》のドアを見《み》ながら、私達《わたしたち》は走《はし》る準備《じゅんび》を整《ととの》えた。


「昨日《きのう》」と同《おな》じように、開《あ》いたドアの隙間《すきま》から身《み》を滑《すべ》り込《こ》ませる私達《わたしたち》。

目的《もくてき》の部屋《へや》はわかってる。

私達《わたしたち》がまず向《む》かうべきは東棟《ひがしとう》の3階《かい》。

ここは2日目《かめ》に健司《けんじ》が調《しら》べていたはずだけど、詳《くわ》しくどこを調《しら》べたとは言《い》っていなかった。

私《わたし》の推測《すいそく》になるけど、健司《けんじ》は3階《かい》の南側《みなみがわ》から調《しら》べ始《はじ》めて、教室《きょうしつ》を1つとトイレを終《お》わらせたあと、翔太《しょうた》の声《こえ》を聞《き》いたのだと思《おも》う。

そして、北側《きたがわ》の階段《かいだん》まで走《はし》り、生産棟《せいさんとう》の方《ほう》に逃《に》げた。

そうじゃなく、3階《かい》の南側《みなみがわ》の階段《かいだん》を下《お》りたというのであれば、生産棟《せいさんとう》じゃなく、西棟《にしとう》に向《む》かったはずだから。

東棟《ひがしとう》の2階《かい》で3人《にん》と分《わ》かれ、私《わたし》と高広《たかひろ》はさらに上《うえ》へと階段《かいだん》を駆《か》けた。

「明日香《あすか》、1部屋《へや》ずつ潰《つぶ》していくぞ！」

「うん、北側《きたがわ》から調《しら》べよ！　健司《けんじ》は南側《みなみがわ》から調《しら》べてたはずだから！」

健司《けんじ》が言《い》ったのは、私《わたし》と理恵《りえ》だけ。

だからこれは高広《たかひろ》が知《し》らない情報《じょうほう》だ。

とは言《い》っても、推測《すいそく》だから、もしかしたら違《ちが》うかもしれない。

でも、どうせ全部《ぜんぶ》の部屋《へや》を調《しら》べるのだから、どちらから探《さが》しても同《おな》じだとは思《おも》うけど。

「よし、北側《きたがわ》の教室《きょうしつ》だな！」

3階《かい》に着《つ》いた私達《わたしたち》は、階段《かいだん》の北側《きたがわ》に1部屋《へや》だけある教室《きょうしつ》へと入《はい》った。

いつもここまでは順調《じゅんちょう》。

問題《もんだい》は、最初《さいしょ》の校内放送《こうないほうそう》だ。

東棟《ひがしとう》3階《かい》、生産棟《せいさんとう》1階《かい》に「赤《あか》い人《ひと》」が現《あらわ》れないように、私《わたし》は祈《いの》りながら教室内《きょうしつない》を調《しら》べ始《はじ》めた。

「高広《たかひろ》、掃除用具《そうじようぐ》入《い》れとかゴミ箱《ばこ》を調《しら》べてよ。私《わたし》は前《まえ》の方《ほう》を調《しら》べるからさ」

「わかった！　3分《ぷん》で終《お》わらせるぞ！」

自分《じぶん》の前《まえ》に、2つ机《つくえ》が見《み》えるように、まずは前《まえ》から2列目《れつめ》に入《はい》り、机《つくえ》の中《なか》を2つずつ同時《どうじ》に、次々《つぎつぎ》と調《しら》べていく。

机《つくえ》の中《なか》だと、腕以外《うでいがい》は入《はい》りそうにないから、カラダを探《さが》すのは思《おも》ったよりは楽《らく》かもしれない。

前《まえ》から1、2列目《れつめ》の机《つくえ》の中《なか》を終《お》わらせて、次《つぎ》に3、4列目《れつめ》に移《うつ》る。

それと同時《どうじ》に、掃除用具《そうじようぐ》入《い》れとゴミ箱《ばこ》を調《しら》べ終《お》えた高広《たかひろ》も、5、6列目《れつめ》を調《しら》べ始《はじ》めた。

「この教室《きょうしつ》にはねぇな……次《つぎ》に行《い》くか？」

高広《たかひろ》が言《い》った通《とお》り、本当《ほんとう》に3分《ぷん》で終《お》わりそうな勢《いきお》いだ。

校内放送《こうないほうそう》もまだ流《なが》れていないし、この調子《ちょうし》でいければ本当《ほんとう》に今日《きょう》で校舎《こうしゃ》を調《しら》べることが可能《かのう》に思《おも》える。

「うん、次《つぎ》に行《い》こう」

調《しら》べることに慣《な》れたのか、それとも雑《ざつ》になっているだけなのか、1つの教室《きょうしつ》を調《しら》べ終《お》わる速度《そくど》は上《あ》がっていた。

私達《わたしたち》は教室《きょうしつ》から出《で》ると、すぐに南側《みなみがわ》へと向《む》かい、階段《かいだん》を越《こ》えて最初《さいしょ》の部屋《へや》に駆《か》け込《こ》んだ。

どうやらここは倉庫《そうこ》のようだけど、掃除用具《そうじようぐ》やチョークなどがあるだけで、パッと見《み》ただけでなにもないことがわかる。

その中《なか》を調《しら》べ終《お》わり、隣《となり》の教室《きょうしつ》に入《はい》った時《とき》だった。

『「赤《あか》い人《ひと》」が、西棟《にしとう》3階《かい》に現《あらわ》れました。皆《みな》さん気《き》をつけてください』

という校内放送《こうないほうそう》が流《なが》れた。

「高広《たかひろ》！　しゃがんで！」

「あぁ？　なんだいきなり」

私《わたし》がなぜそんなことを言《い》ったのか、理解《りかい》できない様子《ようす》だけど、それでも身体《からだ》を屈《かが》めてくれる。

この教室《きょうしつ》は、西側《にしがわ》に窓《まど》がある。

つまり、西棟《にしとう》の3階《かい》に「赤《あか》い人《ひと》」が現《あらわ》れたということは、向《む》こうの廊下《ろうか》から、こちらの教室《きょうしつ》を見《み》られている可能性《かのうせい》があるということだ。

「こうしないと、向《む》こうにいる『赤《あか》い人《ひと》』に見《み》つかるかもしれないでしょ。このままの体《たい》勢《せい》で調《しら》べるしかないよ」

できるだけ身《み》を低《ひく》く、四《よ》つん這《ば》いで机《つくえ》を調《しら》べる。

高広《たかひろ》も、「面倒《めんどう》くせぇ」と言《い》いながら、低《ひく》い体勢《たいせい》で調《しら》べ始《はじ》めた。

こうしていると、2日目《かめ》のことを思《おも》い出《だ》す。

「赤《あか》い人《ひと》」が教室《きょうしつ》に入《はい》ってきて、机《つくえ》の上《うえ》を飛《と》び跳《は》ねていた時《とき》のことを。

あれは2階《かい》だったけれど、こうしているとまた、「赤《あか》い人《ひと》」が入《はい》ってきそうで。

まだ大丈夫《だいじょうぶ》だとはいえ、少《すこ》し不安《ふあん》はある。

あの時《とき》とは違《ちが》うことがあるから。

「健司《けんじ》はどこに行《い》ったのかな。今日《きょう》は声《こえ》が聞《き》こえなかったよね?」

この、健司《けんじ》が……山岡泰蔵《やまおかたいぞう》という存在《そんざい》が厄介《やっかい》だった。

「さあな、叫《さけ》ぶのに飽《あ》きたんじゃねぇか？」

そんなはずはないと思《おも》いながらも、私《わたし》はそれを完全《かんぜん》には否定《ひてい》することはできなかった。

四《よ》つん這《ば》いのままその教室《きょうしつ》を調《しら》べ終《お》わり、隣《となり》の教室《きょうしつ》に向《む》かった。

東棟《ひがしとう》の3階《かい》、3部屋《へや》を調《しら》べ終《お》わっても、まだ次《つぎ》の校内放送《こうないほうそう》が流《なが》れない。

「赤《あか》い人《ひと》」は、もう西棟《にしとう》の3階《かい》から移動《いどう》したのだろうか。

もしも、屋上《おくじょう》に出《で》られていると、健司《けんじ》が調《しら》べたと推測《すいそく》される最後《さいご》の教室《きょうしつ》に入《はい》ること自《じ》体《たい》が困難《こんなん》になる。

身《み》を低《ひく》くしても、上《うえ》から見《み》られてしまえば意味《いみ》がないから。

「そう言《い》えばよ。この教室《きょうしつ》の横《よこ》から行《い》ける屋上《おくじょう》はどうなんだ？　そこに出《で》られるなら、旧《きゅう》校舎《こうしゃ》に行《い》くのも楽《らく》なんじゃねぇのか？」

高広《たかひろ》が言《い》っている屋上《おくじょう》とは、ちょうど図書室《としょしつ》の上《うえ》に位置《いち》する、人工芝《じんこうしば》が敷《し》かれた広場《ひろば》。

3階《かい》に渡《わた》り廊下《ろうか》は無《な》いけれど、この屋上《おくじょう》は西棟《にしとう》と東棟《ひがしとう》を行《い》き来《き》することができる唯一《ゆいいつ》の場所《ばしょ》なのだ。

でも、西棟《にしとう》の3階《かい》を調《しら》べた翔太《しょうた》が、そんな所《ところ》を見落《みお》とすとは思《おも》えない。

「じゃあ、次《つぎ》の校内放送《こうないほうそう》が流《なが》れたら、行《い》けるかどうか調《しら》べようよ。『赤《あか》い人《ひと》』がまだ西棟《にしとう》にいたら困《こま》るでしょ？」

「結局《けっきょく》、待《ま》たなきゃならねぇのかよ」

2人《ふたり》で窓側《まどがわ》の壁《かべ》にもたれかかり、腰《こし》を下《お》ろしてその時《とき》を待《ま》つことにした。

シーンと静《しず》まり返《かえ》った教室《きょうしつ》の中《なか》で、高広《たかひろ》と2人《ふたり》。

話《はな》すことがなにもなく、ただ校内放送《こうないほうそう》が流《なが》れるのを待《ま》っていた。


『「赤《あか》い人《ひと》」が、東棟《ひがしとう》2階《かい》に現《あらわ》れました。皆《みな》さん気《き》をつけてください』


私達《わたしたち》が窓際《まどぎわ》に腰《こし》を下《お》ろしてから、そんなに時間《じかん》は経《た》っていなかった。

「よし、行《い》くか」

「赤《あか》い人《ひと》」が移動《いどう》して、立《た》ち上《あ》がる私《わたし》と高広《たかひろ》。

これで3階《かい》は自由《じゆう》に動《うご》けるようになったけど、階下《かいか》には「赤《あか》い人《ひと》」がいる。

もしも、トイレと一番南側《いちばんみなみがわ》の教室《きょうしつ》を調《しら》べている時《とき》に、3階《かい》に移動《いどう》してきたら……私達《わたしたち》は確実《かくじつ》に追《お》い詰《つ》められる。

それだけは避《さ》けたかった。

「高広《たかひろ》、静《しず》かに行《い》こうね。物音《ものおと》でも気《き》づかれるかもしれないから」

私《わたし》の言葉《ことば》に「わかってる」と呟《つぶや》き、教室《きょうしつ》を出《で》る。

そして、この隣《となり》にある屋上《おくじょう》に出《で》る引《ひ》き戸《ど》の前《まえ》に立《た》ち、高広《たかひろ》がクレセントタイプの錠《じょう》に手《て》をかけた。

カチャッと音《おと》を立《た》て、回転《かいてん》するクレセント。

高広《たかひろ》が言《い》うように、ここから出《で》られるなら旧校舎《きゅうこうしゃ》へ行《い》くことが容易《ようい》になる。

それを考《かんが》えると期待《きたい》は膨《ふく》らむ。

「どう？　開《あ》きそう？」

「今《いま》からだって、ちょっと待《ま》ってろよ」

戸《と》に手《て》をかける高広《たかひろ》。

その手《て》に、少《すこ》し力《ちから》を入《い》れたのだろう。

カラカラカラ……という音《おと》と共《とも》に、戸《と》が開《あ》いたのだ。

「あ、開《あ》いたよ……」

私《わたし》はそれに、寒気《さむけ》がした。

今日《きょう》までの「カラダ探《さが》し」で、自分《じぶん》の思《おも》い通《どお》りに事《こと》が運《はこ》んだことなんてほとんどなかったから。

「ここを調《しら》べるのは1人《ひとり》で大丈夫《だいじょうぶ》だよな？　残《のこ》り1部屋《へや》と便所《べんじょ》、明日香《あすか》はどっちを調《しら》べる？」

その質問《しつもん》に、私《わたし》は悩《なや》んだ。

屋上《おくじょう》は調《しら》べる所《ところ》なんてほとんどない。

今《いま》、ここから出《で》る必要《ひつよう》はないと思《おも》う。

あくまでも、すべての棟《とう》を調《しら》べてカラダがなかった時《とき》に旧校舎《きゅうこうしゃ》に行《い》かなければならない。

そのためだけの手段《しゅだん》として使《つか》う場所《ばしょ》なのだから。

「開《あ》くことがわかったんだから、調《しら》べる必要《ひつよう》はないんじゃないかな？　まずは教室《きょうしつ》とトイレを調《しら》べようよ」

私《わたし》がそう言《い》った理由《りゆう》は他《ほか》にもあった。

この屋上《おくじょう》は、西棟《にしとう》の廊下《ろうか》、東棟《ひがしとう》の教室《きょうしつ》、玄関前《げんかんまえ》のホールのいずれの場所《ばしょ》からも見《み》られてしまう。

つまり、放送室《ほうそうしつ》のブラインドが開《あ》いていれば、ここにいることがわかってしまうのだ。

中《なか》の人《ひと》に見《み》つかって、「赤《あか》い人《ひと》」を呼《よ》ばれたくはない。

それは、最終手段《さいしゅうしゅだん》でよいと私《わたし》は思《おも》っていた。

「それなら早《はや》く行《い》こうぜ。開《あ》くことがわかっただけでも、収穫《しゅうかく》はあったからな」

と、高広《たかひろ》がトイレ側《がわ》を指差《ゆびさ》した時《とき》だった。


「……をちぎってあかくする～」


隣《となり》にある階段《かいだん》の下《した》から、「赤《あか》い人《ひと》」の歌《うた》が微《かす》かに聞《き》こえた。

この声《こえ》が聞《き》こえたと同時《どうじ》に、高広《たかひろ》が私《わたし》の口《くち》を手《て》で塞《ふさ》いで壁《かべ》に背《せ》をつけた。

「赤《あか》い人《ひと》」が迫《せま》っているかもしれないという不安《ふあん》と、高広《たかひろ》に抱《だ》かれている緊張《きんちょう》が混《ま》ざり合《あ》って、なんとも言《い》い難《がた》いドキドキが私《わたし》の胸《むね》を貫《つらぬ》く。

「静《しず》かにしてろ。お前《まえ》が言《い》ったことだろうが」

私《わたし》の耳《みみ》に、息《いき》を吹《ふ》きかけるように囁《ささや》く。

「赤《あか》い人《ひと》」がどこに向《む》かっているのかはわからない。

それでも、徐々《じょじょ》に小《ちい》さくなって行《い》く歌《うた》に、私《わたし》は安堵《あんど》していた。

「高広《たかひろ》、わざとやってるの？　耳《みみ》に息《いき》を吹《ふ》きかけるなんて……」

「え、あぁ……悪《わる》い」

私《わたし》が高広《たかひろ》の手《て》を口《くち》から離《はな》してそう囁《ささや》くと、そのまま手《て》を頭《あたま》にやり、申《もう》しわけなさそうな表情《ひょうじょう》を浮《う》かべる。

まあ、わざとやったわけじゃなさそうだし、別《べつ》にいいけど。

それにしても、階下《かいか》に「赤《あか》い人《ひと》」がいるかと思《おも》うと迂闊《うかつ》に身動《みうご》きが取《と》れない。

物音《ものおと》ひとつで、私達《わたしたち》に気《き》づいてしまうかもしれないから。

「とりあえずトイレだよね。一番近《いちばんちか》いし」

西棟《にしとう》も東棟《ひがしとう》も、生産棟《せいさんとう》や工業棟《こうぎょうとう》と比《くら》べると、どうしてもトイレが汚《きたな》い。

自分《じぶん》で言《い》ったものの……正直《しょうじき》、あまり行《い》きたくはなかった。

トイレ、そして一番南側《いちばんみなみがわ》の教室《きょうしつ》を調《しら》べ終《お》わり、私達《わたしたち》はまた選択《せんたく》を迫《せま》られていた。

まだ移動《いどう》していないなら、東棟《ひがしとう》の2階《かい》には「赤《あか》い人《ひと》」がいる。

「で、どうすんだ？　予定通《よていどお》り2階《かい》に行《い》くのか？」

「まだ『赤《あか》い人《ひと》』がいるでしょ。今行《いまい》っても見《み》つかるだけだよ。それに……放送室《ほうそうしつ》もあるし」

この東棟《ひがしとう》の南側《みなみがわ》にある階段《かいだん》を下《お》りれば、渡《わた》り廊下《ろうか》を挟《はさ》んで放送室《ほうそうしつ》がある。

もしも、中《なか》の人《ひと》に私達《わたしたち》がいることを知《し》られたら、「昨日《きのう》」の私《わたし》みたいに「赤《あか》い人《ひと》」を呼《よ》び寄《よ》せられるかもしれない。

そう考《かんが》えると、東棟《ひがしとう》の2階《かい》が一番《いちばん》危険《きけん》な場所《ばしょ》に思《おも》えた。

「じゃあ、また待《ま》ちか？　今日《きょう》はずいぶんのんびりだな」

「だって、仕方《しかた》ないでしょ。私達《わたしたち》のどちらか1人《ひとり》は大職員室《だいしょくいんしつ》に行《い》かなきゃ、3人《にん》がここを調《しら》べにくるかもしれないじゃん」

そう、大職員室《だいしょくいんしつ》で合流《ごうりゅう》して、どこまで調《しら》べたかを伝《つた》えないと二度手間《にどでま》になるのだ。

最悪《さいあく》、私《わたし》か高広《たかひろ》のどちらかが死《し》んでも辿《たど》り着《つ》かなければならない。

「まあ、生産棟《せいさんとう》は教室《きょうしつ》が多《おお》いからな。少《すこ》しくらい待《ま》っても大丈夫《だいじょうぶ》だろ」

そう言《い》い、階段《かいだん》に腰《こし》を下《お》ろす高広《たかひろ》。

「赤《あか》い人《ひと》」はまだいい。

健司《けんじ》がどこにいるのか……それが気《き》になっていた。

『「赤《あか》い人《ひと》」が、生産棟《せいさんとう》1階《かい》に現《あらわ》れました。皆《みな》さん気《き》をつけてください』

校内放送《こうないほうそう》が流《なが》れて、待《ま》ってましたと言《い》わんばかりに立《た》ち上《あ》がる高広《たかひろ》。

あれから5分《ふん》、なんだか今日《きょう》は拍子抜《ひょうしぬ》けするくらい、「赤《あか》い人《ひと》」に対《たい》する恐怖《きょうふ》がないように思《おも》える。

「さて、今度《こんど》こそ行《い》くぞ。2階《かい》は南側《みなみがわ》の2部屋《へや》と便所《べんじょ》でいいんだろ?」

翔太《しょうた》が描《か》いた見取《みと》り図《ず》では、バツがついていない場所《ばしょ》はそうだけど……。

「今《いま》、生産棟《せいさんとう》1階《かい》って言《い》ったよね? みんな大丈夫《だいじょうぶ》かな?」

「翔太《しょうた》がいるから大丈夫《だいじょうぶ》だろ。いざとなったら、囮《おとり》になってでも理恵《りえ》と留美子《るみこ》は守《まも》るだろうし」

確《たし》かに「昨日《きのう》」も、翔太《しょうた》が囮《おとり》になっていたようだけど……2日続《かつづ》けてそれは、少《すこ》し可哀想《かわいそう》な気《き》もする。

かと言《い》って、私達《わたしたち》が行《い》くのは無意味《むいみ》。

死者《ししゃ》が増《ふ》えるくらいなら、調《しら》べると言《い》った部屋《へや》を調《しら》べた方《ほう》がみんなのためになる。

最近《さいきん》、私《わたし》がずっと思《おも》っていることだ。

「じゃあ、すぐに調《しら》べよう。まずはトイレ、その後《あと》、隣《となり》の教室《きょうしつ》で合流《ごうりゅう》ね。できるだけ物《もの》音《おと》を立《た》てないように。話《はな》すのも禁止《きんし》」

放送室《ほうそうしつ》だから防音設備《ぼうおんせつび》は整《ととの》ってるだろうけど、中《なか》の人《ひと》がどういう行動《こうどう》に出《で》るかわからない。

もしもドアを少《すこ》し開《あ》けていたりしたら、物音《ものおと》や話《はな》し声《ごえ》で気《き》づかれる可能性《かのうせい》があるから。

私達《わたしたち》はゆっくりと、足音《あしおと》を立《た》てないように階段《かいだん》を下《お》りていった。


足音《あしおと》を極力《きょくりょく》立《た》てないように下《お》りた2階《かい》。

素早《すばや》くトイレに入《はい》った私《わたし》は、フウッと息《いき》を吐《は》いた。

壁《かべ》にもたれて、目《め》の前《まえ》の手洗《てあら》い場《ば》の鏡《かがみ》に自分《じぶん》の姿《すがた》を映《うつ》して。

夜《よる》の学校《がっこう》で、しかもトイレの鏡《かがみ》……。

「カラダ探《さが》し」を始《はじ》める前《まえ》だったら、こんなシチュエーションは絶対《ぜったい》にごめんだ。

でも今《いま》は、そんなことを言《い》ってる場合《ばあい》じゃない。

トイレの中《なか》に歩《ほ》を進《すす》め、掃除用具《そうじようぐ》入《い》れを開《あ》けてみる。

デッキブラシや無駄《むだ》に長《なが》いホース、バケツや雑巾《ぞうきん》といった物《もの》があるだけで、カラダは見《み》当《あ》たらない。

ドアを閉《し》め、トイレの個室《こしつ》の中《なか》を確認《かくにん》する。

和式《わしき》の水洗《すいせん》トイレ。

内側《うちがわ》に開《ひら》かれたドアは、外《そと》から見《み》るだけでカラダがないことがわかる。

そして隣《となり》の個室《こしつ》。

ここにもない。

まあ、このトイレにはないんだろうなと思《おも》いながらも、最後《さいご》の洋式《ようしき》トイレのドアに手《て》をかけようとした時《とき》だった。

えっ？

私《わたし》はドアに触《ふ》れる瞬間《しゅんかん》、思《おも》わずその手《て》を引《ひ》っ込《こ》めた。

取《と》っ手《て》の小《ちい》さな穴《あな》の部分《ぶぶん》が、ドアがロックされているという意味《いみ》の赤色《あかいろ》になっていたから。

そして……視線《しせん》を感《かん》じた私《わたし》は、ゆっくりと携帯電話《けいたいでんわ》を天井《てんじょう》の方《ほう》に向《む》けた。

携帯電話《けいたいでんわ》が照《て》らし出《だ》したその先《さき》には……黒《くろ》い頭《あたま》のようなものが、一瞬《いっしゅん》だけど見《み》えた。

だ、誰《だれ》!?

背筋《せすじ》に悪寒《おかん》が走《はし》り、手足《てあし》がガクガクと震《ふる》え始《はじ》める。

悲鳴《ひめい》を上《あ》げたいくらい怖《こわ》いけれど、放送室《ほうそうしつ》が近《ちか》くにあることを考《かんが》えると声《こえ》が出《だ》せない。

そして……カチャッという、ロックが解除《かいじょ》された音《おと》。


キィィイ……。


ドアが、ゆっくりと開《ひら》かれる。

逃《に》げたい、今《いま》すぐ高広《たかひろ》のいる隣《となり》のトイレに逃《に》げ込《こ》みたい。

なのに、足《あし》が動《うご》かない。

もう慣《な》れたせいか、「赤《あか》い人《ひと》」や健司《けんじ》に遭遇《そうぐう》した時《とき》はすぐに逃《に》げ出《だ》せるのに……。

このじわじわと迫《せま》りくるような恐怖《きょうふ》は、「赤《あか》い人《ひと》」に見《み》つからないように隠《かく》れている時《とき》に似《に》ている。

そのドアの縁《ふち》を、中《なか》から伸《の》びる手《て》が掴《つか》んだ。

さらに開《ひら》かれたドアに、少《すこ》しずつ後退《あとずさ》りするのが精一杯《せいいっぱい》。

誰《だれ》なの……「赤《あか》い人《ひと》」は生産棟《せいさんとう》の1階《かい》にいるはずだし、これは健司《けんじ》の手《て》じゃない。

もしかして、放送室《ほうそうしつ》の中《なか》の人《ひと》がこんな所《ところ》に？

そう考《かんが》えると、さらに足《あし》が震《ふる》えて……。

壁《かべ》にもたれないと、立《た》っていられない。

そして、そのドアから出《で》てきた人物《じんぶつ》が私《わたし》に駆《か》け寄《よ》り、抱《だ》きついてきたのだ。

あまりに理解不能《りかいふのう》な行動《こうどう》、そして把握《はあく》できない状況《じょうきょう》に、私《わたし》は悲鳴《ひめい》を上《あ》げることもできなかった。

「あ、明日香《あすか》！　よかった……会《あ》えた」

え？　この声《こえ》……そして、私《わたし》の胸《むね》に押《お》し当《あ》てられている、大《おお》きく柔《やわ》らかい胸《むね》。

「り、理恵《りえ》？　どうしてこんな所《ところ》に……」

わけがわからない、理恵《りえ》は翔太《しょうた》と留美子《るみこ》の3人《にん》で動《うご》いていたはずなのに。

「残《のこ》りの教室《きょうしつ》が少《すく》なくなったから、あとは2人《ふたり》でやるからって……明日香達《あすかたち》がどこにいるかわからないし、『赤《あか》い人《ひと》』の歌《うた》が聞《き》こえなかったから、ここに隠《かく》れてたの。それで、溜《た》め息《いき》が聞《き》こえたから……」

怖《こわ》がりのはずなのに、理恵《りえ》がこんな大胆《だいたん》な行動《こうどう》を取《と》るなんて。

「赤《あか》い人《ひと》」や健司《けんじ》に見《み》つかったら、殺《ころ》されるかもしれないのに。

「ビックリしたよ……理恵《りえ》がここにいるなんて思《おも》ってないから。放送室《ほうそうしつ》の中《なか》の人《ひと》だと思《おも》ったよ」

でも、翔太《しょうた》が理恵《りえ》だけをこっちによこしたということは、生産棟《せいさんとう》でカラダが見《み》つかっていないということ。

「あ、理恵《りえ》、なるべく静《しず》かにしよう。放送室《ほうそうしつ》の中《なか》の人《ひと》に気《き》づかれないように」

生産棟《せいさんとう》で2人《ふたり》が無事《ぶじ》なのかという不安《ふあん》はあった。

でも、正直《しょうじき》なところ、理恵《りえ》が来《き》てくれて嬉《うれ》しかった。


トイレを調《しら》べ終《お》わり、南側《みなみがわ》の教室《きょうしつ》に入《はい》ると、高広《たかひろ》はすでに机《つくえ》の中《なか》を調《しら》べていた。

私達《わたしたち》を見《み》て、首《くび》を傾《かし》げていたけど、理由《りゆう》を説明《せつめい》したら納得《なっとく》してくれたようだ。

理恵《りえ》と合流《ごうりゅう》して、調《しら》べる速度《そくど》も上《あ》がり、調《しら》べていなかった教室《きょうしつ》すべてを終《お》えることができた。

残《のこ》るは、大職員室《だいしょくいんしつ》。

生徒玄関《せいとげんかん》の上《うえ》に位置《いち》する、先生達《せんせいたち》の部屋《へや》。

でも、人《ひと》が多《おお》いからか、各棟《かくとう》の職員室《しょくいんしつ》に籠《こも》る先生《せんせい》も少《すく》なくない。

つまり、体育館《たいいくかん》を除《のぞ》けば一番大《いちばんおお》きな部屋《へや》。

「さて、最後《さいご》の部屋《へや》だな。大職員室《だいしょくいんしつ》に1個《こ》、生産棟《せいさんとう》に1個《こ》、んで、旧校舎《きゅうこうしゃ》に1個《こ》で『カラダ探《さが》し』は終《お》わりだ」

私《わたし》と理恵《りえ》に、ニヤリと笑《え》みを浮《う》かべて囁《ささや》く高広《たかひろ》。

問題《もんだい》は旧校舎《きゅうこうしゃ》だけど……それも、図書室《としょしつ》の上《うえ》の屋上《おくじょう》から下《お》りれば、西棟《にしとう》の屋上《おくじょう》からよりも危険《きけん》は少《すく》なくて済《す》む。

そして、放送室《ほうそうしつ》。

大職員室《だいしょくいんしつ》と生産棟《せいさんとう》のどちらか一方《いっぽう》になかった場合《ばあい》、なんとかして乗《の》り込《こ》むしかない。

それが終《お》われば……やっと、この悪夢《あくむ》から抜《ぬ》け出《だ》せる。

でも、「カラダ探《さが》し」が終《お》わって、もしも遥《はるか》が生《い》き返《かえ》ったとしても……私達《わたしたち》は遥《はるか》を今《いま》まで通《どお》りに友達《ともだち》として見《み》ることができるのかな。

足音《あしおと》を立《た》てないようにゆっくりと歩《ある》きながら、私達《わたしたち》は大職員室《だいしょくいんしつ》に向《む》かった。

大職員室《だいしょくいんしつ》の前《まえ》の廊下《ろうか》を確認《かくにん》した高広《たかひろ》が、私達《わたしたち》に手招《てまね》きをする。

「よし、いいぞ。来《こ》い!」

足音《あしおと》を立《た》てないように、私達《わたしたち》はその後《あと》に続《つづ》いた。

大職員室《だいしょくいんしつ》のドアを開《あ》け、その隙間《すきま》から身《み》を滑《すべ》り込《こ》ませる。

中《なか》は廊下《ろうか》よりも少《すこ》し暖《あたた》かくて、冷《ひ》えた身体《からだ》を包《つつ》み込《こ》んでくれるような感覚《かんかく》が気持《きも》ちよかった。

「2人《ふたり》とも……奥《おく》に誰《だれ》かいるよ」

室内《しつない》を見回《みまわ》していた理恵《りえ》が、その場所《ばしょ》を指差《ゆびさ》して私達《わたしたち》に囁《ささや》く。

理恵《りえ》が指差《ゆびさ》したその先《さき》には、ゴソゴソと蠢《うごめ》く人影《ひとかげ》があったのだ。

ここからでは、あれが誰《だれ》かがわからない。

身長《しんちょう》から見《み》ても、「赤《あか》い人《ひと》」ではないことは確《たし》かだけど……健司《けんじ》だとすれば、ここで待《ま》ち合《あ》わせたことは最大《さいだい》のミス。

翔太達《しょうたたち》が来《き》てしまったら、確実《かくじつ》に殺《ころ》されてしまうだろう。

ゆっくりと屈《かが》み、デスクの陰《かげ》へと移動《いどう》する私達《わたしたち》。

まだ人影《ひとかげ》はこちらに気《き》づいていない。

ここから、あれが誰《だれ》なのかを特定《とくてい》できれば……。

そう思《おも》っていた時《とき》だった。

「あんた達《たち》、そんな所《ところ》でなにしてんの？」

背後《はいご》からかけられた声《こえ》に身体《からだ》がビクンと反応《はんのう》して、私《わたし》は慌《あわ》てて振《ふ》り返《かえ》った。

そこには……呆《あき》れたように私達《わたしたち》を見下《みお》ろす留美子《るみこ》が立《た》っていたのだ。

「ん？　留美子《るみこ》、なにかあったか？」

大職員室《だいしょくいんしつ》の奥《おく》で蠢《うごめ》く人影《ひとかげ》が振《ふ》り返《かえ》って、手《て》にした携帯電話《けいたいでんわ》の光《ひかり》を私達《わたしたち》に向《む》けた。

この声《こえ》は……翔太《しょうた》？

「なにもないよ。明日香達《あすかたち》が隠《かく》れてただけ」

深《ふか》い溜《た》め息《いき》をつき、翔太《しょうた》に指差《ゆびさ》して見《み》せる。

「よかったぁ……もう、2人《ふたり》ともビックリさせないでよ」

そう言《い》い、理恵《りえ》がその場《ば》に立《た》ち上《あ》がった。

私《わたし》と高広《たかひろ》も立《た》ち上《あ》がって、翔太《しょうた》を見《み》る。

「別《べつ》にそんなつもりはなかったんだけどな。終《お》わったら、ここに集合《しゅうごう》って言《い》っておいただろ？　だから来《き》ただけなんだけど」

調《しら》べ終《お》わったらここに集合《しゅうごう》……確《たし》かにそうは言《い》っていたけど、私達《わたしたち》より早《はや》く着《つ》いているとは思《おも》わなかった。

それに、「赤《あか》い人《ひと》」が生産棟《せいさんとう》の1階《かい》に現《あらわ》れたって、校内放送《こうないほうそう》が流《なが》れたから。

「最後《さいご》の教室《きょうしつ》を調《しら》べてる時《とき》に、あの校内放送《こうないほうそう》が流《なが》れたから焦《あせ》ったけどね」

焦《あせ》ったと言《い》いながらも、今《いま》じゃあすっかり余裕《よゆう》を見《み》せている留美子《るみこ》。

2人《ふたり》が無事《ぶじ》だったのは嬉《うれ》しい。

でも、調《しら》べ終《お》わったのなら、カラダは見《み》つかったのだろうか？

「それで、明日香達《あすかたち》の方《ほう》は、カラダは見《み》つかったのか？」

翔太《しょうた》の言葉《ことば》に、私《わたし》は首《くび》を横《よこ》に振《ふ》った。


翔太《しょうた》の話《はなし》によると、生産棟《せいさんとう》にカラダはなかったようだ。

と、なると、この大職員室《だいしょくいんしつ》に1つはある。

仮《かり》にないとしても、旧校舎《きゅうこうしゃ》と放送室《ほうそうしつ》に3つあるはずだ。

そうでなければ、計算《けいさん》が合《あ》わないから。

でも……私達《わたしたち》が、大職員室《だいしょくいんしつ》の中《なか》をいくら探《さが》してもカラダは見《み》つからなかった。

「くそっ！　ここにもねぇのかよ！」

怒《いか》りに任《まか》せて椅子《いす》を蹴《け》り飛《と》ばす高広《たかひろ》。

あまり大《おお》きな音《おと》を立《た》てると、健司《けんじ》が近《ちか》くにいた場合気《ばあいき》づかれるかもしれないけど……。

「赤《あか》い人《ひと》」が移動《いどう》したことを教《おし》えてくれる校内放送《こうないほうそう》は、まだ流《なが》れていない。

だとすれば、生産棟《せいさんとう》にいるはずだから、そこまでは音《おと》は聞《き》こえないはず。

「放送室《ほうそうしつ》は、八代先生《やしろせんせい》が『カラダ探《さが》し』をさせられた時《とき》には入《はい》れなかったと言《い》っていた……なら、旧校舎《きゅうこうしゃ》に3つあると考《かんが》えるしかない」

自分《じぶん》でも、そんな都合《つごう》のよい話《はなし》があるなんて思《おも》ってはいないのだろう。

俯《うつむ》いて頭《あたま》を掻《か》く翔太《しょうた》の姿《すがた》は自信《じしん》がなさそうで、どことなく焦《あせ》っているような様子《ようす》だった。

「旧校舎《きゅうこうしゃ》だぞ、旧校舎《きゅうこうしゃ》！　新校舎《しんこうしゃ》に5つで、旧校舎《きゅうこうしゃ》に3つあるなんて不自然《ふしぜん》だろうが！工業棟《こうぎょうとう》の半分《はんぶん》もない校舎《こうしゃ》だぞ！」

思《おも》い描《えが》いていた結果《けっか》と違《ちが》っていたのか、高広《たかひろ》が翔太《しょうた》に詰《つ》め寄《よ》り声《こえ》を上《あ》げた。

「そう考《かんが》えるしかないだろ！　旧校舎《きゅうこうしゃ》が小《ちい》さくても、カラダが3つある可能性《かのうせい》はゼロじゃないんだ！」

「ハッ！　それなら、カラダが8つ全部《ぜんぶ》旧校舎《きゅうこうしゃ》に隠《かく》されてるって方《ほう》が、まだ説得力《せっとくりょく》があるぜ！」

「俺《おれ》に文句《もんく》を言《い》うなよ！　俺《おれ》が隠《かく》してるわけじゃないんだ！」

こんな時《とき》に言《い》い合《あ》いを始《はじ》める高広《たかひろ》と翔太《しょうた》。

「カラダ探《さが》し」を始《はじ》めた最初《さいしょ》の頃《ころ》のように、留美子《るみこ》がまた2人《ふたり》の喧嘩《けんか》を煽《あお》るんじゃないかと心配《しんぱい》になり、止《と》めようと口《くち》を開《ひら》こうとした時《とき》だった。

「はいはい。ここまで来て喧嘩《けんか》して、あんた達《たち》なにがしたいの？　翔太《しょうた》は考《かんが》え過《す》ぎ！

高広《たかひろ》はバカなんだから考《かんが》えても無駄《むだ》！　旧校舎《きゅうこうしゃ》を調《しら》べるのが先《さき》でしょ！」

その留美子《るみこ》が、２人《ふたり》の喧嘩《けんか》の仲裁《ちゅうさい》に入《はい》ったのだ。

高広《たかひろ》に対《たい》しては、喧嘩《けんか》を売《う》っているとも取《と》られかねない言《い》い方《かた》だけど。

「うるせぇな！　バカなのはわかってんだよ！」

やっぱり怒《おこ》ったけど、本気《ほんき》で怒《おこ》っているわけじゃないということはわかる。

留美子《るみこ》も、「カラダ探《さが》し」を始《はじ》める前《まえ》と今《いま》とでは、かなり変《か》わったと思《おも》う。

「自分《じぶん》がよければそれでいい」といった感《かん》じだったのに、今《いま》は人《ひと》のことを考《かんが》えて動《うご》けるようになっていた。


とりあえず私達《わたしたち》は、旧校舎《きゅうこうしゃ》に向《む》かうためにまず何《なに》をするべきかを話《はな》し合《あ》っていた。

西棟《にしとう》の屋上《おくじょう》、図書室《としょしつ》の上《うえ》にある屋上《おくじょう》のどちらから降《お》りるかを考《かんが》えると、安全《あんぜん》なのは図《と》書室《しょしつ》の上《うえ》。

問題《もんだい》は、どうやって降《お》りるかということ。

西棟《にしとう》の屋上《おくじょう》から飛《と》び降《お》りれば、仮《かり》に死《し》ななかったとしても、旧校舎《きゅうこうしゃ》を調《しら》べるなんて絶《ぜっ》対《たい》に無理《むり》だ。

まあ、飛《と》び降《お》りるなんてことはしないだろうけれど。

「ハシゴなんて届《とど》かないだろうからな、なにか使《つか》えるような物《もの》を見《み》なかったか？」

翔太《しょうた》の言葉《ことば》に、今《いま》までに調《しら》べた教室《きょうしつ》を思《おも》い出《だ》そうと頭《あたま》を悩《なや》ませる私達《わたしたち》。

私《わたし》が回《まわ》った教室《きょうしつ》には、そんな道具《どうぐ》はなかった。

「うーん」と、唸《うな》って首《くび》を傾《かし》げる留美子《るみこ》。

「高広《たかひろ》、あんたはなにも思《おも》い出《だ》せないの？　工業棟《こうぎょうとう》を調《しら》べたんでしょ？」

「カラダを探《さが》してたんだ、そこまで見《み》てねぇよ」

そう言《い》われればそうだ。

私達《わたしたち》はカラダを探《さが》していたのであって、そんな道具《どうぐ》を探《さが》していたわけじゃない。

私《わたし》だって工業棟《こうぎょうとう》の1階《かい》を調《しら》べたけど、なにがあったかなんてほとんど覚《おぼ》えていないのだから。

「とりあえず、行《い》ってみようぜ。考《かんが》えてても解決《かいけつ》しねぇだろ？」

そう言《い》って立《た》ち上《あ》がる高広《たかひろ》を見《み》て、私《わたし》もそれに続《つづ》いて立《た》ち上《あ》がった。

高広《たかひろ》の言《い》う通《とお》りに、大職員室《だいしょくいんしつ》を出《で》た私達《わたしたち》。

工業棟《こうぎょうとう》に行《い》くためには、まず生産棟《せいさんとう》に入《はい》らなければいけない。

「赤《あか》い人《ひと》」が、移動《いどう》したという校内放送《こうないほうそう》がまだないから、生産棟付近《せいさんとうふきん》にいるであろうということがわかる。

それはいいとして、西棟《にしとう》の廊下《ろうか》から生産棟《せいさんとう》の一番奥《いちばんおく》までは見通《みとお》すことができる。

そして、工業棟《こうぎょうとう》への渡《わた》り廊下《ろうか》と、生産棟《せいさんとう》の東《ひがし》と西《にし》を繋《つな》ぐ廊下《ろうか》も繋《つな》がっている。

端《はし》から端《はし》まで見通《みとお》せる廊下同士《ろうかどうし》が、そこで交差《こうさ》しているのだ。

もしも、この廊下《ろうか》のどこかに「赤《あか》い人《ひと》」か健司《けんじ》がいたら、見《み》つかってしまう可能性《かのうせい》がかなり高《たか》くなってしまう。

そこに注意《ちゅうい》して進《すす》まなければならないのだ。

「どう？　歌《うた》は聞《き》こえる？」

「とりあえずは……大丈夫《だいじょうぶ》みたい」

大職員室《だいしょくいんしつ》の前《まえ》の廊下《ろうか》から西棟《にしとう》の廊下《ろうか》の物音《ものおと》を聞《き》いていた私《わたし》は、理恵《りえ》に答《こた》えた。

「細《こま》かく刻《きざ》んで行《い》くしかないな。できるだけ走《はし》らずに、音《おと》を聞《き》きながら進《すす》もう」

走《はし》ると微《かす》かな物音《ものおと》を聞《き》き逃《のが》すかもしれないから、翔太《しょうた》の言《い》う通《とお》りゆっくり歩《ある》いて行《い》くべきだと私《わたし》も思《おも》う。

足音《あしおと》を立《た》てないように、私達《わたしたち》5人《にん》は生産棟《せいさんとう》へと向《む》かって歩《ある》き出《だ》した。

「だりぃなぁ、さっさと走《はし》っていけばいいじゃねぇか」

私達《わたしたち》が耳《みみ》を澄《す》ましながらゆっくりと歩《ある》いているというのに、それを邪魔《じゃま》するように高《たか》広《ひろ》が喋《しゃべ》り出《だ》す。

「だからあんたはバカだっての。さっきの話《はなし》を聞《き》いてなかったの？『赤《あか》い人《ひと》』も健司《けんじ》も、今《いま》どこにいるかわからないから音《おと》を聞《き》きながら歩《ある》いてるんでしょ！」

西棟《にしとう》と生産棟《せいさんとう》を繋《つな》ぐ、渡《わた》り廊下《ろうか》を歩《ある》いている途中《とちゅう》で留美子《るみこ》が言《い》う。

その声《こえ》も、私《わたし》には邪魔《じゃま》でしかないんだけど……。

「2人《ふたり》とも、静《しず》かにしようね」

理恵《りえ》が、高広《たかひろ》と留美子《るみこ》の背中《せなか》を叩《たた》き、人差《ひとさ》し指《ゆび》を立《た》てて口《くち》に当《あ》てる。

「シーッ！」と理恵《りえ》に言《い》われたら、2人《ふたり》も黙《だま》らないわけにはいかない。

そのまま歩《ある》き続《つづ》けて生産棟《せいさんとう》に入《はい》り、階段《かいだん》の前《まえ》。

目《め》の前《まえ》にある交差点《こうさてん》が一番怖《いちばんこわ》い。

そっと耳《みみ》を近《ちか》づけて、廊下《ろうか》の音《おと》を聞《き》く。

目《め》を閉《と》じて、微《かす》かな物音《ものおと》も聞《き》き逃《のが》さないように。

耳《みみ》に痛《いた》いほどの静寂《せいじゃく》の中《なか》、あの歌《うた》が聞《き》こえないと判断《はんだん》した私《わたし》は、みんなに頷《うなず》いて、工《こう》業棟《ぎょうとう》へと続《つづ》く渡《わた》り廊下《ろうか》の方《ほう》へと歩《ある》き出《だ》した。

できるだけ早《はや》く、だけど足音《あしおと》は立《た》てないように。

この調子《ちょうし》ならいける。

渡《わた》り廊下《ろうか》の真《ま》ん中《なか》まで来《き》て、そう思《おも》った時《とき》だった。

『「赤《あか》い人《ひと》」が、工業棟《こうぎょうとう》2階《かい》に現《あらわ》れました。皆《みな》さん気《き》をつけてください』

まるで、私達《わたしたち》の行動《こうどう》を読《よ》んでいるかのような校内放送《こうないほうそう》が流《なが》れた。

「じょ、冗談《じょうだん》でしょ？　どうするのよ……これじゃあ、行《い》けないじゃん」

今《いま》の校内放送《こうないほうそう》で感《かん》じたのは恐怖《きょうふ》なのか。

留美子《るみこ》が発《はっ》した声《こえ》は小《ちい》さく、震《ふる》えている。

「言《い》ってる場合《ばあい》か、階段《かいだん》まで戻《もど》るぞ」

翔太《しょうた》の判断《はんだん》は早《はや》かった。

言《い》うより早《はや》く、今来《いまき》た道《みち》を引《ひ》き返《かえ》す。

もう少《すこ》しで工業棟《こうぎょうとう》だったのに……。

でも、ここで「赤《あか》い人《ひと》」に見《み》つかってしまえば、全員《ぜんいん》が死《し》んでしまう可能性《かのうせい》がある。

確実《かくじつ》に「赤《あか》い人《ひと》」がいるとわかっている場所《ばしょ》に、わざわざ飛《と》び込《こ》む必要《ひつよう》はない。

「そうだね、見《み》つからないうちに早《はや》く戻《もど》ろう」

あの歌《うた》はまだ聞《き》こえない。

つまり、この近《ちか》くにはまだ「赤《あか》い人《ひと》」はいないということだ。

「高広《たかひろ》、それでも行《い》くなんて言《い》わないでよね」

私《わたし》が止《と》めないと行《い》きそうな気《き》がして。

高広《たかひろ》の手《て》を取《と》り、生産棟《せいさんとう》に引《ひ》き返《かえ》した。

今日《きょう》はまだ、誰《だれ》も死《し》んでいない。

いつもなら2人《ふたり》か3人《にん》は死《し》んでいてもおかしくない時間《じかん》なのに。

生産棟《せいさんとう》の階段《かいだん》に着《つ》いて、みんながいることを確認《かくにん》した時《とき》だった。

「……っかにそめあげて〜」


廊下《ろうか》の方《ほう》じゃない……階段《かいだん》の方《ほう》から、あの歌《うた》が聞《き》こえた。

「赤い人《あかいひと》」が工業棟《こうぎょうとう》にいるなら、この歌《うた》を唄《うた》っているのは……健司《けんじ》だ。

そのせいか、踊り場《おどりば》で聞《き》いた時《とき》のような、上《うえ》からか下《した》からかわからないというようなことはない。

確実《かくじつ》に上《うえ》から聞《き》こえている。

「おいおい、マジかよ……健司《けんじ》まで来《く》るなんて」

どうすればいいかわからないといった様子《ようす》で、階段《かいだん》を見上《みあ》げる翔太《しょうた》。

「どこかに隠《かく》れないと、見《み》つかったら殺《ころ》されるよ」

「わかってるよ。でも……どこに隠《かく》れる？」

囁《ささや》き声《ごえ》で言《い》い合《あ》いを始《はじ》める翔太《しょうた》と留美子《るみこ》。

そんなことをしてる場合《ばあい》じゃないのに。

でも、翔太《しょうた》が悩《なや》む理由《りゆう》は私《わたし》にもわかる。

階段《かいだん》を下《お》りれば足音《あしおと》で気《き》づかれるかもしれない。

廊下《ろうか》に戻《もど》り、交差点《こうさてん》を通過《つうか》すれば、「赤《あか》い人《ひと》」に見《み》られるかもしれない。

可能性《かのうせい》の問題《もんだい》でしかないけれど、「赤《あか》い人《ひと》」に見《み》つかれば健司《けんじ》にも気《き》づかれると思《おも》うから。

「お前《まえ》ら、考《かんが》える暇《ひま》があるなら動《うご》け」

口《くち》を開《ひら》いたのは高広《たかひろ》だった。

なんのためらいもなく廊下《ろうか》に出《で》て、西棟《にしとう》の方《ほう》に向《む》かって歩《ある》き出《だ》したのだ。

高広《たかひろ》がなにを考《かんが》えて引《ひ》き返《かえ》しているのかはわからない。

けれど、どうすればいいかわからない私達《わたしたち》はそれに続《つづ》いた。

渡《わた》り廊下《ろうか》を戻《もど》り、最初《さいしょ》にある教室《きょうしつ》に全員《ぜんいん》が入《はい》った。

それと同時《どうじ》に、生産棟《せいさんとう》の方《ほう》から聞《き》こえてくるあの歌《うた》。

教室《きょうしつ》のドアを少《すこ》し開《あ》けて、廊下《ろうか》の音《おと》を聞《き》いている私《わたし》。

その歌《うた》は、徐々《じょじょ》に遠《とお》ざかっていって……こちらには来《き》ていないということがわかり、ホッと溜《た》め息《いき》をついた。

「大丈夫《だいじょうぶ》、行《い》ったみたい」

私《わたし》がそう言《い》うと、安心《あんしん》したような表情《ひょうじょう》を浮《う》かべて机《つくえ》に腰《こし》かける留美子《るみこ》。

「でも、これからどうする……工業棟《こうぎょうとう》に行《い》くどころか、これじゃあ生産棟《せいさんとう》にも行《い》けないぞ」

頭《あたま》を抱《かか》えながら、翔太《しょうた》はうろうろと教室《きょうしつ》の中《なか》を歩《ある》き回《まわ》っている。

工業棟《こうぎょうとう》に行《い》けばなにかがあるかもしれないのに、そこには「赤《あか》い人《ひと》」がいて、さらには健司《けんじ》までが生産棟《せいさんとう》にいるのだから、どうしようもない。

「あ！　そう言《い》えば、トイレのホースってさ、かなり長《なが》くない？　西棟《にしとう》の3階《かい》にあったホースは、10メートルくらいあるんじゃないかな？」

「あんなボロいホースで屋上《おくじょう》から降《お》りるって言《い》うつもりか？　ぶら下《さ》がった途端《とたん》、千切《ちぎ》れて落《お》ちるぞ」

せっかく思《おも》い出《だ》したのに……翔太《しょうた》もイライラしてるからって、そんな言《い》い方《かた》はやめてほしい。

「そうだ！　ロープじゃないけど、使《つか》えそうな物《もの》があったかも！」

なにを思《おも》い出《だ》したのか、理恵《りえ》が声《こえ》を上《あ》げた。

教室内《きょうしつない》を動《うご》き回《まわ》っていた翔太《しょうた》が動《うご》きを止《と》めて理恵《りえ》の方《ほう》を向《む》いた。

「で？　その使《つか》えそうな物《もの》ってのは、どこにあるんだ？」

翔太《しょうた》が訊《たず》ねるより先《さき》に、高広《たかひろ》が理恵《りえ》に歩《あゆ》み寄《よ》り訊《たず》ねる。

でも、理恵《りえ》が1人《ひとり》でいた時間《じかん》は短《みじか》いはず。

いつも、誰《だれ》かと一緒《いっしょ》にいたはずだから、理恵《りえ》が知《し》っているなら他《ほか》の誰《だれ》かが知《し》っていてもおかしくない。

「体育館《たいいくかん》の倉庫《そうこ》に、綱引《つなひ》きの綱《つな》があったと思《おも》うけど……あったよね？　留美子《るみこ》」

「え？　あー……あったかな？　覚《おぼ》えてないや」

体育館《たいいくかん》に行《い》ったのは、健司《けんじ》に無理《むり》やり抱《だ》きしめられた日《ひ》だ。

高広《たかひろ》も言《い》っていたけど、カラダを探《さが》すことで精一杯《せいいっぱい》の状況《じょうきょう》では、他《ほか》の物《もの》を見《み》ている余《よ》裕《ゆう》なんてなかったから。

留美子《るみこ》が覚《おぼ》えていないのも無理《むり》はない。

「綱《つな》か！　図書室《としょしつ》の上《うえ》から降《お》りる分《ぶん》には十分《じゅうぶん》な長《なが》さだな。西棟《にしとう》の屋上《おくじょう》からでもいけるかもしれない」

理恵《りえ》の言葉《ことば》に、翔太《しょうた》の表情《ひょうじょう》がパアッと明《あか》るくなった。

確《たし》かに綱《つな》なら、切《き》れないだろうし長《なが》さもあるから大丈夫《だいじょうぶ》だと思《おも》う。

それに、「赤《あか》い人《ひと》」も健司《けんじ》も遠《とお》くにいるから、行《い》くなら今《いま》しかない。

私達《わたしたち》に、迷《まよ》っている暇《ひま》はなかった。


廊下《ろうか》の音《おと》を聞《き》いて、近《ちか》くに「赤《あか》い人《ひと》」も健司《けんじ》もいないことを確認《かくにん》して、私達《わたしたち》は教室《きょうしつ》を飛《と》び出《だ》した。

この部屋《へや》の隣《となり》にある階段《かいだん》を下《お》り、生徒玄関《せいとげんかん》の前《まえ》を通《とお》って東棟《ひがしとう》に入《はい》る。

そして、東棟《ひがしとう》の南側《みなみがわ》にある体育館《たいいくかん》へと走《はし》った。

入《い》り口《ぐち》の重《おも》い扉《とびら》も、男子《だんし》がいるだけで簡単《かんたん》に開《あ》く。

理恵《りえ》が言《い》っていたのは、1階《かい》の体育館倉庫《たいいくかんそうこ》。

その扉《とびら》も開《あ》けて、棚《たな》に巻《ま》かれて置《お》かれている綱《つな》を見《み》つけることができた。

ここまでは凄《すご》く順調《じゅんちょう》だったのに……ここで問題《もんだい》が発生《はっせい》したのだ。

「うっ!!　お、重《おも》い……」

その綱《つな》を持《も》とうとした翔太《しょうた》が、情《なさ》けない声《こえ》を上《あ》げた。

勉強《べんきょう》はできるけど、力《ちから》はクラスの男子《だんし》の中《なか》でも弱《よわ》い方《ほう》だから仕方《しかた》がないかもしれない。

なんとか棚《たな》から下《お》ろすことはできたけど、それを持《も》ち上《あ》げることができないのだ。

「ダメだ……綱《つな》って、こんなに重《おも》いのか。こんなに長《なが》いのは必要《ひつよう》ないのに」

「体育祭《たいいくさい》で見《み》なかったのかよ。50メートルはあるんだぜ。軽《かる》いわけがねぇだろ」

そう言《い》い、巻《ま》かれた綱《つな》の一部《いちぶ》を肩《かた》にかけて、ゆっくりと立《た》ち上《あ》がる高広《たかひろ》。

こういう時《とき》の高広《たかひろ》は頼《たの》もしい。

「おい、お前《まえ》ら！　見《み》てねぇで手《て》を貸《か》せ！　やっぱ重《おも》いわ」

重《おも》いってわかってて持《も》ったんじゃないの？

少《すこ》しガッカリしながらも、私達《わたしたち》は綱《つな》を一緒《いっしょ》に持《も》ち上《あ》げた。

高広《たかひろ》が先頭《せんとう》になり、その後《うし》ろで私達《わたしたち》が綱《つな》を持《も》って、東棟《ひがしとう》の3階《かい》に向《む》かった。

体育館《たいいくかん》からだと、廊下《ろうか》に出《で》てすぐにあるトイレの隣《となり》。

そこにある階段《かいだん》を上《あ》がれば、私《わたし》と高広《たかひろ》が今日最初《きょうさいしょ》にいた場所《ばしょ》へと辿《たど》り着《つ》ける。

でも、綱《つな》を運《はこ》びながら階段《かいだん》を上《あ》がるのはかなりきつい。

使《つか》い込《こ》まれた綱《つな》は、湿気《しっけ》を含《ふく》んでいるからか、それともまとまっていないせいか、相当《そうとう》重《おも》く感《かん》じる。

それに、運《はこ》んでいる私達《わたしたち》の息《いき》もバラバラで、高広《たかひろ》1人《ひとり》に負担《ふたん》がかかっているように思《おも》えた。

なんとか図書室《としょしつ》の上《うえ》の屋上《おくじょう》に運《はこ》ぶことはできたけど、私達《わたしたち》はそれだけで疲《つか》れて、人工《じんこう》芝《しば》の上《うえ》に腰《こし》を下《お》ろしていた。

「お前《まえ》ら……もっと力《ちから》入《い》れて運《はこ》べよな……」

呼吸《こきゅう》も荒《あら》く、高広《たかひろ》が私達《わたしたち》を見回《みまわ》して呟《つぶや》く。

きっと、綱《つな》の半分《はんぶん》くらいの重量《じゅうりょう》が高広《たかひろ》の肩《かた》にかかっていたに違《ちが》いない。

「だってさ……ぐにゃぐにゃしてるんだもん……持《も》ちにくいし」

「高広《たかひろ》、ごめんね……私《わたし》、あまり役《やく》に立《た》ってなかった」

留美子《るみこ》も理恵《りえ》も、言葉《ことば》に性格《せいかく》が出《で》ている。

翔太《しょうた》なんかは声《こえ》も出《だ》せないといった様子《ようす》で、ヒューヒューという音《おと》が聞《き》こえるような呼吸《こきゅう》だ。

でも、これで終《お》わりじゃない。

ここからが本番《ほんばん》なのだ。

屋上《おくじょう》で僅《わず》かな休憩《きゅうけい》を取《と》ったあと、私達《わたしたち》は地面《じめん》に降《お》りる場所《ばしょ》を探《さが》していた。

この場所《ばしょ》に出《で》ることができるのはわかっていたけど、放送室《ほうそうしつ》の中《なか》の人《ひと》や「赤《あか》い人《ひと》」に見《み》つからないようにする方法《ほうほう》は考《かんが》えてなかったから。

放送室《ほうそうしつ》からは見《み》えない南側《みなみがわ》の柵《さく》を調《しら》べていた私達《わたしたち》は、少《すこ》し焦《あせ》っていた。

「ダメ、体育館側《たいいくかんがわ》は見《み》えない壁《かべ》がある。これじゃあ降《お》りられないよ」

柵《さく》の内側《うちがわ》にある見《み》えない壁《かべ》をなぞるように歩《ある》いた理恵《りえ》が呟《つぶや》いた。

「じゃあ……中庭《なかにわ》の方《ほう》はどうなんだ？」

呼吸《こきゅう》を整《ととの》えることができた翔太《しょうた》だけど、それでもまだ座《すわ》ったまま私達《わたしたち》を見《み》ている。

「中庭《なかにわ》から外《そと》に出《で》られたっけ？　私《わたし》、中庭《なかにわ》に行《い》ったことなんてないんだけど」

そう言《い》えば、私《わたし》も中庭《なかにわ》には行《い》ったことがない。

留美子《るみこ》の疑問《ぎもん》もわからなくはなかった。

「図書室《としょしつ》の１階部分《かいぶぶん》はピロティになってるだろ、そこから出《で》ることができる。まあ、そこに壁《かべ》がなければ……の話《はなし》だけど」

翔太《しょうた》はそう言《い》うけれど、中庭《なかにわ》から降《お》りるということはつまり、放送室《ほうそうしつ》のブラインドが開《あ》いていたら、中《なか》の人《ひと》に見《み》られてしまうということだ。

でも、中庭側《なかにわがわ》の柵《さく》はみんな調《しら》べたくないというような表情《ひょうじょう》で、お互《たが》いに顔《かお》を見合《みあ》わせていた。

放送室《ほうそうしつ》の中《なか》の人《ひと》に見《み》られたら……そう考《かんが》えたら、調《しら》べることが怖《こわ》いのだ。

「ったく、見《み》つからないように調《しら》べればいいだけだろ？　俺《おれ》が調《しら》べる」

そう言《い》った高広《たかひろ》が、身《み》を低《ひく》くして柵《さく》を調《しら》べ始《はじ》めた。

「ダメだった、こっち側《がわ》も、西棟《にしとう》の出入《でい》り口《ぐち》も壁《かべ》で囲《かこ》まれてるな」

屈《かが》んだ体勢《たいせい》のまま、柵《さく》を調《しら》べ終《お》わった高広《たかひろ》が、私達《わたしたち》の方《ほう》に戻《もど》ってきた。

となると……西棟《にしとう》の屋上《おくじょう》から降《お》りるしか、もう方法《ほうほう》は残《のこ》されていない。

「ちょっと、冗談《じょうだん》でしょ？　それってもしかして、西棟《にしとう》の屋上《おくじょう》まで、また綱《つな》を運《はこ》ぶってこと!?」

「冗談《じょうだん》でこんなことが言《い》えるかよ。嘘《うそ》だって言《い》うなら、調《しら》べてみろよ！」

「2人《ふたり》とも静《しず》かにしようよ。そこに放送室《ほうそうしつ》があるんだよ？」

声《こえ》を上《あ》げる留美子《るみこ》と高広《たかひろ》を止《と》めたのは理恵《りえ》。

放送室《ほうそうしつ》の方《ほう》を指差《ゆびさ》して、その指《ゆび》を口《くち》に当《あ》てた。

「でも、実際問題《じっさいもんだい》どうする？　まだ校内放送《こうないほうそう》も流《なが》れてないし、『赤《あか》い人《ひと》』も健司《けんじ》も、どこにいるかわからないぞ」

ドアの横《よこ》に腰《こし》を下《お》ろしていた翔太《しょうた》が言《い》うなら、まだ校内放送《こうないほうそう》は流《なが》れていないのだろう。

「今日《きょう》は、やけに校内放送《こうないほうそう》が流《なが》れるまでの間隔《かんかく》が長《なが》いよね。これじゃあ、動《うご》けないよ」

そう思《おも》っているのは私《わたし》だけじゃないはず。

「赤《あか》い人《ひと》」が突然現《とつぜんあらわ》れるのは怖《こわ》いけれど、どこにいるかわからない方《ほう》がもっと怖《こわ》い。

「んなこと言《い》ってても始《はじ》まらねぇだろ。嫌《いや》でもやるしかねぇんだよ」

疲《つか》れているはずなのに、高広《たかひろ》が再《ふたた》び綱《つな》を肩《かた》に担《かつ》いで立《た》ち上《あ》がった。

この重《おも》い綱《つな》を肩《かた》に担《かつ》いで引《ひ》きずるように運《はこ》ぼうとする高広《たかひろ》に、誰《だれ》も文句《もんく》なんて言《い》えなかった。

その代《か》わり、誰《だれ》も手《て》を貸《か》そうともしない。

一度《いちど》、「いけるかもしれない」と思《おも》ってここまで来《き》たのに、また移動《いどう》しなければならないのだ。

心《こころ》が折《お》れてしまったのかもしれない。

「高広《たかひろ》、私《わたし》も手伝《てつだ》うよ」

この場所《ばしょ》を調《しら》べようと高広《たかひろ》は言《い》ったのに、私《わたし》が違《ちが》う所《ところ》を調《しら》べようと言《い》った。

その結果《けっか》がこれなら、責任《せきにん》は私《わたし》にある。

「ちょっと待《ま》て、本当《ほんとう》にそのまま行《い》くつもりか？」

ゆっくりと立《た》ち上《あ》がりながら、翔太《しょうた》が呟《つぶや》いた。

高広《たかひろ》は止《と》めても行《い》くだろうし、1人《ひとり》だけで運《はこ》ばせるわけにはいかない。

「だって、行《い》かなきゃダメなら行《い》くしかないよ……私《わたし》がしっかり調《しら》べてたら、最初《さいしょ》から西棟《にしとう》の屋上《おくじょう》に行《い》けてたのに……」

声《こえ》に出《だ》すと胸《むね》が苦《くる》しくて……泣《な》きたくなってくる。

「そういう意味《いみ》じゃない。巻《ま》いたまま運《はこ》ぶより伸《の》ばして運《はこ》んだ方《ほう》が、1人《ひとり》にかかる重量《じゅうりょう》は軽《かる》くなる。『赤《あか》い人《ひと》』や健司《けんじ》に見《み》つかる可能性《かのうせい》は高《たか》くなるけど、その方《ほう》がいいだろ、今《いま》の状況《じょうきょう》だとさ」

翔太《しょうた》はそう言《い》うと、高広《たかひろ》の肩《かた》に担《かつ》がれている綱《つな》に手《て》をかけた。

翔太《しょうた》が綱《つな》の先端《せんたん》を持《も》ち、それを高広《たかひろ》に手渡《てわた》した。

作戦《さくせん》としては、高広《たかひろ》が先端《せんたん》を持《も》ち、階段《かいだん》を下《お》りて2階《かい》の図書室前《としょしつまえ》の廊下《ろうか》を走《はし》る。

そのまま西棟《にしとう》の3階《かい》まで駆《か》け上《あ》がり、北側《きたがわ》の階段《かいだん》まで移動《いどう》して、そこから屋上《おくじょう》に上《あ》がるというものだ。

この間《あいだ》、気《き》をつけることとしては、放送室《ほうそうしつ》から見《み》られないように窓《まど》より身《み》を低《ひく》くして移《い》動《どう》しなければならないということ。

そして、西棟《にしとう》の２階《かい》の廊下《ろうか》。

ここで一度《いちど》止まり、歌《うた》が聞《き》こえないかを確認《かくにん》してから横切《よこぎ》らなくてはならないのだ。

綱《つな》は、廊下《ろうか》に這《は》わせておけば、暗闇《くらやみ》の中《なか》では見《み》えないという判断《はんだん》。

それに賭《か》けるしかなかった。

綱《つな》の先頭《せんとう》を高広《たかひろ》が持《も》ち、真《ま》ん中《なか》を翔太《しょうた》が持《も》つ。

その間《あいだ》に私《わたし》が入《はい》り、翔太《しょうた》の後《うし》ろを理恵《りえ》と留美子《るみこ》が持《も》って、すでに移動《いどう》を開始《かいし》していた。

高広《たかひろ》が西棟《にしとう》の廊下《ろうか》を横切《よこぎ》って、次《つぎ》は私《わたし》の番《ばん》。

廊下《ろうか》の角《かど》で止《と》まり、目《め》を閉《と》じて音《おと》を聞《き》いた。

本当《ほんとう》に、不思議《ふしぎ》なくらい静《しず》かな廊下《ろうか》。

今《いま》までのことを考《かんが》えると、不自然《ふしぜん》なほど「赤《あか》い人《ひと》」の恐怖《きょうふ》を感《かん》じない。

校内放送《こうないほうそう》の間隔《かんかく》が長《なが》いことも、これに関係《かんけい》しているのかな？

などと考《かんが》えながら、私《わたし》は西棟《にしとう》の廊下《ろうか》を横切《よこぎ》った。

そして私達《わたしたち》は、立《た》てた作戦通《さくせんどお》りに、西棟《にしとう》の屋上《おくじょう》に辿《たど》り着《つ》くことができた。

ここまで順調《じゅんちょう》だと、なにかあるんじゃないかと思《おも》ってしまう。

でも、ここまで来《き》たら、考《かんが》えていても仕方《しかた》がない。

「それで、誰《だれ》が降《お》りるんだ？」

綱《つな》の先端《せんたん》を柵《さく》に巻《ま》きつけ、それを引《ひ》いて、安全《あんぜん》を確《たし》かめていた高広《たかひろ》が訊《たず》ねた。

「私《わたし》は嫌《いや》だからね！　旧校舎《きゅうこうしゃ》なんかに行《い》くのは！」

誰《だれ》だって、行《い》きたいとは思《おも》っていないのに。

留美子《るみこ》がそう言《い》うなら、私《わたし》だって行《い》きたくない。

「ダメだ、公平《こうへい》にじゃんけんで決《き》めよう。カラダが3つあると考《かんが》えると3人《にん》は欲《ほ》しいな」

降《お》りるのは3人《にん》、残《のこ》るのは2人《ふたり》。

カラダ1つに対《たい》して1人《ひとり》ということではないらしい。

カラダを1つ見《み》つける度《たび》に1人《ひとり》がここに走《はし》り、カラダに綱《つな》を巻《ま》きつけて引《ひ》き上《あ》げてもらう。

そして、それをカラダが3つ見《み》つかるまで繰《く》り返《かえ》すというのだ。

新校舎《しんこうしゃ》に、もう調《しら》べる場所《ばしょ》はないから。

何人《なんにん》もここに残《のこ》っても仕方《しかた》がない。

みんな思《おも》うところはあるだろうけれど、じゃんけんで決《き》めるなら文句《もんく》も言《い》えない。

「じゃあ行《い》くぞ！　最初《さいしょ》は……」

翔太《しょうた》の言葉《ことば》に、私《わたし》は手《て》を握《にぎ》り締《し》めた。


「じゃあ明日香《あすか》、頑張《がんば》ってね！」

綱《つな》のもう一方《いっぽう》の先端《せんたん》に輪《わ》を作《つく》り、その中《なか》に身体《からだ》を通《とお》している私《わたし》に、笑顔《えがお》の留美子《るみこ》が手《て》を振《ふ》る。

他人事《たにんごと》だと思《おも》って……簡単《かんたん》に言《い》ってくれるよね。

じゃんけんに負《ま》けた私《わたし》が悪《わる》いんだけど。

何日《なんにち》か前《まえ》に私《わたし》が転落《てんらく》した場所《ばしょ》の柵《さく》を避《さ》けて、違《ちが》う場所《ばしょ》から降《お》りることにした。

「ゆっくり降《お》ろしてよね。凄《すご》く怖《こわ》いんだから……」

降《お》りる準備《じゅんび》はできたけど、どう降《お》りればいいのかな？

支《ささ》えてもらっているけれど、飛《と》び降《お》りる勇気《ゆうき》なんて私《わたし》にはないし……やっぱり、引《ひ》っ張《ぱ》ってもらいながら屋上《おくじょう》の縁《ふち》に座《すわ》って、ゆっくり降《お》ろしてもらうしかない。

「ふぅ……じゃあ、行《い》くからね。支《ささ》えてよ」

屋上《おくじょう》の縁《ふち》に乗《の》ってみたけど、脚《あし》が震《ふる》える。

柵《さく》を持《も》ちながら腰《こし》を下《お》ろし、脚《あし》を縁《ふち》から出《だ》して溜《た》め息《いき》をついた。

「任《まか》せとけって。早《はや》く降《お》りろよ」

高広《たかひろ》のその言葉《ことば》に後押《あとお》しされて、私《わたし》は屋上《おくじょう》の縁《ふち》から身体《からだ》を滑《すべ》らせた。

怖《こわ》いけど、一度《いちど》屋上《おくじょう》から落《お》ちたことがあるからか、それほど躊躇《ちゅうちょ》はしなくて済《す》んだ。

この綱《つな》が、身体《からだ》を支《ささ》えてくれているから安心《あんしん》できているのだろう。

問題《もんだい》なのは、このあとに降《お》りるはずの翔太《しょうた》と高広《たかひろ》。

上《うえ》に残《のこ》る人数《にんずう》が少《すく》なければ、それだけ支《ささ》える力《ちから》が弱《よわ》くなるということだから。

今《いま》、降《お》ろされているのは私《わたし》だけど、そっちの方《ほう》が心配《しんぱい》になった。

みんなの頑張《がんば》りで、なんとか地面《じめん》に降《お》りることができた私《わたし》は、身体《からだ》から綱《つな》を外《はず》して、それを2回《かい》引《ひ》っ張《ぱ》った。

降《お》りる前《まえ》に決《き》めた「引《ひ》き上《あ》げる」の合図《あいず》。

そうすると、屋上《おくじょう》へと素早《すばや》く綱《つな》が引《ひ》き上《あ》げられる。

校舎《こうしゃ》から少《すこ》し離《はな》れて屋上《おくじょう》を見上《みあ》げると、次《つぎ》に降《お》りるのは翔太《しょうた》だということがここからでもわかる。

「わぁ……これ、私《わたし》が最初《さいしょ》じゃなかったら、パンツ丸見《まるみ》えじゃない」

思《おも》わずお尻《しり》に手《て》を当《あ》てて、その光景《こうけい》を眺《なが》めた。

ゆっくりと降《お》ろされている……と思《おも》えば、急《きゅう》に綱《つな》が緩《ゆる》んで焦《あせ》る翔太《しょうた》。

「ひぃっ」という悲鳴《ひめい》も何度《なんど》か聞《き》こえて、それでもなんとか無事《ぶじ》に地面《じめん》に降《お》りることができた。

その場《ば》に座《すわ》り込《こ》んで、急《いそ》いで綱《つな》を身体《からだ》から外《はず》す。

高広《たかひろ》が引《ひ》っ張《ぱ》ってても落《お》ちそうになっているのに、その高広《たかひろ》が最後《さいご》に降《お》りることができるのだろうか？

「あ、明日香《あすか》……お前《まえ》、よく平気《へいき》だったな」

そう言《い》い、よろめきながらこちらに歩《ある》いてくる翔太《しょうた》。

その膝《ひざ》はガクガクと震《ふる》えていて、どれだけ怖《こわ》かったのかということがわかる。

「私《わたし》は一度《いちど》、屋上《おくじょう》から落《お》ちてるからね。今日《きょう》は綱《つな》があったから、それほど怖《こわ》くなかったかな？」

「いやいや、落《お》ちてたら恐怖心《きょうふしん》は大《おお》きくなるだろ。お前《まえ》の方《ほう》が俺《おれ》より全然《ぜんぜん》度胸《どきょう》あるわ」

翔太《しょうた》はそう言《い》うけど、私《わたし》なんてみんなに支《ささ》えられてただけだし。

それよりも、屋上《おくじょう》に見《み》える高広《たかひろ》が、どうやって降《お》りるのかが気《き》になっていた。

すると……。

ロープを握《にぎ》り締《し》め、屋上《おくじょう》から後《うし》ろ向《む》きに飛《と》び降《お》りたのだ。

「あ、あいつ……クレイジーだな」

ズレた眼鏡《めがね》を直《なお》すことも忘《わす》れ、高広《たかひろ》の姿《すがた》を見《み》ている翔太《しょうた》。

両脚《りょうあし》でしっかりと綱《つな》を挟《はさ》み、手《て》で送《おく》るようにゆっくりと屋上《おくじょう》から降《お》りてくる高広《たかひろ》は、お世辞《せじ》にも格好《かっこう》いいとは言《い》えないけど、それでも頼《たの》もしく思《おも》えた。

そして、高広《たかひろ》が地面《じめん》に着《つ》いて、私達《わたしたち》の方《ほう》に向《む》かって歩《ある》いてくる。

「さ、行《い》くか。今日《きょう》で『カラダ探《さが》し』を終《お》わらせようぜ」

綱《つな》を掴《つか》んでいた手《て》が痛《いた》いのだろう。

手《て》を擦《す》り合《あ》わせたり、ズボンに擦《こす》りつけたり……。

我慢《がまん》していることは目《め》に見《み》えてわかった。

「あ、あぁ……それじゃ行《い》こうか」

それとは対照的《たいしょうてき》な、情《なさ》けない翔太《しょうた》の姿《すがた》。

ようやく眼鏡《めがね》を直《なお》し、旧校舎《きゅうこうしゃ》の方《ほう》へと向《む》かって歩《ある》き出《だ》した。

「外《そと》にいると、校内放送《こうないほうそう》が聞《き》こえないから気《き》をつけなきゃね」

私《わたし》がそう言《い》った瞬間《しゅんかん》、前《まえ》を歩《ある》く2人《ふたり》が振《ふ》り返《かえ》って私《わたし》を見《み》る。

「明日香《あすか》、今《いま》なんて言《い》った？　校内放送《こうないほうそう》が聞《き》こえない？」

「あ、あれ？　誰《だれ》からも聞《き》いてないの？」

「俺《おれ》も聞《き》いてねぇぞ。それだと、旧校舎《きゅうこうしゃ》に行《い》った時《とき》に『赤《あか》い人《ひと》』がいるかもしれねぇんだろ？」

翔太《しょうた》と高広《たかひろ》にどう言《い》っていいかわからず、私《わたし》は苦笑《くしょう》するしかなかった。

ここまで来《き》て、どうこう言《い》っても始《はじ》まらない。

私《わたし》が言《い》える立場《たちば》じゃないけれど、そうして旧校舎《きゅうこうしゃ》の前《まえ》にやってきた。

新校舎《しんこうしゃ》とは違《ちが》う、さらに不気味《ぶきみ》な旧校舎《きゅうこうしゃ》。

その玄関《げんかん》は、留美子《るみこ》達《たち》と来《き》た時《とき》とは違《ちが》い、まるで私達《わたしたち》を飲《の》み込《こ》もうとしているかのように開《あ》いていたのだ。

「入《はい》れないんじゃなかったのか？　まだ俺達《おれたち》に話《はな》してないことがあるんじゃないだろうな？」

「本当《ほんとう》に見《み》えない壁《かべ》があったの！　新校舎《しんこうしゃ》に入《はい》る前《まえ》に行《い》った時《とき》は！」

絶対《ぜったい》に玄関《げんかん》のドアは閉《と》じていた。

そうじゃなかったら、絶対《ぜったい》に中《なか》を調《しら》べてる。

「まあ、どっちでもいいだろ。行《い》くなら行《い》こうぜ」

早《はや》くカラダを見《み》つけて、「カラダ探《さが》し」を終《お》わらせたい。

そう言《い》わんばかりの態度《たいど》で、旧校舎《きゅうこうしゃ》の中《なか》に入《はい》っていった。

「待《ま》ってよ、高広《たかひろ》」

そのあとに続《つづ》いて玄関《げんかん》に入《はい》った私《わたし》は、異様《いよう》な空気《くうき》に包《つつ》まれるような感覚《かんかく》に襲《おそ》われた。

「明日香《あすか》、気《き》をつけろ……」

そう言《い》って、私《わたし》の前《まえ》に手《て》を出《だ》して制止《せいし》する高広《たかひろ》。

きっと、なににというわけではないのだろう。

でも、言《い》いたいことはわかる。

べっとりとまとわりつくような視線《しせん》、身体中《からだじゅう》を触《さわ》られているかのような不快感《ふかいかん》に、私《わたし》は声《こえ》も出《だ》せないでいた。


「うっ！　なんだ……これ」

あとから入《はい》ってきた翔太《しょうた》も、この不気味《ぶきみ》な雰囲気《ふんいき》を感《かん》じ取《と》ったのだろう。

私《わたし》の横《よこ》で、辺《あた》りを見回《みまわ》して怪訝《けげん》な表情《ひょうじょう》を浮《う》かべていた。

ここには長《なが》くいたくはない。

あまりに気持《きも》ち悪《わる》くて、嘔吐《おうと》しそうだ。

「とりあえず行《い》くか。固《かた》まって動《うご》くぞ」

「う、うん。こんな所《ところ》で1人《ひとり》なんて嫌《いや》」

私《わたし》が、声《こえ》を絞《しぼ》り出《だ》して言《い》えたのはそれだけ。

玄関《げんかん》が開《あ》いているというのに、足元《あしもと》に溜《た》まった冷《つめ》たい空気《くうき》が流《なが》れ出《で》ていかない。

歩《ある》き出《だ》した高広《たかひろ》のあとをついていくけど、それが足《あし》を引《ひ》っ張《ぱ》っているように重《おも》くて。

少《すこ》し歩《ある》いただけでも呼吸《こきゅう》が荒《あら》くなる。

「ハァ……ハァ……早《はや》く、調《しら》べてここから出《で》よう」

翔太《しょうた》も、そして高広《たかひろ》でさえも、その呼吸《こきゅう》が乱《みだ》れ始《はじ》めていた。

こんな状況《じょうきょう》で、まともにカラダを探《さが》すことなんてできそうにない。

でも、苦労《くろう》してここまで来《き》たのだから、今日中《きょうじゅう》になんとか旧校舎《きゅうこうしゃ》は終《お》わらせなきゃ。

『赤《あか》い人《ひと》』はここにはいないみてぇだな。他《ほか》のなにかはいそうだけどな」

高広《たかひろ》が、不吉《ふきつ》なことを言《い》い出《だ》す。

ただでさえ怖《こわ》いのに、そんなことを言《い》うのはやめてほしい。

でも、そう言《い》いたくなるような気配《けはい》を、私《わたし》も感《かん》じていた。


八代先生《やしろせんせい》がいつも出《で》てくる職員室《しょくいんしつ》。

そこに、この空気《くうき》から逃《に》げるように入《はい》った私達《わたしたち》は、乱《みだ》れた呼吸《こきゅう》を整《ととの》えていた。

と、言《い》っても、職員室《しょくいんしつ》の中《なか》も廊下《ろうか》と同《おな》じ雰囲気《ふんいき》が漂《ただよ》っているのだけど。

「どこに行《い》っても同《おな》じかよ……くそっ！　カラダを探《さが》すぞ！」

近《ちか》くに置《お》いてあったゴミ箱《ばこ》を蹴飛《けと》ばし、高広《たかひろ》が部屋《へや》の奥《おく》へと歩《ある》いていく。

「俺《おれ》と高広《たかひろ》で壁際《かべぎわ》の収納《しゅうのう》は調《しら》べる。明日香《あすか》はデスクを調《しら》べてくれ」

私《わたし》の肩《かた》をポンッと叩《たた》いて、手前《てまえ》にある棚《たな》に向《む》かった。

私《わたし》は、部屋《へや》の真《ま》ん中《なか》にあるデスク。

携帯電話《けいたいでんわ》の照明《しょうめい》を向《む》けて、目《め》の前《まえ》にあるデスクの引《ひ》き出《だ》しを開《あ》けた。

「明日香《あすか》、まだ見《み》つけていない部分《ぶぶん》は、頭部《とうぶ》、左腕《ひだりうで》、右脚《みぎあし》だから、それが入《はい》らない所《ところ》は省《はぶ》いてもいいぞ」

そうは言《い》うけど……遥《はるか》の腕《うで》くらいなら、どの引《ひ》き出《だ》しにも入《はい》りそうで。

結局《けっきょく》は、全部《ぜんぶ》の引《ひ》き出《だ》しを調《しら》べなければならないのだ。

そうして、1つ目《め》のデスクの引《ひ》き出《だ》しを調《しら》べ終《お》わり、椅子《いす》を引《ひ》いてデスクの下《した》に照明《しょうめい》を向《む》けた時《とき》だった。

今《いま》まで椅子《いす》があったその場所《ばしょ》で、白《しろ》い手《て》と白《しろ》い顔《かお》の……赤《あか》い服《ふく》を着《き》た女《おんな》の子《こ》が、私《わたし》の顔《かお》をジッと見《み》つめていたのだ。

誰《だれ》……これ。

いや、この突《つ》き刺《さ》すような眼差《まなざ》しは、いつも感《かん》じている。

それに、この顔《かお》は……「赤《あか》い人《ひと》」!?

まさか、こんな所《ところ》に隠《かく》れているなんて。

あまりに突然《とつぜん》の出来事《できごと》で、声《こえ》が出《で》ない。

ダメだ……もう振《ふ》り返《かえ》ることができないし、このままだと襲《おそ》われる。

そう思《おも》った時《とき》だった。

デスクの下《した》の「赤《あか》い人《ひと》」は出《で》てくるどころか、奥《おく》の隙間《すきま》に消《き》えていったのだ。


「えっ⁉　どうして？」

その不可解《ふかかい》な行動《こうどう》に、思《おも》わず声《こえ》を上《あ》げてしまった。

決《けっ》して、反対側《はんたいがわ》のデスクから出《で》たわけじゃない。

なのに、その姿《すがた》は消《き》え、私《わたし》に残《のこ》ったのは謎《なぞ》だけ。

「どうした？　明日香《あすか》。なにかあったのか？」

「今《いま》、ここに『赤《あか》い人《ひと》』が……あ！」

翔太《しょうた》の声《こえ》に、振《ふ》り向《む》いてしまった。

これで、目《め》の前《まえ》に「赤《あか》い人《ひと》」が……あれ？

現《あらわ》れない。

どうなってるんだろう、確《たし》かに「赤《あか》い人《ひと》」を見《み》たはずなのに、振《ふ》り返《かえ》っても殺《ころ》されない。

「『赤《あか》い人《ひと》』を見《み》たのか⁉　でも、明日香《あすか》は今《いま》、振《ふ》り返《かえ》ったよな？」

確《たし》かにあれは「赤《あか》い人《ひと》」だったのに。

なにがどうなっているのかわからないまま、私《わたし》は首《くび》を傾《かし》げた。

「赤《あか》い人《ひと》」と同《おな》じ顔《かお》の少女《しょうじょ》、同《おな》じ姿《すがた》だったけど、どこか違《ちが》う。

そうだ、確《たし》かに赤《あか》い服《ふく》を着《き》ていたけど、顔《かお》や手《て》は白《しろ》かった。

返《かえ》り血《ち》を浴《あ》びた「赤《あか》い人《ひと》」じゃない。

もしかして、今《いま》のは……。

私《わたし》の脳裏《のうり》をよぎった1人《ひとり》の人物《じんぶつ》の名前《なまえ》。


小野山美紀《おのやまみき》。

「小野山美子《おのやまみこ》」の双子《ふたご》のお姉《ねえ》さん。


「翔太《しょうた》、美子《みこ》と美紀《みき》は、赤《あか》い服《ふく》を取《と》り合《あ》って喧嘩《けんか》したんだよね？」

「ああ、そうだな。八代先生《やしろせんせい》が集《あつ》めた情報《じょうほう》だとそうなる」

「じゃあそうだ。きっと今《いま》のは小野山美紀《おのやまみき》だよ。私達《わたしたち》を見《み》てたんだよ」

私《わたし》の言葉《ことば》に驚《おどろ》いたような表情《ひょうじょう》を浮《う》かべる翔太《しょうた》。

でも、そう考《かんが》えないと、私《わたし》が殺《ころ》されなかった説明《せつめい》がつかない。

まあ、「カラダ探《さが》し」をさせられている時点《じてん》で説明《せつめい》なんてできないのだけど。

「ちょっと待《ま》て。今《いま》、明日香《あすか》が見《み》たのが美紀《みき》の方《ほう》だとしたら……いったいなんのために俺《おれ》達《たち》を見《み》ていたんだ？　明日香《あすか》を殺《ころ》そうとしたわけじゃない。今《いま》はいないいんだろ？」

私《わたし》にそう言《い》い、デスクの下《した》を覗《のぞ》き込《こ》む。

そして、翔太《しょうた》が首《くび》を傾《かし》げたその時《とき》。


「あ〜かい　ふ〜くをくださいな〜」


廊下《ろうか》の方《ほう》から、あの歌《うた》が聞《き》こえてきたのだ。

「おいおい、冗談《じょうだん》じゃないぞ。校内放送《こうないほうそう》なんて流《なが》れてないじゃないか」

聞《き》こえた歌《うた》に、慌《あわ》てふためく翔太《しょうた》。

もしかして、この旧校舎《きゅうこうしゃ》も校内放送《こうないほうそう》が切《き》られているのかもしれない。

「高広《たかひろ》、『赤《あか》い人《ひと》』が来《く》る」

廊下《ろうか》に聞《き》こえないように、高広《たかひろ》に駆《か》け寄《よ》って囁《ささや》く。

「こんなところで……どうしろってんだ」

廊下《ろうか》には「赤《あか》い人《ひと》」がいるから、今《いま》、出《で》るわけにはいかない。

となると、もうこの部屋《へや》に隠《かく》れるしか方法《ほうほう》はないのだ。

「いいか、2人《ふたり》とも。とにかく隠《かく》れるんだ。そして、見《み》つかってしまったやつが、『赤《あか》い人《ひと》』を引《ひ》きつけて逃《に》げるんだ。旧校舎《きゅうこうしゃ》の外《そと》に」

翔太《しょうた》の言葉《ことば》に、私《わたし》は頷《うなず》いた。

でも、この部屋《へや》に隠《かく》れる所《ところ》なんて……どこにあるの？

デスクにロッカー、あとは小《ちい》さな給湯室《きゅうとうしつ》があるくらいのこの部屋《へや》。

あまり考《かんが》えている時間《じかん》はない。

私《わたし》は目《め》の前《まえ》の椅子《いす》を引《ひ》いて、デスクの下《した》に潜《もぐ》り込《こ》んだ。

椅子《いす》を戻《もど》して、これでやり過《す》ごせることに期待《きたい》して。

ロッカーを閉《し》める音《おと》が聞《き》こえた。

翔太《しょうた》か高広《たかひろ》のどちらかが、そこに隠《かく》れたのだろう。

そして、僅《わず》かな沈黙《ちんもく》のあと、それがこの部屋《へや》に入《はい》ってきた。


「お顔《かお》もお手《て》てもまっかっか～

髪《かみ》の毛《け》も足《あし》もまっかっか〜」

部屋《へや》に入《はい》ってきた「赤《あか》い人《ひと》」の声《こえ》が、その場《ば》から動《うご》いていない。
この部屋《へや》の中《なか》を見回《みまわ》しているのだろうか。

「どうしてどうしてあかくする〜」

しばらくして、動《うご》き出《だ》す「赤《あか》い人《ひと》」。
キィィという、油《あぶら》の切《き》れたキャスターが動《うご》く音《おと》が聞《き》こえた。
椅子《いす》が引《ひ》かれたんだ……。
「赤《あか》い人《ひと》」は、デスクの下《した》を調《しら》べている。

「どうしてどうしてあかくなる〜」

どうしよう、このままじゃあ……私《わたし》が見《み》つかってしまう。

誰《だれ》が見《み》つかったらいいってわけじゃないけど……やっぱり怖《こわ》い。

「**お手《て》てをちぎってあかくする〜**」

そんなことを思《おも》っている間《あいだ》にも、「赤《あか》い人《ひと》」は次《つぎ》のデスクへと移動《いどう》する。

椅子《いす》を引《ひ》く音《おと》が聞《き》こえる度《たび》、私《わたし》の命《いのち》が削《けず》られているようで、荒《あら》くなっている呼吸《こきゅう》を抑《おさ》えるのも辛《つら》い。

「**からだをちぎってあかくなる〜**」

その次《つぎ》のデスク……私《わたし》が隠《かく》れている対面《たいめん》の椅子《いす》が引《ひ》かれた。

先生同士《せんせいどうし》の境界《きょうかい》だろうか、向《む》かい合《あ》うデスクの間《あいだ》にある、薄《うす》いベニヤ板《いた》が私《わたし》を守《まも》ってくれている。

これがなければ、私《わたし》は向《む》こう側《がわ》から「赤《あか》い人《ひと》」に見《み》つけられただろうから。

そして……また、声《こえ》が移動《いどう》を始《はじ》めた。

「あしをちぎってもあかくなる〜」

移動《いどう》しているその声《こえ》が、突然《とつぜん》小《ち》さくなった。
微《かす》かに反響《はんきょう》しているようにも聞《き》こえる。
こっち側《がわ》のデスクじゃなく、給湯室《きゅうとうしつ》の方《ほう》に入《はい》ったの？

「あかがつまったそのせなか〜」

ガラガラと、ヤカンや鍋《なべ》が床《ゆか》に落《お》ちる音《おと》が室内《しつない》に響《ひび》き渡《わた》る。
今《いま》なら、ここから出《で》て逃《に》げられるかもしれない。
このまま、見《み》つかってしまうのなら……。
そう思《おも》い、ゆっくりと椅子《いす》を動《うご》かした時《とき》。

キイッ。

隠《かく》れる時《とき》は気《き》にならなかったキャスターの音《おと》が、微《かす》かに鳴《な》ってしまったのだ。

その瞬間《しゅんかん》、静《しず》まり返《かえ》る室内《しつない》。

表皮《ひょうひ》を切《き》り刻《きざ》むような冷《つめ》たい空気《くうき》の中《なか》に、緊張《きんちょう》が張《は》り詰《つ》める。

少《すこ》しでも動《うご》いてしまえば、この沈黙《ちんもく》が破《やぶ》られてしまいそうで……呼吸《こきゅう》をすることもできない。

でも……。


「わたしはつかんであかをだす〜」


その沈黙《ちんもく》を破《やぶ》ったのは「赤《あか》い人《ひと》」だった。

歌《うた》を唄《うた》いながら、給湯室《きゅうとうしつ》を出《で》て、こちらに向《む》かってきている。

ダメだ、やっぱり気《き》づかれていたんだ。

足《あし》が遅《おそ》い私《わたし》が、どこまで「赤《あか》い人《ひと》」を旧校舎《きゅうこうしゃ》から引《ひ》き離《はな》せるかわからない。

言《い》い様《よう》のない不安《ふあん》で、喉《のど》が渇《かわ》く。

激《はげ》しく動《うご》く心臓《しんぞう》が、私《わたし》の身体《からだ》の一部《いちぶ》じゃないみたいで……祈《いの》りながら胸《むね》を押《お》さえた。

「まっかなふくになりたいな〜」

私《わたし》が隠《かく》れているデスクの前《まえ》で、「赤《あか》い人《ひと》」の声《こえ》が止《と》まった。

もうダメだ。私《わたし》の前《まえ》に「赤《あか》い人《ひと》」がいる。
目《め》を閉《と》じて、祈《いの》ることしかできない。
ただでさえ気持《きも》ち悪《わる》い雰囲気《ふんいき》なのに、「赤《あか》い人《ひと》」に見《み》つかってしまったら、私《わたし》は逃《に》げることもできないかもしれない。
脚《あし》が面白《おもしろ》いほど小刻《こきざ》みに震《ふる》えていて、こんな状態《じょうたい》で走《はし》れるとは到底《とうてい》思《おも》えないから。
でも……無情《むじょう》にも、私《わたし》の身体《からだ》を隠《かく》してくれている椅子《いす》のキャスターの音《おと》が聞《き》こえた。

キィイイ……。

逃《に》げなきゃ、早《はや》く動《うご》かなきゃ……でも、そう思《おも》っても身体《からだ》が動《うご》かない。
このまま、私《わたし》は殺《ころ》されてしまうのかな。
旧校舎《きゅうこうしゃ》から「赤《あか》い人《ひと》」を引《ひ》き離《はな》さなきゃならないのに。
と、そう思《おも》った時《とき》。

「こっちだ！　来《こ》い！」
ガンッと、なにかが開《ひら》く音《おと》がしてその直後《ちょくご》、高広《たかひろ》の声《こえ》が聞《き》こえた。

「キャハハハハハハッ！」

走《はし》り出《だ》す高広《たかひろ》の足音《あしおと》。
「赤《あか》い人《ひと》」がそれを追《お》いかけて部屋《へや》を出《で》ていったのだ。
しばらくして、再《ふたた》び職員室《しょくいんしつ》に静寂《せいじゃく》が訪《おとず》れた。
相変《あいか》わらず私《わたし》は、デスクの下《した》で震《ふる》えているだけ。

きっと、私《わたし》が隠《かく》れている場所《ばしょ》に「赤《あか》い人《ひと》」が来《き》たから、高広《たかひろ》が助《たす》けてくれたに違《ちが》いない。

震《ふる》える身体《からだ》を滑《すべ》らせるようにして、私《わたし》はデスクの下《した》から出《で》た。

ロッカーにもたれかかり、まだ脚《あし》が震《ふる》えている私《わたし》に声《こえ》をかける翔太《しょうた》。

私《わたし》と同《おな》じようにデスクの下《した》に隠《かく》れていたようで、動《うご》かした椅子《いす》を戻《もど》して室内《しつない》を見回《みまわ》している。

「明日香《あすか》、高広《たかひろ》が見《み》つかったのか？」

「きっと私《わたし》が見《み》つかりそうになったから、高広《たかひろ》が身代《みが》わりになってくれたんだと思《おも》う」

「うん？　どうして高広《たかひろ》が、明日香《あすか》の身代《みが》わりになったんだ？」

そうか、翔太《しょうた》は高広《たかひろ》が私《わたし》のことを好《す》きだって知《し》らないのか。

なんて、そんな話《はなし》はどうでもいい。

「ほ、ほら、私《わたし》は足《あし》が遅《おそ》いからさ。私《わたし》が逃《に》げてもすぐに追《お》いつかれるって思《おも》ったんじゃないかな……」

苦《くる》しい言《い》い訳《わけ》だけど、一応筋《いちおうすじ》は通《とお》っているはず。

怪《あや》しまれることはないと思《おも》う。

「そうか、一理《いちり》あるな。だったら早《はや》くカラダを探《さが》そう。あと3つ残《のこ》ってるからな」

そう言《い》い、「赤《あか》い人《ひと》」が来《く》る前《まえ》に調《しら》べていた場所《ばしょ》に戻《もど》った。

早《はや》くも高広《たかひろ》が旧校舎《きゅうこうしゃ》からいなくなった。

今日《きょう》は「カラダ探《さが》し」にかけている時間《じかん》が長《なが》い。

高広《たかひろ》の体力《たいりょく》がどれだけ持《も》つのかはわからないけど、私《わたし》は助《たす》けられたから。

カラダを見《み》つけなければならないと思《おも》っていた。

高広《たかひろ》が「赤《あか》い人《ひと》」を連《つ》れて、旧校舎《きゅうこうしゃ》を出《で》ていってから5分《ふん》。

私《わたし》と翔太《しょうた》は、時間《じかん》をかけないようにするために、棚《たな》や段《だん》ボール箱《ばこ》の中《なか》の物《もの》を床《ゆか》にひっくり返《かえ》して急《いそ》いで調《しら》べた。

職員室《しょくいんしつ》にカラダはなく、次《つぎ》の部屋《へや》、さらに次《つぎ》の部屋《へや》と調《しら》べてみたけど見《み》つからない。

農業科《のうぎょうか》が使《つか》っているだけあって、農機具《のうきぐ》の収納庫《しゅうのうこ》として使《つか》われている部屋《へや》がほとんど。

ごちゃごちゃと物《もの》は置《お》かれているけれど、調《しら》べる場所《ばしょ》自体《じたい》は少《すく》ない。

さらに調《しら》べて、1階《かい》はあの温室《おんしつ》を残《のこ》すだけとなり、私達《わたしたち》にはひとつの疑問《ぎもん》が生《しょう》じていた。

旧校舎《きゅうこうしゃ》の1階《かい》を調《しら》べたのに、まだひとつもカラダを見《み》つけていないのだ。

この旧校舎《きゅうこうしゃ》に、本当《ほんとう》にカラダが3つもあるのかという疑問《ぎもん》が。

「本当《ほんとう》に、旧校舎《きゅうこうしゃ》にカラダが3つあるの？　もう、1階《かい》は温室《おんしつ》だけだよ」

「俺《おれ》に訊《き》くなよ。そんなの……知《し》るわけないだろ」

翔太《しょうた》が言《い》ったことなのに。

でも、それは誰《だれ》にもわからないことだから、文句《もんく》は言《い》えない。

「とりあえず、温室《おんしつ》を調《しら》べて2階《かい》に行《い》こう。ここにはもう来《き》たくないから、今夜《こんや》で全部《ぜんぶ》調《しら》べないとね」

翔太《しょうた》は可能性《かのうせい》の話《はなし》をしたんだから、たとえカラダがなくても怒《おこ》ることはできない。

そう思《おも》いながら私《わたし》は、温室《おんしつ》のドアに手《て》を伸《の》ばした。

ドアを開《あ》けて、温室《おんしつ》の中《なか》に入《はい》った私達《わたしたち》。

温室《おんしつ》なのだから廊下《ろうか》とは違《ちが》って暖《あたた》かいはずだ……なんて、私《わたし》の淡《あわ》い期待《きたい》でさえも裏切《うらぎ》ってくれるのが、この「カラダ探《さが》し」だ。

そこの空気《くうき》は廊下《ろうか》と同《おな》じくらい冷《つめ》たくて、温室《おんしつ》の意味《いみ》がまったくない。

これも「カラダ探《さが》し」の影響《えいきょう》なのだろう。

「綺麗《きれい》な花《はな》がいっぱいあるよね。旧校舎《きゅうこうしゃ》は怖《こわ》いけど、ここは好《す》きかな」

独《ひと》り言《ごと》のつもりで呟《つぶや》きながら、室内《しつない》を歩《ある》いている私《わたし》は少《すこ》し笑顔《えがお》になった。

「そんなこと言《い》ってる場合《ばあい》かよ。この部屋《へや》が一番探《いちばんさが》しにくいぞ」

そう言《い》い、植木鉢《うえきばち》やプランターの隙間《すきま》を丁寧《ていねい》に調《しら》べる翔太《しょうた》。

二度《にど》とここには来《き》たくないという思《おも》いが、その行動《こうどう》にも現《あらわ》れている。

「温室《おんしつ》に隠《かく》されてるとしたら、どこの部分《ぶぶん》だろうね。植木鉢《うえきばち》と一緒《いっしょ》に生首《なまくび》が並《なら》んでたりして」

「明日香《あすか》、真面目《まじめ》に探《さが》せよ！　高広《たかひろ》がお前《まえ》の身代《みが》わりになって逃《に》げてるんだろ！」

私《わたし》が真面目《まじめ》に探《さが》してないって、翔太《しょうた》はそう言《い》いたいの？

そんなわけないじゃない。

私《わたし》だって真面目《まじめ》に探《さが》してるけど、殺伐《さつばつ》とした雰囲気《ふんいき》が嫌《いや》だから話《はなし》をしているのに。

と、考《かんが》えながら調《しら》べていた時《とき》だった。

植木鉢《うえきばち》やプランターが並《なら》んでいる中《なか》に……それはあったのだ。

「しょ、翔太《しょうた》……あった。カラダがあったよ！」

それを見《み》た瞬間《しゅんかん》に感《かん》じた、全身《ぜんしん》の血《ち》の気《け》が引《ひ》くような感覚《かんかく》。

驚《おどろ》きはしたけれど、それ以上《いじょう》にその光景《こうけい》に恐怖《きょうふ》していた。

綺麗《きれい》な花《はな》が並《なら》ぶ中《なか》に、ピンッと伸《の》びた遥《はるか》の右脚《みぎあし》がそこにあるのが当《あ》たり前《まえ》と言《い》わんばかりに置《お》かれていたのだ。

「あったか！　じゃあ明日香《あすか》がカラダを運《はこ》んでくれ！　俺《おれ》は続《つづ》けて調《しら》べるから！」

翔太《しょうた》が言《い》うなら私《わたし》が運《はこ》ぶけど、こんな状況《じょうきょう》だ。

2人《ふたり》で調《しら》べてしまった方《ほう》がよいんじゃないかと思《おも》う。

「2階《かい》は倉庫《そうこ》代《が》わりに使《つか》われてる教室《きょうしつ》が5部屋《へや》あるだけだよ。だったら、2人《ふたり》で調《しら》べた方《ほう》がよくない？」

「俺《おれ》もできるならそうしてほしいんだけどな……屋上《おくじょう》に残《のこ》ってる2人《ふたり》がいつまでも安全《あんぜん》だとは言《い》えないだろ」

そう言《い》えば、理恵《りえ》と留美子《るみこ》が残《のこ》っていたんだ。

そして、新校舎《しんこうしゃ》には健司《けんじ》がいるはずだから、2人《ふたり》が見《み》つかってしまえば殺《ころ》されてしまう。

そうなってしまえば、せっかく見《み》つけたカラダも引《ひ》き上《あ》げることができないのだ。

「そうだね、まずは右脚《みぎあし》を棺桶《かんおけ》に納《おさ》めないとね」

翔太《しょうた》に頷《うなず》き、私《わたし》はそこに置《お》かれた右脚《みぎあし》を手《て》に取《と》った。

「じゃあ、カラダを渡《わた》したら戻《もど》ってくるからね」

遥《はるか》の右脚《みぎあし》を抱《かか》えて、私《わたし》は翔太《しょうた》に笑顔《えがお》を向《む》けた。

この、異様《いよう》な雰囲気《ふんいき》が漂《ただよ》っている旧校舎《きゅうこうしゃ》から出《で》ることができる。

それが嬉《うれ》しくて、私《わたし》は自然《しぜん》に顔《かお》が綻《ほころ》んだ。

「それまでには終《お》わってるかもしれないけどな。明日香《あすか》も気《き》をつけろよ。高広《たかひろ》が今《いま》、どこを走《はし》ってるかわからないんだからさ」

カラダを1つ見《み》つけたことで、余裕《よゆう》が生《う》まれたのだろう。

さっきのような刺々《とげとげ》しさは消《き》えていた。

みんながそれぞれ、自分《じぶん》のやるべきことをやっている。

私《わたし》も自分《じぶん》ができることをしないと。

翔太《しょうた》に手《て》を振《ふ》って温室《おんしつ》を後《あと》にした私《わたし》は、廊下《ろうか》を歩《ある》いて玄関《げんかん》に向《む》かった。

今日《きょう》はずいぶん長《なが》い時間《じかん》、「カラダ探《さが》し」をしている。

みんな、「赤《あか》い人《ひと》」や放送室《ほうそうしつ》の中《なか》の人《ひと》に見《み》つからないように、細心《さいしん》の注意《ちゅうい》を払《はら》って行動《こうどう》してたから、ここまで来《く》ることができたのだ。

私《わたし》の不注意《ふちゅうい》になるのかな？

きっと、美紀《みき》らしき女《おんな》の子《こ》が「赤《あか》い人《ひと》」を呼《よ》び寄《よ》せたに違《ちが》いない。

私《わたし》が見《み》られなければ、もっと早《はや》く旧校舎《きゅうこうしゃ》を調《しら》べることができたかもしれないのに。

でも、高広《たかひろ》が引《ひ》きつけてくれなければ、屋上《おくじょう》に「赤《あか》い人《ひと》」が現《あらわ》れていた可能性《かのうせい》もある。

そう自分《じぶん》に言《い》い聞《き》かせて、私《わたし》は旧校舎《きゅうこうしゃ》を出《で》た。


遥《はるか》の右脚《みぎあし》を抱《かか》えて、理恵《りえ》と留美子《るみこ》が待《ま》つ場所《ばしょ》へと私《わたし》は向《む》かっていた。

目《め》の前《まえ》を高広《たかひろ》が通《とお》り過《す》ぎてもすぐに身《み》を隠《かく》せるように、木《き》の陰《かげ》から陰《かげ》へと移《うつ》りながら。

旧校舎《きゅうこうしゃ》から出《で》たせいか、あの不気味《ぶきみ》な雰囲気《ふんいき》から解放《かいほう》されて、感《かん》じていた恐怖《きょうふ》のすべてが取《と》り払《はら》われたようで足取《あしど》りも軽《かる》くなっていた。

「高広《たかひろ》はどこにいるんだろ。足音《あしおと》も、『赤《あか》い人《ひと》』の声《こえ》も聞《き》こえないけど」

独《ひと》り言《ごと》を呟《つぶや》きながら移動《いどう》する私《わたし》は、さながらスパイ映画《えいが》の主人公《しゅじんこう》だ。

なんて、そんなよいものじゃないけど。

「赤《あか》い人《ひと》」が追《お》いかけている時《とき》は笑《わら》い声《ごえ》が聞《き》こえるはずだから、それが聞《き》こえていない今《いま》のうちに走《はし》っていけば、見《み》つからずに辿《たど》り着《つ》くことができるかもしれない。

私《わたし》は、それに賭《か》けてみることにした。

「よし、大丈夫《だいじょうぶ》だよね。脚《あし》は重《おも》いけど、すぐそこだし」

この位置《いち》から綱《つな》が垂《た》れている場所《ばしょ》までは、50メートルほど。

足《あし》が遅《おそ》くて、遥《はるか》の右脚《みぎあし》を抱《かか》えている私《わたし》でも、10秒《びょう》くらいで行《い》けると思《おも》う。

まずは、今《いま》からやらなければならないことをイメージしよう。

綱《つな》が垂《た》れている場所《ばしょ》に走《はし》って、上《うえ》にいるはずの2人《ふたり》に合図《あいず》をする。

その後《ご》、綱《つな》の先端《せんたん》の輪《わ》を利用《りよう》して右脚《みぎあし》を引《ひ》き上《あ》げてもらい、再《ふたた》び綱《つな》を垂《た》らしてもらってから棺桶《かんおけ》に納《おさ》めてもらう。

完璧《かんぺき》なイメージを浮《う》かべることができた私《わたし》は、2人《ふたり》が待《ま》つ場所《ばしょ》へと駆《か》け出《だ》した。


「理恵《りえ》！　留美子《るみこ》！　カラダ見《み》つけたよ！」

イメージ通《どお》り、綱《つな》が垂《た》れている場所《ばしょ》へと辿《たど》り着《つ》くことができた私《わたし》は、その綱《つな》を揺《ゆ》すって合図《あいず》を送《おく》った。

すると、それに答《こた》えるように留美子《るみこ》が屋上《おくじょう》から顔《かお》を出《だ》す。

「見《み》つけた！　右脚《みぎあし》！」

綱《つな》の先端《せんたん》の輪《わ》を使《つか》って遥《はるか》の右脚《みぎあし》を結《むす》びつけ、それを指差《ゆびさ》して見《み》せた。

「明日香《あすか》！　『赤《あか》い人《ひと》』が旧校舎《きゅうこうしゃ》に現《あらわ》れたって校内放送《こうないほうそう》で言《い》ってたけど、大丈夫《だいじょうぶ》だったの!?」

やっぱり、校内放送《こうないほうそう》は流《なが》れていたんだ。

私《わたし》が屋上《おくじょう》から降《お》りる前《まえ》は、理恵《りえ》が校舎《こうしゃ》の中《なか》の音《おと》を聞《き》いていた。

外《そと》と旧校舎《きゅうこうしゃ》は校内放送《こうないほうそう》が流《なが》れないのか、それとも放送室《ほうそうしつ》の中《なか》の人《ひと》に操作《そうさ》されているだけなのかはわからない。

でも、今日《きょう》で旧校舎《きゅうこうしゃ》を調《しら》べれば、もう行《い》く必要《ひつよう》はないから。

「今《いま》、高広《たかひろ》が引《ひ》きつけてる！　これ、早《はや》く引《ひ》き上《あ》げて！」

右脚《みぎあし》を持《も》ったまま、綱《つな》が引《ひ》き上《あ》げられるのを、屋上《おくじょう》を見上《みあ》げながら待《ま》つ私《わたし》。

しばらくして、少《すこ》しずつ引《ひ》き上《あ》げられて行《い》く綱《つな》と右脚《みぎあし》。

それが屋上《おくじょう》へと上《あ》がって行《い》く光景《こうけい》は、今更《いまさら》ながら非日常的《ひにちじょうてき》で。

端《はた》から見《み》れば、気味《きみ》が悪《わる》いことをさせられているんだなと、改《あらた》めて思《おも》ってしまう。

そして、２人《ふたり》の頑張《がんば》りで上《あ》がっていった右脚《みぎあし》が、屋上《おくじょう》に到達《とうたつ》した。

遥《はるか》の右脚《みぎあし》が屋上《おくじょう》に上《あ》がってしばらくしてから、留美子《るみこ》が再《ふたた》び顔《かお》を出《だ》した。

まうから。

「受《う》け取《と》ったよ！　綱《つな》を下《お》ろすから離《はな》れて！」

留美子《るみこ》の言葉《ことば》に、その場《ば》から離《はな》れて綱《つな》が下《お》ろされるのを待《ま》つ。

これがされていないと、2人《ふたり》にもしものことがあった場合《ばあい》、私達《わたしたち》が戻《もど》れなくなってし

そして、ゆっくりと下《お》ろされる綱《つな》。

その先端《せんたん》が地面《じめん》につき、残《のこ》りの部分《ぶぶん》も下《お》ろされてピンッと綱《つな》が張《は》られた。

ドサッと落《お》ちることを予想《よそう》して移動《いどう》したのに、ずいぶんおしとやかに下《お》ろされたものだ。

「下《お》ろしたよ！　じゃあ、こっちは任《まか》せて！」

屋上《おくじょう》から私《わたし》に向《む》かって手《て》を振《ふ》る留美子《るみこ》に手《て》を振《ふ》り返《かえ》す。

「留美子達《るみこたち》も気《き》をつけてね！」

そう言《い》い、私《わたし》は再《ふたた》び旧校舎《きゅうこうしゃ》へと向《む》かった。

本当《ほんとう》はあんな所《ところ》に戻《もど》りたくはないけど。

翔太《しょうた》はあれから、どれくらいの部屋《へや》を調《しら》べることができただろう。

いや、それよりも気《き》になるのは、「赤《あか》い人《ひと》」に追《お》われているはずの高広《たかひろ》のこと。

まだ逃《に》げているのだろうか。

それとも、もう追《お》いつかれて殺《ころ》されてしまったのだろうか。

どちらにしても私《わたし》は、翔太《しょうた》と旧校舎《きゅうこうしゃ》を調《しら》べるしかない。

それを終《お》わらせないと、また綱《つな》を運《はこ》ぶ一連《いちれん》の作業《さぎょう》をしなければならないのだから。

高広《たかひろ》とも「赤《あか》い人《ひと》」とも遭遇《そうぐう》することなく、私《わたし》は旧校舎《きゅうこうしゃ》に戻《もど》ることができた。

でも、またあの感覚《かんかく》に襲《おそ》われるかと思《おも》うと、あまり入《はい》りたくはない。

玄関《げんかん》の前《まえ》で立《た》ち尽《つ》くす私《わたし》は、そこに入《はい》る勇気《ゆうき》を持《も》てずにいた。

ここで待《ま》っていたら、翔太《しょうた》が旧校舎《きゅうこうしゃ》の中《なか》から現《あらわ》れて「調《しら》べ終《お》わったぞ」って言《い》ってくれないかな？

なんて、都合《つごう》のよい話《はなし》があるはずないよね。

翔太《しょうた》がどれくらい調《しら》べたのかはわからないけど、私《わたし》が終《お》わるのを待《ま》つわけにはいかない。

気持《きも》ち悪《わる》くなることがわかっているけれど、私《わたし》は勇気《ゆうき》を出《だ》して、玄関《げんかん》の中《なか》に入《はい》った。

相変《あいか》わらず、不気味《ぶきみ》な雰囲気《ふんいき》が私《わたし》の身体《からだ》を包《つつ》み込《こ》む。

翔太《しょうた》はもう2階《かい》に行《い》っているはずだ。

玄関《げんかん》の正面《しょうめん》にある2階《かい》へ続《つづ》く階段《かいだん》が、さらに気持《きも》ち悪《わる》くて。

翔太《しょうた》がこの上《うえ》にいるとわかっているけど、行《い》くのを躊躇《ちゅうちょ》してしまう。

それでも行《い》かなければならないから、私《わたし》はその階段《かいだん》に足《あし》をかけた。

すると……。

「くそっ!!　ふざけるなよ!!」

翔太《しょうた》の怒鳴《どな》り声《ごえ》が、階下《かいか》にいる私《わたし》に聞《き》こえたのだ。

その怒鳴《どな》り声《ごえ》に、ビクッと身体《からだ》が反応《はんのう》してしまう。

いったい、なにがあったのだろう。

もしかして高広《たかひろ》が殺《ころ》されてしまって、旧校舎《きゅうこうしゃ》に戻《もど》った「赤《あか》い人《ひと》」に襲《おそ》われているのかな。

「翔太《しょうた》!　どうしたの!?　『赤《あか》い人《ひと》』がいるの!?」

声《こえ》を出《だ》してはいけないのかもしれない。

でも、どうしてあんな声《こえ》を上《あ》げたのか、その理由《りゆう》を知《し》りたかった。

「やっと戻《もど》ってきたのか!　困《こま》ったことになった!」

2階《かい》の手摺《てすり》から身《み》を乗《の》り出《だ》し、階下《かいか》の私《わたし》を見下《みお》ろす翔太《しょうた》。

困《こま》ったこととは、いったいなんなのだろうか?

「赤《あか》い人《ひと》」に襲《おそ》われているわけではないようだから、他《ほか》の問題《もんだい》が発生《はっせい》したのだろう。

それなら、2階《かい》に行《い》っても大丈夫《だいじょうぶ》だ。

私《わたし》は階段《かいだん》を上《あ》がり、翔太《しょうた》が待《ま》っている2階《かい》へと向《む》かった。

「びっくりするじゃない、困《こま》ったことってなに？」

階段《かいだん》の踊《おど》り場《ば》で翔太《しょうた》を見上《みあ》げて、私《わたし》は首《くび》を傾《かし》げてみせる。

携帯電話《けいたいでんわ》の明《あ》かりでうっすらと浮《う》かび上《あ》がる翔太《しょうた》の顔《かお》は不気味《ぶきみ》で、なにも知《し》らなかったら幽霊《ゆうれい》かと思《おも》ってしまう。

「教室《きょうしつ》を4つ調《しら》べ終《お》わったんだけどな、ないんだよ！　カラダがさ！」

この短時間《たんじかん》で、それだけ調《しら》べたっていうの？

それも驚《おどろ》いたけど、カラダが見《み》つからないのは確《たし》かに困《こま》ったことだった。

「しっかり調《しら》べたの？　旧校舎《きゅうこうしゃ》になかったら、あと2つ《ふた》はどこにあるの？」

階段《かいだん》を上《あ》がりながらそう訊《たず》ねた私《わたし》に、顔《かお》をしかめて頭《あたま》を掻《か》きむしる。

翔太自身《しょうたじしん》、それがわかれば苦労《くろう》はしないとでも思《おも》っているのだろう。

そうでなければ、校舎《こうしゃ》のすべての教室《きょうしつ》を調《しら》べるなんて無駄《むだ》なことはしなかったはずだから。

「とにかく、最後《さいご》の部屋《へや》を調《しら》べよう。そこに2つ《ふた》あるかもしれないからな。もしもないのなら、あとは放送室《ほうそうしつ》しか可能性《かのうせい》が残《のこ》されていない」

その、最後《さいご》の可能性《かのうせい》が厄介《やっかい》だった。

八代先生《やしろせんせい》も学生時代《がくせいじだい》に「カラダ探《さが》し」をさせられて、その時《とき》には放送室《ほうそうしつ》に入《はい》ることができなかったと言《い》っていた。

それを聞《き》いたのは翔太《しょうた》のはず。

なのに、そこにカラダが隠《かく》されていたら、私達《わたしたち》は「昨日《きのう》」から抜《ぬ》け出《だ》せないかもしれない。

「じゃあ、最後《さいご》の教室《きょうしつ》を調《しら》べようよ。ここになかったら、もう旧校舎《きゅうこうしゃ》に用《よう》はないんだよね？」

「用《よう》はないけど、調《しら》べる場所《ばしょ》もなくなるんだぜ？　打《う》つ手《て》なしってやつだな」

できれば、打《う》つ手《て》がなくなるのは勘弁《かんべん》してほしいけど。

最後《さいご》の部屋《へや》を調《しら》べなければなにもわからない。

カラダがありますようにと祈《いの》りながら、私《わたし》と翔太《しょうた》は最後《さいご》の部屋《へや》へと向《む》かった。

旧校舎《きゅうこうしゃ》をすべて調《しら》べ終《お》わった私達《わたしたち》は、この気味《きみ》の悪《わる》い空気《くうき》から逃《のが》れるために、玄関《げんかん》から外《そと》に出《で》ていた。

結果《けっか》は最悪《さいあく》。

温室《おんしつ》で見《み》つけた右脚《みぎあし》以外《いがい》は見《み》つからず、放送室《ほうそうしつ》に仮《かり》に1つあるとしても、もう1つはどこにあるのか。

楽観視《らっかんし》すれば、放送室《ほうそうしつ》に2つあるとも考《かんが》えられるけれど、それならば高広《たかひろ》が言《い》うように、放送室《ほうそうしつ》の中《なか》にカラダを全部隠《ぜんぶかく》した方《ほう》が見《み》つけることができない。

私《わたし》が「させている側《がわ》」なら、絶対《ぜったい》にそうする。

じゃあ、どうして見《み》つけられるようにしているのか。

それはわからないけど、もう一度《いちど》校舎《こうしゃ》を見直《みなお》してみる必要《ひつよう》があった。

「いったいどこを調《しら》べろっていうんだよ……残《のこ》ってるのは放送室《ほうそうしつ》だけなのに」

旧校舎《きゅうこうしゃ》から出《で》た翔太《しょうた》は、私《わたし》と同《おな》じように気分《きぶん》がスッキリしたのだろうか。

さっきまで、言葉《ことば》の端々《はしばし》に感《かん》じた刺々《とげとげ》しさがない。

「そうだよね。でも、まずはあの綱《つな》を上《あ》がらなきゃね。翔太《しょうた》は上《あ》がれるの？」

「上《あ》がれるわけないだろ、自分《じぶん》の能力《のうりょく》くらい、わかってるからな」

「え!?　じゃあどうするのよ！　私達《わたしたち》は戻《もど》れないってこと!?」

計画的《けいかくてき》なはずの翔太《しょうた》の詰《つ》めの甘《あま》さに、私《わたし》は正直《しょうじき》ガッカリした。

「くぅう！　厳《きび》しいな！」

垂《た》れ下《さ》がった綱《つな》にぶら下《さ》がり、必死《ひっし》に上《あ》がろうとする翔太《しょうた》だけど、掴《つか》まった部分《ぶぶん》からまったく動《うご》いていない。

綱《つな》を足《あし》で挟《はさ》んでいるものの、地上《ちじょう》から20センチくらいの場所《ばしょ》でもがいているだけ。無理《むり》だと判断《はんだん》したのだろう。手《て》を放《はな》して地面《じめん》に足《あし》をつけると、屋上《おくじょう》を見上《みあ》げて首《くび》を傾《かし》げた。

「俺《おれ》、握力《あくりょく》ないからなあ。そうだ、明日香《あすか》は上《あ》がれるか？　女子《じょし》でも3人《にん》いれば、俺《おれ》くらい引《ひ》き上《あ》げられるかもしれないだろ？」

「無理《むり》に決《き》まってるじゃん。途中《とちゅう》で落《お》ちちゃうよ？　それに、私《わたし》が上《あ》がれたとしてもパンツが見《み》えちゃうでしょ。だから嫌《いや》！」

「お前《まえ》なあ、そんなこと言《い》ってる場合《ばあい》か!?　パンツくらい見《み》えたっていいだろ！　上《あ》がれないよりマシだ！」

パンツくらいって……。

デリカシーに欠《か》けるその言葉《ことば》に、私《わたし》は少《すこ》し腹《はら》が立《た》った。

真下《ました》からスカートの中《なか》を見《み》られている状況《じょうきょう》で、気《き》にするなっていう翔太《しょうた》の感覚《かんかく》がわからない。

「私《わたし》だって握力《あくりょく》はないの！　それなら高広《たかひろ》を探《さが》して上《あ》がってもらった方《ほう》がいいよ。『赤《あか》い人《ひと》』に殺《ころ》されてなければ……の話《はなし》だけど」

殺《ころ》されていないにしても、まだ逃《に》げ続《つづ》けているというのなら、「赤《あか》い人《ひと》」もついてくるはず。

それをどうするかが問題《もんだい》だった。


高広《たかひろ》はどこにいるのだろう。

走《はし》り続《つづ》けることができる場所《ばしょ》と言《い》えば、校舎《こうしゃ》の周《まわ》りの道《みち》とグラウンドくらいしかない。

校舎《こうしゃ》の一番南側《いちばんみなみがわ》に体育館《たいいくかん》がある。

グラウンドは体育館《たいいくかん》のさらに南側《みなみがわ》。

いくら高広《たかひろ》の頭《あたま》が悪《わる》いと言《い》っても、理恵《りえ》と留美子《るみこ》が屋上《おくじょう》から見《み》てしまう可能性《かのうせい》がある場所《ばしょ》を通過《つうか》するとは思《おも》えない。

だとすれば、旧校舎《きゅうこうしゃ》からも南側《みなみがわ》に位置《いち》しているグラウンドを走《はし》り続《つづ》けていると考《かんが》えた方《ほう》が自然《しぜん》かもしれない。

「明日香《あすか》、高広《たかひろ》はまだ走《はし》り続《つづ》けてると思《おも》ってるのか？」

それはどういう意味《いみ》だろう。

もしかしたら、殺《ころ》されていると言《い》いたいのだろうか？

「わからないよ。万全《ばんぜん》の状態《じょうたい》だったら、まだ逃《に》げてるかもしれないけど、今日《きょう》は綱《つな》を運《はこ》んだり、屋上《おくじょう》から降《お》りたりしてたでしょ？」

「そうだな。今日《きょう》の『カラダ探《さが》し』は、長時間動《ちょうじかんうご》き回《まわ》ったから疲《つか》れてるよな。だったら、もう死《し》んでると思《おも》った方《ほう》が……」

と、翔太《しょうた》が言《い》った時《とき》だった。

「いい加減《かげん》……諦《あきら》めろよ!!」

グラウンドの方《ほう》から、高広《たかひろ》の声《こえ》が聞《き》こえた。

何十分《なんじっぷん》走《はし》り続《つづ》けているのだろう。

それでも、高広《たかひろ》が殺《ころ》されていなかったことに私《わたし》は安堵《あんど》した。

「嘘《うそ》だろ、まだ逃《に》げてたのか!?」

翔太《しょうた》は驚《おどろ》いているようだけど、実《じつ》は私《わたし》も驚《おどろ》いた。

まさか、まだ走《はし》っていたなんて思《おも》わなかったから。

これ以上《いじょう》グラウンドに近《ちか》づけば、「赤《あか》い人《ひと》」の姿《すがた》を見《み》てしまうかもしれない。

高広《たかひろ》の声《こえ》がここまで聞《き》こえたのなら、こっちの声《こえ》も聞《き》こえるはず。

「翔太《しょうた》、早《はや》く高広《たかひろ》に伝《つた》えて！　戻《もど》ってこいって」

自慢《じまん》じゃないけど、私《わたし》の声《こえ》じゃ細《ほそ》くて聞《き》こえないと思《おも》う。

「俺《おれ》かよ、別《べつ》にいいけどさ……呼《よ》んでどうするんだ？　結局《けっきょく》、綱《つな》を登《のぼ》らなきゃいけないんだぞ？　その体力《たいりょく》が残《のこ》っているのか？」

「だからって、死《し》ぬまで逃《に》げ続《つづ》けることが、どれだけ辛《つら》いか知《し》ってるでしょ!?　役《やく》に立《た》たないかもしれないけど、少《すこ》しでも高広《たかひろ》が休《やす》めるなら私《わたし》が引《ひ》きつけておくよ。だから呼《よ》んで！」

高広《たかひろ》が私《わたし》の身代《みが》わりになってくれたんだから、今度《こんど》は私《わたし》が高広《たかひろ》の身代《みが》わりになる。

「わかったよ、逃《に》げる準備《じゅんび》はしておけよ」

そう呟《つぶや》き、俯《うつむ》いてグラウンドの方《ほう》に歩《ある》いていった。

「赤《あか》い人《ひと》」を見《み》ないための方法《ほうほう》だろう。

そして……。

「高広《たかひろ》ーーっ!!! 戻《もど》って来《こ》ーーーい!!」

悲鳴《ひめい》にも近《ちか》い翔太《しょうた》の声《こえ》が、響《ひび》き渡《わた》った。

翔太《しょうた》の声《こえ》が校舎《こうしゃ》に反響《はんきょう》して、山《やま》びこのように何度《なんど》も私《わたし》の耳《みみ》に聞《き》こえた。

グラウンドまで50メートル以上《いじょう》はあるここからではよくわからないけれど、月明《つきあ》かりで翔太《しょうた》の姿《すがた》は微《かす》かに見《み》える。

しばらくして……翔太《しょうた》がこちらに向《む》かって走《はし》ってきたのだ。

これ以上《いじょう》見《み》ていれば、「赤《あか》い人《ひと》」を見《み》てしまう。

私《わたし》は今《いま》歩《ある》いてきた方《ほう》に振《ふ》り返《かえ》って、走《はし》る体勢《たいせい》を整《ととの》えた。

ただ逃《に》げればいいわけじゃない。

高広《たかひろ》を先《さき》に行《い》かせて、私《わたし》が「赤《あか》い人《ひと》」を引《ひ》きつける。

そうじゃないと、高広《たかひろ》を休《やす》ませることはできないから。

「明日香《あすか》！　来《く》るぞ！」

背後《はいご》から聞《き》こえた翔太《しょうた》の声《こえ》が、私《わたし》の横《よこ》を通過《つうか》する。

その背中《せなか》を見《み》ながら、私《わたし》の背後《はいご》に迫《せま》る足音《あしおと》に耳《みみ》を澄《す》ませて……。

高広《たかひろ》もさすがに辛《つら》いのだろう。

足音《あしおと》が私《わたし》に近《ちか》づきバンッと私《わたし》の背中《せなか》を叩《たた》いて、それでも私《わたし》と一緒《いっしょ》に走《はし》ろうと背中《せなか》を押《お》す。

「高広《たかひろ》、身体《からだ》を休《やす》めて、綱《つな》を登《のぼ》って。私《わたし》が引《ひ》きつけるから」

そう言《い》って高広《たかひろ》の腕《うで》を払《はら》い、私《わたし》より前《まえ》に行《い》かせる。

これで高広《たかひろ》は振《ふ》り返《かえ》ることができなくなった。

あとは、私《わたし》がなんとか時間《じかん》を稼《かせ》げばいいだけ。


「キャハハハハハハッ！」


背後《はいご》に迫《せま》る「赤《あか》い人《ひと》」は、やはり疲《つか》れなど見《み》せていなかった。

「赤《あか》い人《ひと》」が人《ひと》を殺《ころ》すパターンは2つ。

「赤《あか》い人《ひと》」を見《み》た人《ひと》が振《ふ》り返《かえ》った場合《ばあい》と、背中《せなか》にしがみつかれて歌《うた》を最後《さいご》まで唄《うた》われること。

まだ私《わたし》は「赤《あか》い人《ひと》」を見《み》ていないから、振《ふ》り返《かえ》っても大丈夫《だいじょうぶ》なはず。

2人《ふたり》から引《ひ》き離《はな》すなら、一度《いちど》旧校舎《きゅうこうしゃ》の方《ほう》に走《はし》り、そこからグラウンドに抜《ぬ》けた方《ほう》がいいかもしれない。

そう考《かんが》えて、旧校舎《きゅうこうしゃ》の方《ほう》に向《む》かって走《はし》り出《だ》した。


「キャハハハハハハハッ！」


高広《たかひろ》から、ターゲットを私《わたし》に変更《へんこう》したようだ。

背後《はいご》から迫《せま》る「赤《あか》い人《ひと》」の声《こえ》に、脚《あし》が震《ふる》える。

まだ走《はし》ることくらいはできそうだけど、私《わたし》はきっと綱《つな》を登《のぼ》れない。

それなら、2人《ふたり》が綱《つな》を登《のぼ》るまでの時間稼《じかんかせ》ぎをしよう。

高広《たかひろ》が屋上《おくじょう》に戻《もど》ることさえできれば、理恵《りえ》と留美子《るみこ》を合《あ》わせた3人《にん》で、翔太《しょうた》を引《ひ》き上《あ》げることができるかもしれない。

でも、高広《たかひろ》のあの疲《つか》れ方《かた》を見《み》ると、それを期待《きたい》するのは酷《こく》だ。

それでも私《わたし》は、高広《たかひろ》を信《しん》じて走《はし》るしかなかった。

旧校舎《きゅうこうしゃ》の玄関《げんかん》には入《はい》らず、南側《みなみがわ》のグラウンドに向《む》かう。

相変《あいか》わらず「赤《あか》い人《ひと》」が追《お》いかけてきていて、その笑《わら》い声《ごえ》も徐々《じょじょ》に私《わたし》に近《ちか》づいていていた。

グラウンドに入《はい》った時《とき》、私《わたし》の制服《せいふく》に「赤《あか》い人《ひと》」の手《て》が触《ふ》れた。

少《すこ》しだけ、後《うし》ろに引《ひ》かれるような感覚《かんかく》に、私《わたし》は振《ふ》り返《かえ》らずにそれを手《て》で払《はら》い除《の》ける。

「いやっ！」

パンッという音《おと》と共《とも》に、制服《せいふく》から「赤《あか》い人《ひと》」の手《て》が離《はな》れた。

でも、それはただのその場《ば》しのぎで、もう真後《まうし》ろまで「赤《あか》い人《ひと》」が来《き》ているのだ。

身体《からだ》にしがみつかれるのは、時間《じかん》の問題《もんだい》だった。

グラウンドに入《はい》ったものの、まっすぐ走《はし》ってもすぐに追《お》いつかれる。

「キャハハハハハハハッ！」

それにこの笑《わら》い声《ごえ》が、いつも私《わたし》を恐怖《きょうふ》させる。

足《あし》が遅《おそ》い私《わたし》にとっては、首《くび》に縄《なわ》をかけられたも同然《どうぜん》の状況《じょうきょう》。

全然《ぜんぜん》時間《じかん》が経《た》っていないけど、あまりに怖《こわ》くて……私《わたし》は、西棟《にしとう》の横《よこ》の道《みち》を通《とお》って、今走《いまはし》ってきた所《ところ》をグルグルと回《まわ》ろうと決《き》めた。

勝手《かって》だけど、近《ちか》くに高広《たかひろ》の存在《そんざい》を感《かん》じていた方《ほう》が安心《あんしん》できるから。

そして、グラウンドから西棟《にしとう》の横《よこ》の道《みち》に入《はい》り、少《すこ》し走《はし》った時《とき》だった。

月明《つきあ》かりで見《み》える、高広《たかひろ》と翔太《しょうた》の姿《すがた》。

不思議《ふしぎ》なことに登《のぼ》れないと言《い》っていた翔太《しょうた》が、高広《たかひろ》のすぐ上《うえ》で綱《つな》にしがみついて、校《こう》舎《しゃ》の半分《はんぶん》くらいの高《たか》さにいたのだ。


それを確認《かくにん》した直後《ちょくご》、私《わたし》の頭部《とうぶ》に走《はし》る衝撃《しょうげき》。

なにが起《お》こったのかわからず、私《わたし》はよろめいて倒《たお》れてしまった。

目《め》から星《ほし》が飛《と》び出《だ》す、といった感覚《かんかく》だろうか?

一瞬《いっしゅん》目《め》の前《まえ》が真《ま》っ暗《くら》になり、地面《じめん》に倒《たお》れた私《わたし》の背中《せなか》に「赤《あか》い人《ひと》」がしがみついて、歌《うた》を唄《うた》い始《はじ》めたのだ。


「あ~かい　ふ~くをくださいな~」

低《ひく》い唸《うな》り声《ごえ》のようなその声《こえ》が、私《わたし》の耳《みみ》に入《はい》ってくる。
腹部《ふくぶ》に回《まわ》された腕《うで》を、なんとか引《ひ》き剥《は》がそうとするけど……私《わたし》の力《ちから》では、血《ち》で滑《すべ》るそれをどうすることもできない。
「赤《あか》い人《ひと》」の血《ち》は、乾《かわ》かないのだろうか。

「し～ろい　ふ～くもあかくする～」

体育館《たいいくかん》の階段《かいだん》でしがみつかれた時《とき》と同《おな》じだ。
もう、こうなってしまったら、私《わたし》に残《のこ》された道《みち》はない。

「まっかにまっかにそめあげて～」

気《き》になるのは、遠《とお》くに見《み》える高広《たかひろ》と翔太《しょうた》。
さっきよりも高《たか》い、もうすぐ屋上《おくじょう》という位置《いち》にいる。

「お顔《かお》もお手《て》てもまっかっか～」


高広《たかひろ》ならともかく、翔太《しょうた》がどうしてあんな所《ところ》まで上《あ》がれているのか。

いや、違《ちが》う。

翔太《しょうた》はただ綱《つな》にしがみついているだけ。

それなのに、どうして3階《かい》の高《たか》さにいるのだろう。


「髪《かみ》の毛《け》も足《あし》もまっかっか～」


綱《つな》の先《さき》……屋上《おくじょう》を見《み》た私《わたし》は、その答《こた》えを知《し》った。

「あ、あれは、健司《けんじ》？」

月《つき》の光《ひかり》で浮《う》かび上《あ》がったその人影《ひとかげ》が、綱《つな》にしがみつく2人《ふたり》を引《ひ》き上《あ》げていたのだ。


「どうしてどうしてあかくする～」

本当《ほんとう》にあれは健司《けんじ》なの？
健司《けんじ》だとしても、泰蔵《たいぞう》に取《と》り憑《つ》かれているに違《ちが》いない。

「**どうしてどうしてあかくなる〜**」

そうでなければ、２人《ふたり》がぶら下《さ》がっている綱《つな》を、あんなに簡単《かんたん》に引《ひ》き上《あ》げられるはずがない。
２人《ふたり》のあの位置《いち》からでは、屋上《おくじょう》にいるのが健司《けんじ》だとは気《き》づいていないだろう。

「**お手《て》てをちぎってあかくする〜**」

でも、どうして泰蔵《たいぞう》があんなことを？
屋上《おくじょう》の縁《ふち》に足《あし》をかけて、２人《ふたり》が上《あ》がるのを手伝《てつだ》っているように見《み》える。

「**からだをちぎってあかくなる〜**」

そう思《おも》った次《つぎ》の瞬間《しゅんかん》、私《わたし》は自分《じぶん》の考《かんが》えの甘《あま》さを思《おも》い知《し》らされた。

健司《けんじ》が、掴《つか》んだ綱《つな》を左右《さゆう》に揺《ゆ》らし始《はじ》めたのだ。


「あしをちぎってもあかくなる〜」


あれは、助《たす》けようとしているんじゃない。

殺《ころ》そうとしているんだ。


「あかがつまったそのせなか〜」


綱《つな》の揺《ゆ》れが、徐々《じょじょ》に大《おお》きくなっていく。

「う、うわあああっ！　な、なんなんだよこれ!?」

翔太《しょうた》の悲鳴《ひめい》が聞《き》こえる。

屋上《おくじょう》にいるのが健司《けんじ》とわかっていたら、２人《ふたり》はその手《て》をすぐに放《はな》しただろう。

「わたしはつかんであかをだす〜」


理恵《りえ》と留美子《るみこ》の２人《ふたり》で、男子《だんし》２人《ふたり》を引《ひ》き上《あ》げることなんてできるはずないのに。

きっと……僅《わず》かな希望《きぼう》にすがりついたんだと思《おも》う。

そうでなければ、冷静《れいせい》に考《かんが》えればわかるはずだから。


「まっかなふくになりたいな〜」


最後《さいご》の１小節《しょうせつ》が唄《うた》われ、私《わたし》の腹部《ふくぶ》が締《し》め上《あ》げられる。

「あ……あぁ……」

悶《もだ》える私《わたし》が、死《し》ぬ直前《ちょくぜん》に見《み》た光景《こうけい》は……。

揺《ゆ》れる綱《つな》から手《て》が離《はな》れた翔太《しょうた》が、地面《じめん》に落下《らっか》しているものだった。

それを見《み》たあと……ゆっくりと目《め》を閉《と》じて。
身体《からだ》が腹部《ふくぶ》で分断《ぶんだん》された激痛《げきつう》を感《かん》じ、私《わたし》は死《し》んだ。

この物語《ものがたり》はフィクションです。
実在《じつざい》の人物《じんぶつ》、団体等《だんたいなど》とは一切関係《いっさいかんけい》がありません。

双葉社ジュニア文庫

暗《あん》黒《こく》女《じょ》子《し》

The Dark Maidens

秋吉理香子
〔著者〕
ぶーた
〔イラスト〕

名門女子高で、最も美しくカリスマ性のある女生徒・いつみが死んだ。一週間後に集められたのは、いつみと親しかったはずの文学サークルのメンバー。ところが、彼女たちによる事件の証言は、思いがけない方向へ——。果たしていつみの死の真相とは？

発行／株式会社双葉社

双葉社ジュニア文庫

カラダ探《さが》し②

２０１７年 ３ 月１９日 第１刷発行
２０２０年１１月２７日 第８刷発行

著 者 ウェルザード
発 行 者 島野浩二
発 行 所 株式会社双葉社
〒162-8540 東京都新宿区東五軒町3-28
電話 03-5261-4818（営業）
03-5261-4851（編集）
http://www.futabasha.co.jp
（双葉社の書籍・コミック・ムックが買えます）
印 刷 中央精版印刷株式会社
製 本 所 中央精版印刷株式会社
装 丁 橋ヶ谷慶達

ISBN 978-4-575-24026-9 C8293

双葉社ジュニア文庫

Futabasha Junior Bunko